ullstein

LARS SCHÜTZ, Jahrgang 1992, arbeitet als Texter für eine Düsseldorfer Werbeagentur. Weil er vom Schreiben nicht genug bekommen kann, schickt er nach Feierabend die Profiler Jan Grall und Rabea Wyler auf Verbrecherjagd und raubt seinen Leser*innen den Atem.

Von Lars Schütz sind in unserem Hause bereits erschienen:
Der Alphabetmörder · Rapunzel, mein · Rache, auf ewig

LARS SCHÜTZ

ANGST RICH TER

Thriller

Ullstein

Besuchen Sie uns im Internet:
www.ullstein.de

Wir verpflichten uns zu Nachhaltigkeit

- Klimaneutrales Produkt
- Papiere aus nachhaltiger Waldwirtschaft
- ullstein.de/nachhaltigkeit

MIX
Papier
FSC FSC® C083411

Originalausgabe im Ullstein Taschenbuch
1. Auflage Juli 2021

Umschlaggestaltung: zero-media.net, München
Titelabbildung: © FinePic®, München
Gesetzt aus der Quadraat Pro powered by pepyrus.com
Druck und Bindearbeiten: CPI books GmbH, Leck
ISBN 978-3-548-06200-6

DIE STRAFE FÜR VERRAT

»WER SICH ABER DER BOSHAFTEN VERRÄTEREI SCHULDIG MACHT, SOLL DER GEWOHNHEIT NACH DURCH VIERTEILUNG ZU TODE GEBRACHT WERDEN.«

Prolog

Das Urteil war gefallen.

Jetzt lag es an ihm, es zu vollstrecken.

Er führte den Kaltblut-Hengst am Zaumzeug über den aufgeweichten Feldweg. Graue Atemwolken stoben aus den Nüstern des Pferdes und verflüchtigten sich rasch im Morgennebel.

Die Sicht reichte nur wenige Meter. Von einem Baumgerippe flog eine Schar Krähen auf. Der Hengst legte die Ohren an und wieherte erschrocken.

»Ruhig!« Er klopfte ihm auf die Flanke. »Du bist nicht derjenige, der Angst zu haben braucht.«

Bereitwillig lief das Tier weiter. Der Hengst war das letzte der vier Pferde, das er noch in Position bringen musste.

Dann konnte die Hinrichtung beginnen.

Heute gab es niemanden mehr, der einen das Henkershandwerk lehren konnte. Er hatte sich alles selbst beibringen müssen: Wie man einen Hanfstrick zur Schlinge flocht, wie man die Klinge des Richtschwertes wetzte, wie man

Menschenfett herstellte und wie man den Kopf mit einem einzigen gezielten Hieb vom Rumpf trennte.

Einen guten Scharfrichter erkannte man daran, dass er den Delinquenten nicht länger als nötig leiden ließ, dass er das Urteil rasch, konsequent und sicher vollzog. Dass man ihm nie auch nur das leiseste Zögern anmerkte.

Er straffte seinen Rücken. Er hoffte, dass er diesem Anspruch gerecht werden konnte. Alle würden zusehen. Sie würden jede noch so kleine seiner Bewegungen verfolgen.

Die Umrisse des leer stehenden Gestüts zeichneten sich im Nebel ab. Er steuerte auf die Reithalle zu, deren Haupttor weit offen stand. Aus dem Inneren drang das grellweiße Licht der Baustrahler, die er vor einigen Nächten in ihr aufgestellt hatte.

Es hätte deutlich einfachere Wege gegeben, das Urteil zu vollstrecken. Wege, die nicht mit so einem großen Risiko verbunden waren. Er hätte nicht unbedingt Pferde gebraucht – vier elektrische Seilwinden oder Autos würden auch funktionieren, vielleicht sogar noch besser.

Aber er war ein Mann, der äußersten Wert darauf legte, dass die Dinge richtig gemacht wurden. Wenn Regeln, Gesetze und Anweisungen nicht so befolgt wurden, wie sie gedacht waren, was hatten sie dann überhaupt für eine Bedeutung?

Über dem Tor prangte der längst verblasste Schriftzug *Reiterferien bei W …* Nach dem W war das rostige Blechschild abgebrochen, der fehlende Teil nicht auffindbar.

Bevor er die Halle betrat, zog er sich die Henkerskapuze über, eine schwarze, spitz zulaufende Maske aus grobem

Stoff. Der Verurteilte trug eine Augenbinde, er würde ihn überhaupt nicht sehen. Aber darum ging es nicht. Das Publikum würde ihn sehen. Hunderte Augenpaare, die gebannt auf ihn gerichtet waren.

Die Kapuze verkleinerte sein Sichtfeld und ließ ihn kaum atmen, doch sie gab ihm Sicherheit. Jetzt, wo er sie übergestreift hatte, war er der Scharfrichter. Der Vollstrecker.

In der Halle stank es nach Pferdeäpfeln und feuchtem Moder. Die abgeschrägte Holzverkleidung rund um das Rechteck aus Sand war verwittert und einzelne Bretter herausgebrochen. Das Dach der Halle war gleich an mehreren Stellen undicht. Noch immer tröpfelte das Regenwasser der letzten Nacht herein und bildete Pfützen im schmutzigen Sand. Fast klang es wie eine Melodie.

Auf weißen Tafeln über der Sandfläche standen dicke Großbuchstaben. Er meinte zu wissen, dass sie Anzeigen für die Dressurreiter waren. Eine bizarre Vorstellung, dass hier einmal diese Leute in ihren lächerlichen Kostümen geritten waren, angefeuert von Pfiffen und Applaus.

Das Publikum, das heute den Ereignissen auf dem Reitplatz beiwohnte, saß nicht auf den Tribünen. Der Blick des Scharfrichters glitt zur Kamera, die dort auf einem Stativ stand. Ihr roter Lichtpunkt glomm im Halbdunkel.

Sie sahen zu.

Die anderen drei Pferde scharrten unruhig mit den Hufen und warfen die Köpfe zurück. Er hatte sie mit Stricken an Eisenpflöcken festgebunden, die er in der vorigen Nacht in einem Quadrat in den Boden getrieben hatte. Sie alle trugen Scheuklappen und Sattel.

Er machte den Hengst am letzten noch freien Pflock fest und wandte sich dem Mann zu, der zwischen den Pferden in der Mitte des Quadrats lag und sich im Sand umherrollte. Hand- und Fußgelenke waren wie bei einem entflohenen Kalb aneinandergefesselt. Das Rot seines Kapuzenpullovers war durch den Dreck kaum noch erkennbar. Der Knebel in seinem Mund dämpfte seine Hilfeschreie zu einem unverständlichen Grunzen und Stöhnen.

Der Mann hatte sich auf niederträchtigste Weise des Verrates schuldig gemacht. Darauf stand nichts Geringeres als der Tod. Seine Strafe musste ein Exempel sein. Hart, aber gerecht. Grausam, aber notwendig.

Der Scharfrichter rammte ihm das Knie zwischen die Schulterblätter, während er den Strick um die linke Hand des Delinquenten löste und ihn mit einem weiteren Seil am Sattel des ersten Pferdes befestigte.

So machte er weiter, bis jede Gliedmaße an eines der Tiere gebunden war. Der Verurteilte wehrte sich mit aller Kraft, aber es bereitete dem Scharfrichter keine Mühe, ihn unter Kontrolle zu halten. Als der Mann sich mit einem Ruck loszureißen versuchte, packte er ihn am grau melierten, von Sandkörnern gespickten Schopf und drückte sein Gesicht so lange in den nachgiebigen Untergrund, bis der sich kaum noch rührte.

Auf einem Klapptisch aus Buchenholz am Rande der Reitfläche lagen die Utensilien des Scharfrichters bereit: eine einschwänzige Bullenpeitsche, mehrere Knochensägen und Hackbeile in verschiedenen Größen sowie eine Beretta 92.

Er griff nach Peitsche und Pistole.

Es wäre ein Akt der Gnade, den Lauf der Beretta einfach an den Hinterkopf des Verurteilten zu pressen und abzudrücken. Ein schneller, unkomplizierter Tod. Doch dafür war die Waffe nicht gedacht.

Die Pferde tänzelten unruhig umher und zogen schon vereinzelt kurz an den Armen und Beinen des Verurteilten, der leise in seinen Knebel wimmerte.

Der Scharfrichter stellte sich hinter ihm auf, entsicherte die Pistole und richtete sie in die Höhe.

Er atmete tief durch. Unter der Kapuze lief ihm der Schweiß in Strömen übers Gesicht. Längst brannte er ihm in den Augen und verklebte sein Haar.

Dann drückte er ab.

In wilder Panik stoben die Pferde auseinander. Ihre Hufe wirbelten Sand in alle Richtungen auf.

Es war, als hätte er einen magischen Trick vollführt, denn auf einmal schwebte der Verurteilte vor ihm in der Luft. Die stramm gezogenen Seile hielten ihn in der Höhe.

Die Pferde stemmten ihre Hufe in den Sand und bäumten sich auf, zerrten immer weiter an den Gliedmaßen des Todgeweihten.

Knirschen wie von zerberstendem Holz erklang, als Sehnen auseinanderrissen. Hände und Füße des Verurteilten hatten sich dunkelrot verfärbt, so sehr schnitten ihm die Seile inzwischen das Blut ab.

Aber die Kraft der Pferde allein genügte nicht. Der

Scharfrichter würde nachhelfen müssen. Er ließ die Peitsche auf ihre Hinterteile niederknallen. Das Tier, das an das linke Bein des Verurteilten gebunden war, brach zur Seite aus und riss die Gliedmaßen dabei ruckartig mit sich. Der Oberschenkelknochen musste entzweigebrochen sein, denn er baumelte in abstrusem Winkel an dem Seil.

Der Scharfrichter nahm die Knochensäge vom Tisch. Er hatte sich bewusst für die Pferde entschieden, auch wenn er befürchtet hatte, dass es so kommen würde. Nun musste er es selbst zu Ende bringen. So wie es sein Handwerk verlangte.

Er trat an den Delinquenten, der weiter auf Hüfthöhe vor ihm in der Luft hing. Mit erbarmungsloser Härte packte er ihn am Oberarm und setzte das Sägeblatt knapp unterhalb des Schultergelenks an. Methodisch trieb er die metallenen Zähne erst durch Haut, dann durch Muskeln und Fleisch.

Das Urteil war gefallen.

Jetzt lag es an ihm, es zu vollstrecken.

Eins

15. Oktober // Düsseldorf

»Was für Berührungspunkte haben Sie bisher mit Psychologie gehabt?«

Jan lehnte sich in dem Bürosessel zurück und wartete auf die Antwort des Bewerbers. Der junge Mann rückte seine dickrandige Brille zurecht und schaute in die Luft.

»Also, ich finde das ganze Thema einfach wahnsinnig spannend«, erklärte er nach einer Weile wenig tiefsinnig. »Ich lese gern Serienkiller-Krimis und habe auch das Buch von diesem Profiler gelesen, der über seine härtesten Fälle berichtet … Ich komm grad nicht auf seinen Namen. Wie hieß der noch gleich?«

»Kann ich Ihnen leider auch nicht sagen«, warf Jan teilnahmslos ein.

»Hmm, auch nicht so tragisch. Und nächstes Semester wollte ich mal ein Proseminar in dem Bereich belegen. Ach, ich habe auch die Doku zu Ihrem Alphabetmörder-Fall von damals gesehen. Respekt. Echt krass.«

»Echt krass …«, wiederholte Jan leise, stützte den Kopf auf seinen ausgefächerten Fingern ab und schaute noch einmal auf den Lebenslauf des Studenten.

Martin Wolf, sechsundzwanzig, machte gerade seinen Master in Soziologie an der Uni Düsseldorf, hatte ein Auslandsjahr in Chile verbracht und sprach Spanisch *verhandlungssicher*, wie es so schön hieß.

Er war schon der Zwölfte, den Jan zum Vorstellungsgespräch eingeladen hatte, und allmählich schwand seine Hoffnung, noch den perfekten Kandidaten zu finden.

»Kennen Sie den Ausdruck *Hic sunt dracones?*«, fragte Jan.

»Noch nicht gehört, muss ich gestehen«, sagte Martin Wolf. Die Schweißflecken auf seinem hellblauen Hemd wurden größer. »Aber das ist Latein, oder nicht …? Müsste so viel heißen wie *Hier sind Drachen*. Das Latinum habe ich, aber das haben Sie sicher schon in meiner Vita gelesen.«

»Stimmt, das heißt es. Hier sind Drachen. Dort, wo noch nichts erforscht, nichts entdeckt war, zeichneten die Kartografen der frühen Neuzeit Ungeheuer und Seemonster ein. Terra incognita. Die weißen Flecken auf der Landkarte. Manchmal waren sie vielleicht auch zu faul zum Malen und haben einfach nur das besagte *Hic sunt dracones* dort hingeschrieben.«

»Worauf wollen Sie hinaus?«

»Die Menschheit hat jeden Quadratzentimeter dieses Planeten per Satellitenbild vermessen und katalogisiert. Wir sind bis zum Grund des Marianengrabens vorgestoßen, wo wir unseren eigenen Plastikmüll wiedergefunden haben, und wir können mit unseren Teleskopen Lichtjahre weit in den Weltraum schauen. Aber hier hinter«, Jan tippte sich an die Stirn, »sind immer noch Drachen. Natürlich verstehen wir die einzelnen Hirnareale inzwischen besser und besser.

Wir wissen, was im Hippocampus passiert, im Scheitellappen, in der Sehrinde. Aber was wirklich hinter der Stirn eines anderen Menschen vor sich geht? Das kann niemand sagen. Es gibt knapp acht Milliarden weiße Flecken auf dieser Erde. Es sind die Köpfe der Menschen. Unsere eigenen miteingeschlossen.«

Sein Bewerber starrte ihn aus großen Augen an.

Jan seufzte. Er wusste es selbst: Ab und an neigte er sehr zum Dozieren und schweifte dann völlig ab. »Entschuldigen Sie, ich wollte Sie nicht belehren«, sagte er. »Es ist nur so: Wenn ich all die Thriller, TV-Dokus und Reportagen sehe, denke ich immer, dass uns etwas Demut nicht schlecht zu Gesicht stehen würde.«

»Nein, nein, ich finde sehr spannend, was Sie da sagen«, erwiderte Wolf und setzte ein breites Lächeln auf.

Jan konnte nicht einschätzen, ob er aufrichtig interessiert war oder die Neugier nur vortäuschte, weil er gerade im Vorstellungsgespräch saß.

Jan hatte *GRALL & WYLER Private Fallanalyse* ins Leben gerufen, nachdem er und seine damalige Teampartnerin Rabea Wyler aus dem Dienst des LKA ausgeschieden waren.

Mittlerweile stand nur noch *GRALL Private Fallanalyse* draußen auf dem Eingangsschild des Altbaus.

Vor etwa einem Jahr hatte Rabea eine Stelle als Organisationsberaterin für Personalwesen bei einer Berner Unternehmensberatung angetreten. Nach ihrem letzten Fall hatte sie einen Tapetenwechsel dringend nötig gehabt. Die Schweiz war ihre Heimat, dort lebte ihre Familie, dort konnte sie einen Neustart wagen.

»Also«, Jan räusperte sich und streckte seinem Bewerber die Hand entgegen, »wir melden uns – oder besser gesagt: Ich melde mich.«

Er komplimentierte den jungen Mann hinaus und streckte sich dann der Länge nach auf dem eingestaubten Perserteppich in der Mitte des Büros aus. Die Hände hinter dem Kopf verschränkt, betrachtete er die stuckverzierte Decke, genehmigte sich einen Schluck abgestandene Cola Zero und spulte noch einmal das Gespräch ab.

Es vibrierte in seiner Hosentasche. Jan zog sein Handy heraus.

Miri rief an. Wie passend. Seine einundzwanzigjährige Ziehtochter machte gerade ein Auslandssemester in Sevilla. Normalerweise war sie es, die ihm neben dem Studium als Büroassistentin half. Genau für sie suchte er jetzt so händeringend nach Ersatz.

»Hola!«, begrüßte er sie. »Was macht Spanien?«

»Es macht mich gerade echt fertig.«

»Wieso denn das? Ich hätte gedacht, du sitzt gerade am Guadalquivir, lässt die Füße ins Wasser baumeln und gönnst dir einen Rioja.«

»Von wegen!«, empörte sie sich. »Ich hänge hier gerade auf meinem Zimmer, lerne und schwitze mich zu Tode. Ich bin ja nicht im Urlaub.«

»Hast du nur angerufen, um dich über dein Studium zu beschweren?«, erwiderte er. »Grund zur Beschwerde hätte ich übrigens auch. Ich finde einfach keine passende Aushilfe. Heute war wieder nur so eine Niete da.«

»Vielleicht solltest du einsehen, dass ich unersetzlich bin.«

»Wenn das hier auf eine Gehaltsverhandlung für deine Zeit nach Spanien hinauslaufen soll, lege ich sofort auf.«

»Nein, nein, es geht um eine ganz andere Sache«, sagte Miri und schlug abrupt einen geschäftsmäßigen Ton an: »Hast du schon mal darüber nachgedacht, Podcaster zu werden?«

»Bitte was?«

»Podcaster! Sag bloß, das kennst du nicht! Dann hast du die letzten Jahre ja nicht nur unterm Stein, sondern gleich unter einem ganzen Geröllhaufen gelebt. Das ist die absolute Boom-Branche! Podcasts schießen aus dem Boden wie Pilze. Und ein Genre, das im Moment besonders gehypt wird, sind True Crime Podcasts. Echte Verbrechen, echter Grusel!«

Jan rieb sich übers Gesicht. Es verging keine Woche, in der Miri nicht irgendeine neue – ihrer Meinung nach – bahnbrechende Idee hatte. Jetzt also Podcasts. »Ich höre ja nicht mal Radio«, sagte er. »Und für diese Doku über den Alphabetmörder-Fall habe ich mich auch nicht interviewen lassen.«

»Aber Jan, stell dir das mal vor!«, rief sie. »Du als der hartgesottene Verbrechensexperte, ich als die nahbare, empathische Moderatorin. Mit Stargästen! Rabea, Anita, dieser komische alte Stüter von damals. Das wäre die perfekte PR für das Büro.«

»Ich weiß ja noch nicht einmal, wie ich all die Anfragen abarbeiten soll, die ich im Moment bekomme. Das Letzte, was ich gerade brauche, ist PR – ich brauche einen Assistenten.«

Seit dem Pressewirbel um den Erlöser-Fall, zu dem die Polizei Rabea und ihn herangezogen hatte, vor allem aber seit der Doku im Öffentlich-Rechtlichen konnte sich Jan vor Aufträgen kaum noch retten.

Als einziger privater Fallanalytiker Deutschlands war er irgendwo zwischen Privatdetektiv, Psychotherapeut und Medium angesiedelt. Er beriet und unterstützte seine Klienten in all den Lebenslagen, die knapp aus dem Zuständigkeitsbereich anderer Experten herausfielen.

Er erstellte Profile zum Fremdgehpotenzial des Partners, überprüfte diskret die Zurechnungsfähigkeit von Geschäftspartnern und Vorgesetzten oder half in Fällen von Stalking und Psychoterror, bei denen der Polizei die Hände gebunden waren. Manches davon bewegte sich entweder gefährlich nah am Rande der Zwielichtigkeit oder, schlimmer noch, der Banalität. Bei seinen ehelichen Treueprognosen kam er sich zum Beispiel eher wie ein schlechter Kaffeesatzleser vor.

Trotzdem erledigte er seine Aufgaben gewissenhaft, professionell und mit zunehmend mehr Freude. Es waren nicht mehr die großen Fälle oder erschütternden Schicksale wie während seiner Zeit beim LKA, aber dafür musste er sich nicht mehr mit den grausigen Abgründen der menschlichen Psyche auseinandersetzen.

»Aber wir könnten uns einen tollen Namen geben!«, holte ihn Miri zurück in die Wirklichkeit. »Der *True True Crime Podcast*. Oder eine Alliteration: *Grall und das Grauen*. Vielleicht auch ein Wortspiel als Markenclaim: *Grall you need to know about crime.*«

»Miri …« Er setzte sich in die Hocke auf.

Sie kam jetzt erst richtig in Fahrt: »Ich hätte sogar schon unseren ersten spannenden Fall. Im Höllbachtal, das ist irgendwo in der Nähe von Regensburg, kam es nach tagelangen Regenfällen zu einem Erdrutsch. Dabei wurde das Skelett eines etwa sechzehnjährigen Jungen freigelegt. Eine Hand fehlt, wie abgetrennt. Das ist doch wahnsinnig aufregend! Ein Cold Case! Vielleicht steckt ja ein Verbrechen dahinter.«

»Selbst wenn es so ist, ich werde nicht derjenige sein, der sich damit befasst«, sagte er.

Insgeheim spürte er jedoch das altbekannte Kribbeln der Neugier tief in seinem Nacken. Ein Drang, den Dingen auf den Grund zu gehen. Später würde er das Höllbachtal auf jeden Fall mal googeln.

»Kannst du es dir wenigstens noch mal durch den Kopf gehen lassen? Bitte!«

»Na gut«, seufzte er, aber nur, damit sie endlich davon abließ.

Sie sprachen noch etwas über das spanische Essen, die aktuelle Nachrichtenlage und ihre Rückkehr im März, dann legte er auf.

Er machte sich einen viel zu starken Kaffee in seiner Stempelkanne, aß eine Handvoll gemischte Nüsse und lehnte sich mit der dampfenden Tasse in eines der Bogenfenster seines Büros.

Über der anderen Rheinseite hingen ausgefranste, regenschwangere Wolken. Der Herbstwind fegte goldfarbenes Laub über den Gehsteig. Jans Blick heftete sich an eine hochgewachsene Frau, die mit zielsicheren Schritten geradewegs auf den Hauseingang zuhielt.

Wenige Sekunden später schrillte die Klingel.

Seltsam, dachte er und schaute auf die Uhr. Es war bereits Viertel vor sechs, eigentlich erwartete er niemanden mehr – weder Bewerber noch Klienten.

Er durchmaß die Büroräume und drückte den Knopf der Gegensprechanlage. »Ja, bitte?«

»Sie sind Jan Grall, richtig?«

Die Stimme war klangvoll und ungewöhnlich tief, unterlegt von einem leichten Zittern.

»Genau der«, antwortete er. »Was gibt es?«

»Mein Name ist Dr. Ellen Grafenberg. Und ich brauche Ihre Hilfe.«

Zwei

»Möchten Sie einen Kaffee? Tee? Ein Kaltgetränk?«

»Nur Wasser, bitte. Still.«

Jan verschwand in der winzigen Küche und kam kurz darauf mit einem Glas Leitungswasser zurück. Er stellte es vor Grafenberg ab, die sich in einen der Besucherstühle gesetzt hatte. Sie musste Anfang vierzig sein, genau wie er selbst. In den letzten Tagen schien sie nicht viel Schlaf bekommen zu haben. Sie wirkte auf ihn erschreckend blass, ihre hellblauen Augen waren blutunterlaufen, und das dunkelblonde Haar, das ihr bis auf die Schultern reichte, war ungekämmt und nur zu einem losen Dutt gebunden. Trotzdem kam sie ihm irgendwoher bekannt vor.

»Grafenberg, Ellen Grafenberg«, murmelte er, als er sich ihr gegenüber an den Schreibtisch setzte. »Ich kann mir nicht helfen, aber irgendetwas klingelt da. Sind wir uns schon einmal begegnet?«

Sie nippte vorsichtig an ihrem Glas und schlug die Beine übereinander. »Ich hätte nicht gedacht, dass Sie sich noch daran erinnern würden ... Ich war mit einem Ihrer Studienfreunde an der Uni Bochum zusammen, Robert. Nur ganz kurz, drei Monate. Ich habe damals Geschichte studiert, in den Seminaren sind wir uns also nicht über den Weg gelaufen, dafür aber auf einer von Roberts Partys. Wir haben uns einmal einen Joint geteilt.«

»Die Zeiten sind für mich vorbei«, sagte Jan schmunzelnd. »Ich habe vor einigen Jahren aufgehört.«

»Das kann ich von mir nicht behaupten. Ehrlich gesagt könnte ich gerade sogar ganz gut einen gebrauchen.« Ihre Hand zitterte heftig, als sie sich eine Strähne aus der Stirn strich. »Jedenfalls habe ich Ihren Weg immer gespannt mitverfolgt, man behält die Leute von damals ja gerne im Blick. Vor allem, wenn sie einen bleibenden Eindruck hinterlassen. Und Sie haben sich ja inzwischen ein gewisses Maß an Prominenz erarbeitet. Deshalb ... deshalb musste ich jetzt an Sie denken.«

»Du, bitte. Du kannst mich gern Jan nennen. Worum geht es denn?«, fragte er. »Du siehst etwas mitgenommen aus, wenn ich mir die Bemerkung erlauben darf.«

»Ich habe auch zwei aufreibende Tage hinter mir. Ich hätte nie gedacht, dass ich einmal in so etwas wie das hier hineingeraten würde.«

Jan legte den Kopf schief und betrachtete sie neugierig. Ihre Körpersprache, ihre Stimme ... Hier ging es um mehr als nur eine weitere fallanalytisch-psychologische Beurteilung eines Chefs oder Ehepartners. So viel ahnte er bereits.

»Ich bin Professorin am Lehrstuhl für Mittelalterliche Geschichte an der Universität Erlangen-Nürnberg. Du hast sicher von den grausigen Funden gehört, die vor zwei Tagen an den alten Nürnberger Stadttoren gemacht worden sind …«

Dann hatte sie den weiten Weg durch halb Deutschland zurückgelegt, nur um mit ihm zu sprechen. Sein Verdacht bestätigte sich. Die Sache musste wirklich ernst sein.

»Nein, habe ich nicht. Ich schaue kaum noch Nachrichten.«

»Andernfalls wärst du sofort damit erschlagen worden. Das Thema ist praktisch omnipräsent in den TV-Sendungen und auf den Titelseiten. Und ich … ich stecke mittendrin …«

Sie stützte die Ellenbogen auf dem Tisch auf und vergrub das Gesicht in den Händen. Als sie mehrmals tief ein- und ausgeatmet hatte, schaute sie aus feucht schimmernden Augen zu ihm auf. »Sorry, das … das ist mir peinlich, so wie ich mich hier gerade aufführe, so völlig aufgelöst. Das bin eigentlich nicht ich.«

»Schon gut.« Er umfasste ihren Unterarm mit sachtem Druck. »Ich habe für den Rest des Tages nichts mehr vor. Keine Termine. Alle Zeit der Welt. Du erzählst mir jetzt in aller Ruhe, was geschehen ist. Eins nach dem anderen.«

Drei

Zwei Tage zuvor // Nürnberg

»Das Mittelalter ist nach wie vor eine Epoche, die Anlass für die gewagtesten, spannendsten Thesen gibt«, referierte Professor Ellen Grafenberg und lief durch den kleinen Seminarraum. »Eine dieser Thesen ist, dass dreihundert Jahre des Mittelalters frei erfunden sind, eine sogenannte Phantomzeit. Karl der Große? Hat vielleicht nie existiert. Belege dafür soll es anhand von Kalenderkunde, Urkundenfälschung und in der Astronomie geben. Auch mit solchen Mutmaßungen, die möglicherweise eher ins Reich der Verschwörungstheorien gehören, werden wir uns im Laufe dieser Reihe befassen.«

Das Ende der ersten Seminarstunde zu ihrem Thema »Wir machen uns ein Zeitalter. Das Mittelalter in der modernen Rückbetrachtung« bahnte sich an. Die knapp zwanzig Teilnehmer verstauten bereits ihre Notizblöcke und Laptops. Der Großteil von ihnen studierte Geschichte auf Lehramt, nur eine Handvoll Wahnsinnige *auf gut Glück*, wie es so schön hieß.

»Bevor Sie gehen, noch ein Hinweis«, sagte sie, »schauen Sie sich bitte frühzeitig die Lektüreliste an. Am

Ende, wenn die Hausarbeit ansteht, sind die Titel vielleicht schon wieder ausgeliehen oder vergriffen.«

Allgemeines Nicken und Raunen, gefolgt vom typischen Klopfen auf die Tischplatten, das in ihr noch immer für wohlige Wärme sorgte; das Gefühl, wieder eine Stunde geschafft und möglicherweise sogar das eine oder andere vermittelt zu haben.

Während die Studierenden an ihr vorbei ins Freie strömten, warf sie noch einmal einen Blick auf die Teilnehmerliste, auf der alle Anwesenden mit ihrem Kürzel unterschrieben hatten. Nur das Feld hinter Alwin Brunners Namen war leer.

Er fehlte.

Das war wirklich ungewöhnlich.

Der Gasthörer besuchte schon seit mehreren Semestern regelmäßig ihre Vortragsreihen und Seminare, von denen er bisher keine einzige Stunde versäumt hatte. Er war geschichtsbegeistert, und sie wusste, dass er mit großer Leidenschaft an Mittelalter Reenactments teilnahm. Seit der ehemalige Ingenieur vor einigen Jahren für berufsunfähig erklärt worden war, hatte er seine Historien-Faszination zu seinem Lebensinhalt gemacht.

Über die Zeit war er für sie fast schon zu einer Art Maskottchen geworden. Einem Glücksbringer, der immer in einen roten Kapuzenpulli gekleidet – sein Markenzeichen – mit zuverlässiger Wissbegier an ihren Lippen gehangen hatte.

Sie packte ihre Sachen zusammen. Wenn er zu dem nächsten Termin auch nicht auftauchte, würde sie einmal nachhaken, warum er das Seminar nicht wahrnehmen wollte.

Vorgestern hatte Herr Brunner ihr noch eine Mail geschickt: »Ich müsste einmal dringend persönlich mit Ihnen sprechen. Es ist wichtig, es könnte um Ihre Sicherheit gehen …« Die Sätze hatten sich ihr ins Hirn gebrannt. Sie klangen absolut alarmiert. Natürlich hatte sie sofort geantwortet, dass sie ihn jederzeit treffen könnte, darauf bisher aber keine Antwort erhalten. Was ging da vor sich?

Bevor sie den Seminarraum verließ, warf sie noch einen Blick aus dem Fenster. Sie liebte den Ausblick, den man von hier aus auf die Pegnitzinsel Schütt, den Schuldturm und die Dächer der Nürnberger Altstadt hatte.

Eigentlich befanden sich die Räumlichkeiten des Lehrstuhls für Geschichte am Campus in Erlangen, aber aufgrund von Renovierungsarbeiten mussten sie momentan auf die sozialwissenschaftliche Fakultät in Nürnberg ausweichen.

Ginge es nach Ellen, könnten sich diese Arbeiten gerne noch einige Zeit hinziehen. Sie lebte ohnehin in Nürnberg und genoss es, jetzt mit dem Rad statt mit dem Auto zur Uni fahren zu können. Wenn sie – wie heute – nur ein Seminar hatte und schnell Schluss machen konnte, war sie früh am Morgen wieder zu Hause.

Auf der Findelgasse hinter dem Fakultätsgebäude löste sie das Kettenschloss ihres Hollandrads und schwang sich auf den Sattel. Das dunkelgrüne Rad quietschte und wackelte jedes Mal bedenklich auf dem holprigen Kopfsteinpflaster. Es begleitete Ellen, seit sie vor zwanzig Jahren mit dem Studium begonnen hatte. Damit war es fast schon eine Reliquie, genau wie die Gegenstände, über die sie referierte.

Sie wohnte in Sankt Leonhard, einem Viertel im Südwesten der Stadt, jenseits des Plärrer – des großen Verkehrsknotenpunkts. An guten Tagen schaffte sie die Strecke in weniger als zwanzig Minuten.

Der Wind blähte ihren cremefarbenen Wollmantel auf, als sie durch die Straßen der Innenstadt Richtung Spittlertor fuhr. Die Herbstsonne tauchte Nürnberg in ein klares, warmes Licht. An jeder Ecke präsentierten sich imposante Patriziervillen, Kirchtürme und malerische Plätze, wie geschaffen für Postkartenmotive und Instagram-Storys.

Sie radelte die Ludwigstraße hinunter, geradewegs in eine Menschenmenge am Spittlertorturm hinein. Mehrere Polizeitransporter, der Rettungsdienst und sogar ein Leiterwagen der Feuerwehr standen rings um den Rundturm aus dem vierzehnten Jahrhundert, der seinen Namen dem damals nahe gelegenen Spital St. Elisabeth verdankte. Sogar der Übertragungswagen eines Regionalsenders parkte vor einem der Dürüm-Läden.

Ellen drückte beide Bremsen durch und stieg vom Rad ab. Sie würde schieben müssen, anders gäbe es für sie hier kein Durchkommen.

Was war vor dem Tor geschehen? Ein Unfall? Eine Messerstecherei? War es in der Nähe zu einem Raubüberfall gekommen?

So neugierig sie auch war, sie verachtete Gaffer aus tiefster Seele und wollte sich auf gar keinen Fall mit der aufgeregten Meute gemeinmachen. Wie konnten die Leute so pietätlos sein und einfach stehen und gaffen, als wären sie beim Public Viewing? Einige von ihnen hatten ja sogar ihre Handys gezückt und filmten!

Sie hielt den Blick betont geradeaus und bahnte sich einen Weg zwischen den Schaulustigen hindurch, da schnappte sie einen Gesprächsfetzen auf: »Eine Frau hat vorhin gesagt, dass da ein Körperteil über dem Torbogen hing und ganz viel Blut war, bevor sie ihn abgehängt haben. Aber sie konnte nicht sagen, ob's ein Tier oder ein Mensch gewesen ist«, berichtete ein älterer Mann in starkem fränkischen Dialekt. »Angeblich soll an drei anderen Stadttoren auch so eine Schweinerei veranstaltet worden sein. Seltsame Geschichte, das Ganze.«

Was war los? Ging es hier um einen Mord?

Sie hielt inne und schaute zum Spittlertor. Was immer dort gleich unter den winzigen rechteckigen Fenstern hing, es war unter einer weißen Kunststoffplane verborgen.

Wer würde so etwas machen? Leichenteile an ein Stadttor hängen? Solche Praktiken stammten doch aus dem Mittelalter.

Sie stockte. Dann stellte sie ihr Fahrrad ab, schlängelte sich in Richtung Absperrband und drängte mehrere andere mit den Ellenbogen zur Seite.

»Sie können sich wohl nicht dran sattsehen, was?«, mokierte sich eine Frau mit rot gefärbter Kurzhaarfrisur.

Ellen ignorierte sie und redete auf einen der Polizeibeamten ein, die hinter dem Absperrband postiert waren: »Ich muss mit dem diensthabenden Kommissar sprechen oder

Staatsanwalt ... oder wer auch immer hier gerade zuständig ist.«

Der vollbärtige Mann seufzte. Es schien, als hätte er so was heute nicht zum ersten Mal gehört. »Bitte rufen Sie beim Präsidium an, wenn Sie irgendetwas melden wollen. Hier gibt es gerade nichts zu sehen und auch niemanden zu sprechen!«

Sie hielt inne und presste die Lippen aufeinander. Machte sie sich gerade lächerlich? Drehte sie durch? Eben noch war sie auf dem Nachhauseweg gewesen, jetzt stand sie hier und diskutierte mit einem Polizisten.

»Hey, Guido, was ist da los?«, rief ein anderer Beamter, der mit einem Funkgerät in der Hand an einem der Streifenwagen lehnte.

»Ach, nur wieder eine, die glaubt, irgendwas zu wissen.«

»Schon gut, lass sie durch!«

Der Beamte mit Vornamen Guido verzog einen Mundwinkel und hielt das Flatterband hoch, damit sich Ellen darunter hindurchbücken konnte.

»Erster Polizeihauptkommissar Hamann«, stellte sich der Mann mit dem Funkgerät vor, als sie auf ihn zutrat. Er war ein Hüne, mindestens einen Kopf größer als Ellen, mit breiten Schultern und einem kantigen, geröteten Gesicht. Ein dünner blonder Bart umgab seine Mundpartie, und beim Sprechen entblößte er eine große Lücke zwischen den beiden mittleren Schneidezähnen. Er roch scharf nach Aftershave und kalten Zigaretten.

»Prof. Dr. Grafenberg«, sagte sie und straffte ihren Rücken. Im Alltag vermied sie es normalerweise, sich mit ihren akademischen Titeln vorzustellen, das kam ihr immer schnell großkotzig und überheblich vor. Aber in dieser Situation gaben sie ihr Selbstbewusstsein und Autorität. »Ich weiß natürlich nicht, was hier genau geschehen ist, aber ich dachte mir, dass Sie das hier wissen sollten. Bitte halten Sie mich nicht für verrückt, ich fasse es ja selbst gerade noch nicht: Die Leibesteile, die offensichtlich an alle vier Stadttore gehängt sind – so wurden im Mittelalter und in der frühen Neuzeit die Körper von Hingerichteten zur Schau gestellt! Daran musste ich sofort denken, vielleicht hilft Ihnen das weiter. Ich müsste es noch mal nachrecherchieren, aber wenn die Hinrichtungsmethode eine Vierteilung war, dann könnte der Grund dafür ...«

Sie hielt inne, als Hamann die Brauen hochzog und das Funkgerät wegsteckte. Ohne ein weiteres Wort zu sagen, öffnete er die Tür des Streifenwagens und kramte in einem Stapel Dokumente. Obwohl sie sich so ereifert hatte, schien ihr der Erste Hauptkommissar überhaupt nicht zugehört zu haben. Er drückte ihr nur einen Kugelschreiber und ein Formular in die Hand.

»Sie können hier gerne Ihre Kontaktdaten hinterlassen«, sagte er. »Wir melden uns dann, falls wir noch etwas von Ihnen brauchen. Danke für den Tipp.«

Sie zuckte mit den Schultern, presste das Blatt Papier gegen das Autodach und kritzelte umständlich ihre Angaben darauf.

Der Erste Hauptkommissar nickte ihr zu und rang sich sogar zu etwas wie einem Lächeln durch, als sie es ihm zurückgab. Er hing bereits wieder am Funkgerät.

Sie lief hinter die Absperrung zurück, wandte sich noch einmal um und schaute hoch zu dem Torbogen. Inzwischen schwenkte die Drehleiter des Feuerwehrwagens auf die abgehängte Stelle zu. Im Korb standen zwei Männer in weißen Overalls, wahrscheinlich Rechtsmediziner oder Spurensicherer. Sie hoben die Plane an, um mit feinen Pinseln Proben zu nehmen. Ellen wollte sich gar nicht ausmalen, was für ein Anblick sie darunter erwarten musste.

Hatte jemand wirklich Körperteile an den vier großen Stadttoren Nürnbergs aufgehängt? Wie konnte das sein? Wie konnte man so etwas schaffen, ohne dabei entdeckt zu werden?

Sie zwängte sich zu ihrem Fahrrad durch, das sie an einer der Straßenlaternen festgemacht hatte, als eine junge, zierliche Frau mit Hijab sie ansprach. Die Frau hielt ein Mikrofon umklammert und trug einen Presseausweis am Revers ihres Blazers.

»Ebru Mede vom Lokalradio«, stellte sie sich vor. »Ich habe gerade ein wenig gelauscht, als Sie mit der Polizei gesprochen haben. Alte Berufskrankheit. Das hörte sich ja höchst spannend an, Ihre Theorie zu den Hingerichteten im Mittelalter. Sie hätten nicht zufällig Lust auf ein Interview mit uns?«

Vier

14. Oktober // einen Tag zuvor

Am nächsten Tag radelte Ellen wieder am frühen Abend von der Uni nach Hause. Den Verkehrswahnsinn des Plärrer hatte sie gerade hinter sich gelassen, nun fuhr sie durch die Straßen von Gostenhof.

Ein unangenehmer Nieselregen peitschte ihr ins Gesicht und ließ sie unentwegt blinzeln.

Als wäre der heutige Tag nicht schon anstrengend genug gewesen.

An produktives Arbeiten war nicht zu denken gewesen. In der letzten Nacht hatte sie schlecht geschlafen und war daher die ganze Zeit über träge und unkonzentriert gewesen. Die Studierenden in den Vorlesungen hatten ohnehin nur ein Thema gehabt: die Leichenfunde an den Stadttoren. Mittlerweile war bekannt, dass die Körperteile von einem Mann stammen mussten. Und dann hatte auch noch ihre Professorin höchstpersönlich dem Radio ein Live-Interview zu der Angelegenheit gegeben.

Über ihre In-Ear-Kopfhörer hörte Ellen sich noch einmal eine Podcast-Wiederholung ihres Gesprächs mit der Reporterin Ebru Mede an.

»Was wir bisher wissen – und was nicht. In der Nacht vom 13. auf den 14. Oktober wurden Leichenteile am Spittlertor, am Tiergärtnertor, am Färbertor und am Westtor aufgehängt. Ob es sich um einen Mord handelt, wer das Opfer ist, ob es etwaige Spuren gibt – all das ist noch völlig unklar«, sprach die Reporterin aufgeregt in ihr Mikro. »Frau Dr. Grafenberg, Sie sind Professorin für Mittelalterliche Geschichte an der Universität Erlangen-Nürnberg. Sie glauben, dass es einen historischen Hintergrund geben könnte ...«

Ellen wusste noch, wie sie in diesem Moment kurz gestockt hatte. Eigentlich war es nicht ihre Art, wilde Theorien in das nächstbeste Mikrofon zu posaunen. Aber den Drang, ihr Wissen zu teilen, hatte sie nicht zurückhalten können.

»Die Zurschaustellung von Leichen und Leichenteilen ist seit Langem ein elementarer Bestandteil der Menschheitsgeschichte. Denken Sie nur an den Sklavenaufstand des Spartakus im alten Rom! Der römische Feldherr Crassus hat nach seinem Sieg 6.000 gefangene Sklaven entlang der Via Appia kreuzigen lassen, von Capua bis nach Rom. Alle sechsundzwanzig Komma sechs Meter ein Gekreuzigter. Eine deutlichere Abschreckung für künftige Aufstände gibt es wohl nicht. Oder im Frühbyzantinischen Reich, etwa im Jahr 600 ...«

Die Reporterin hatte etwas gequält gelächelt und per Handzeichen angedeutet, dass Ellen zum Punkt kommen sollte.

»Entschuldigung«, hatte sie nervös gesagt, »also, vor allem im Mittelalter war die Präsentation des Leichnams ein integraler Teil von Hinrichtungen. Die Wiedertäufer-Käfige hoch oben an den Kirchtürmen im westfälischen Münster sind ja noch heute eine Touristenattraktion. Das Zurschaustellen dient der Abschreckung, gleichzeitig verwehrt man den Hingerichteten damit aber auch eine ordentliche Bestattung. Eine Strafe, die über das Diesseits hinauswirkt.«

»Und bei welcher Art von Vergehen wurden die Leichenteile an vier Stadttoren aufgehängt?«

»In den meisten Fällen ging dem Ganzen eine Vierteilung voraus. Diese Strafe wurde meistens bei Königsmördern, Verrätern und Revoltenführern angewandt. Der schottische Freiheitskämpfer William Wallace zählte zum Beispiel zu den Unglücklichen, denen dieses Schicksal zuteilgeworden ist. Sein Kopf wurde auf der London Bridge aufgespießt, seine Arme und Beine in ganz England und Schottland zur Schau gestellt.«

»Dann könnten wir es hier also mit einem Mörder zu tun haben, der durch Vierteilung tötet? Ein Historien-Freak? Warum sollte jemand so etwas tun?«

»Das ... das wäre jetzt alles reine Spekulation. Mehr kann ich Ihnen vorerst nicht sagen.«

Mit diesen Worten hatte Ellen das Interview gestern abrupt beendet. Es war ihr peinlich geworden, dass sie dem Gespräch zugestimmt hatte. Sie hatte mehr als genug gesagt und sich viel mehr in die Sache eingemischt, als sie es jemals für möglich gehalten hätte.

»Danke an Frau Dr. Grafenberg für die interessante historische Verortung. Das war Ebru Mede, live vom Leichenfundort am Spittlertor hier in Nürnberg.«

Der Jingle des Radiosenders erklang.

Beim Fahren zog sich Ellen die Kopfhörer aus den Ohren und steckte sie sich in den Kragen. Zumindest hatte sie keinen völligen Blödsinn geredet, das beruhigte sie ein wenig.

Es waren nur noch wenige Meter bis zu ihr nach Hause. Sie radelte zwischen den grauen bröckeligen Jahrhundertwende-Bauten im Zentrum von Sankt Leonhard hindurch, bis sie in die ruhigeren Wohngegenden von Sündersbühl gelangte.

Ihr Haus, etwas abgelegen ganz am Ende der schmalen Einbahnstraße, hatte sie vor drei Jahren zusammen mit ihrem Ex-Mann gekauft. Damals noch mit dem erklärten Ziel, es zu einem Familienheim zu machen, deshalb hatte er auch so viel Wert auf Ruhe und Privatsphäre gelegt. Er war der typische Nestbauer, der schon seit dem Studium Kinder, Haus und Hund haben wollte. Ellen war sich da nie so sicher gewesen und hatte damit gefremdelt, sich so früh festzulegen. Aber wenn es jemanden gegeben hätte, mit dem sie es sich hätte vorstellen können, wäre es er gewesen.

Sie stieg vom Fahrrad, öffnete das quietschende gusseiserne Gartentörchen und schob ihr Rad über den schmalen Kiesweg. Seit ihr Ex ausgezogen war, ließ sie die Pflanzen wild vor sich hin wuchern. Er hatte immer für akkurate Ordnung gesorgt, jetzt ragten Lavendel, Hortensien und Hibiskus in alle Richtungen, und Blauregen rankte sich am Vordach entlang.

Irgendwann hatte ihr Verlobter sein eigenes Nestbauprojekt zum Einsturz gebracht. Dafür brauchte er nur die Anmeldung auf einer Online-Dating-Seite, ein paar Nächte in einem anonymen Hotel und die Erkenntnis, Ellen sei eben doch nicht die Frau fürs Leben gewesen.

Das Ganze lag jetzt beinahe ein Jahr zurück. Ihr Ex-Mann war zu seiner neuen Flamme nach Ansbach gezogen, Ellen war zunächst in dem zweigeschossigen grundrenovierten Flachdachhaus wohnen geblieben. Erst hatte sie geglaubt, so schnell wie möglich ausziehen zu müssen, um dieses Kapitel ihres Lebens endgültig hinter sich zu lassen. Aber irgendwann war sie zu der Überzeugung gekommen, dass die größere Stärke darin lag, sich das Haus komplett zu eigen zu machen, es zurückzuerobern. Und genau das hatte sie getan.

Auf der Gartenbank – wie üblich um diese Zeit – wartete bereits ihre schwarze Katze Rosinante und schaute sie aus ihren giftgrünen Augen versonnen an. Sie streckte sich, sprang elegant herab und umschmiegte Ellens Beine.

»Hmmm, Zeit fürs Abendessen, was?« Sie kraulte die Katze hinter den Ohren und schloss die Haustür auf.

Im Flur hingen Fotografien des Teppichs von Bayeux, der die normannische Eroberung Englands zeigte. Die mittelalterliche Stickarbeit stand im krassen Kontrast zum dunklen Parkettboden, den klinisch-weißen Wänden und dem milchigen Licht der LED-Spots.

Auch in der riesigen Wohnküche mit der Fensterfront in Richtung Terrasse zogen sich diese Gegensätze weiter durch. Designermöbel und Minimalismus trafen auf Nachbildungen von Ritterhelmen, eine wild zusammengewürfelte Bücherwand und Albrecht-Dürer-Kunstdrucke.

Entgegen ihrer eingespielten Routine stellte sie als Erstes den Fernseher an. Die Nürnberger Polizei hatte für diese Zeit eine Pressekonferenz angekündigt, die live vom Bayerischen Rundfunk übertragen wurde.

An dem langen, mit Mikrofonen gespickten Konferenztisch saß gleich neben dem Pressesprecher der Kommissar, mit dem sie gestern kurz am Spittlertor gesprochen hatte.

»Bei dem Opfer handelt es sich um einen sechsundvierzig Jahre alten Mann aus Nürnberg«, las er konzentriert von einem Zettel ab.

Sie nahm sich die angebrochene Flasche Riesling aus dem Kühlschrank, goss ihn sich ein und warf auf dem Rückweg einen Blick auf den leeren Futternapf von Rosinante.

Die Katze schaute erwartungsvoll zu ihr hoch und kratzte an der Schranktür, hinter der sich ihr Futter verbarg.

»Na, Hunger bis unter beide Ärmchen?« Während Ellen den Blick unverwandt auf den Fernseher gerichtet hielt, holte sie eine Dose Nassfutter heraus.

Ihr Handy klingelte. Sie zog es aus der Jeanstasche und schaute aufs Display. Es war die Rufnummer der Universität, die Durchwahl gehörte zum Büro der Rektorin. Sie hielt den Atem an. Ging es um ihr Interview?

»Grafenberg, hallo«, meldete sie sich zögerlich.

»Guten Abend, hier ist Frau Mahler. Sie wundern sich vielleicht, warum ich Sie so unangekündigt anrufe, aber ich denke, Sie sollten es als Erste erfahren. Ich habe gerade mit der Polizei gesprochen, und man hat mir erzählt, wie gut Sie sich kannten. Es geht um Ihren Gasthörer, Alwin Brunner. Der Getötete an den Stadttoren – das ist er.«

Fünf

14. Oktober // Düsseldorf

Als Ellen davon erzählte, wie sie vom Tod ihres Gasthörers erfahren hatte, wischte sie sich über die bebenden Lippen und die Augenpartie.

»Wir machen jetzt mal Pause«, beharrte Jan daraufhin. »Hast du heute überhaupt schon irgendetwas gegessen?«

Als sie nur den Kopf schüttelte, nahm er sie mit zu einem veganen Restaurant gleich in der Nähe. Es war häufig Jans Anlaufstelle, wenn es mal wieder später wurde.

Sie kehrten mit prall gefüllten Take-away-Boxen, einer Flasche Neumarkter Lammsbräu für sie und einer Fritz-Kola für Jan in die Agentur zurück.

Inzwischen war die Nacht vollends hereingebrochen, und draußen vor den Bogenfenstern leuchteten die Gaslaternen.

Ellen stocherte lustlos in ihrem Soja-Schaschlik herum, würgte aber zumindest eine kleine Portion herunter und spülte mit Bier nach. Jan lächelte ihr ermutigend zu.

»Ich denke die ganze Zeit an Alwins letzte Mail an mich«, sagte Ellen, jetzt wieder mit etwas festerer Stimme. »Ich weiß, es waren nur geschriebene Worte, aber trotzdem klangen sie voller Angst. Was ... was wollte er mir sagen? Wovor wollte er mich warnen?«

»Bist du schon zu einer Zeugenvernehmung eingeladen worden?«, fragte Jan.

»Noch nicht.«

»Spätestens, wenn sie Brunners Mailverlauf durchgehen, wird es so weit sein.« Jan lehnte sich zurück. »Mit deiner Information solltest du eigentlich zur Polizei gehen. Stattdessen kommst du zuerst zu mir. Warum?«

»Es ist schwer zu erklären.«

»Oh, ich glaube, das lässt sich ganz leicht erklären.« Er knibbelte an dem Etikett seiner Cola herum. »Du willst auf eigene Faust Nachforschungen anstellen ...«

»Ich schätze mal, du hast richtig geraten.«

»Das war kein Raten, das war eine begründete Vermutung. Feiner, aber wichtiger Unterschied. Du bist Wissenschaftlerin, eine leidenschaftliche noch dazu, wenn ich an dein Verhalten und deine Initiative am Tatort denke. Du hast einen Forscherdrang, willst den Dingen auf den Grund gehen. Und Alwin Brunner war nicht einfach nur ein Gasthörer. Er stand dir nahe. Von der mysteriösen Mail mal ganz abgesehen.«

Entlang ihrer Mundpartie zeichnete sich eine tiefe Sorgenfalte ab. Sie blinzelte schneller. Ihr Blick verlor sich in einem gerahmten Bild namens *Pale Blue Dot*, das an der Wand seitlich von Jans Schreibtisch hing. Es war ein Foto der Erde, aufgenommen von der Raumsonde *Voyager 1* aus rund sechs Milliarden Kilometern Entfernung – bis heute ist es das mit dem größten Abstand gemachte Bild des Planeten. In der

Schwärze des Weltalls war die Erde nicht mehr als der namensgebende blassblaue Punkt. Jan hatte es ausgewählt, weil das Motiv etwas unfassbar Beruhigendes und Befreiendes an sich hatte. Aus sechs Milliarden Kilometern Entfernung wirkten selbst die größten Ängste und Sorgen auf einmal ganz klein und unbedeutend.

»Wie nah standest du Herrn Brunner denn eigentlich?«

»Da war nichts, was über einen kurzen Plausch hier und da nach den Veranstaltungen hinausgegangen wäre.« Sie schmunzelte kurz, wohl über eine schöne Erinnerung. »Aber er war nett, sehr nett. Und so unglaublich geschichtsbegeistert. Ein paar meiner regulären Studierenden hätten sich wirklich mal ein Beispiel an ihm nehmen können. Er war Feuer und Flamme, hatte jedes Mal Tausende von Fragen. Und jetzt dieser Mord, der ja so offensichtlich historisch gefärbt ist ... Das lässt mich einfach nicht los.«

»Hm.«

Jan verschränkte die Arme vor der Brust und lehnte sich in seinem Sessel zurück. »So eine Vierteilung ... wie würde sie nach mittelalterlichem Recht ablaufen?«

»Das ist teilweise recht unterschiedlich gewesen. Manchmal ist der Verurteilte noch vor der eigentlichen Vierteilung fast erhängt und ausgeweidet worden. Das eigentliche Zerreißen des Körpers fand dann meist durch Pferde statt. Aber ich kann mir nicht vorstellen, dass das hier auch so abgelaufen sein soll.«

»Da bin ich anderer Meinung. Ich glaube, genau das ist passiert.«

Ellen legte den Kopf schief. »Aber das ist doch wahnsinnig aufwendig und risikoreich. Woher nimmt man die Pferde? Wo findet man einen Ort, der abgelegen und gleichzeitig weitläufig genug ist?«

»Aber ist es nicht genauso aufwendig und risikoreich, die Leichenteile in einer Großstadt wie Nürnberg an den vier prominent gelegenen Stadttoren aufzuhängen?«

Darauf erwiderte sie nichts.

Jan fuhr fort: »Dem Täter geht es offensichtlich nicht um Pragmatismus. Er will die Vierteilung – oder sein Urteil, wenn man so will – genau so vollstrecken, wie es vorgesehen ist. Koste es, was es wolle.«

»Warum sollte jemand so etwas tun?«, hauchte Ellen.

»Wie ich vorhin gesagt habe: Ich rate nicht, ich stelle begründete Vermutungen an. Und im Moment bin ich dazu noch nicht in der Lage. Deshalb halte ich mich an dieser Stelle noch damit zurück.«

»Heißt das, du übernimmst den Fall?«

Er seufzte. »Natürlich interessiert mich der Fall. Das kann ich nicht leugnen. Doch du kennst meine Vergangenheit. Es ist für mich selten gut ausgegangen, wenn ich meiner Neugier nachgegeben habe.«

»Ich verlange ja auch nicht von dir, dass du dich unnötigerweise in Gefahr begibst.«

»Manchmal begibt sich die Gefahr auch ganz von selbst zu einem, wenn man nur lange genug die falschen Fragen stellt – oder, besser gesagt, die richtigen.« Er breitete die Arme aus. »Vorschlag: Ich denke eine Nacht drüber nach und gebe dir morgen Bescheid. Ich muss auch erst mal klären, wer sich um mein Büro kümmert, solange ich in Nürnberg bin. Außerdem brauchst du erst mal etwas Schlaf ...«

Und wenn ich wirklich nach Nürnberg fahre, dachte er, werde ich den einzigen Menschen auf der Welt brauchen, der dieser Sache gewachsen ist.

Sechs

14. Oktober // Bern

»18:34, Eddy: Wann bist du raus aus der Arbeit? Warte schon zu Hause auf dich.«

Rabea schaute irritiert auf ihr Handy. Normalerweise schaffte es ihr Freund nie vor ihr aus der Agentur.

War irgendetwas los?

Sie klappte den Laptop zu und packte ihn zusammen mit ihrem Notizbuch und Handyladekabel in ihren Rucksack. Es waren die letzten Handgriffe eines jeden Arbeitstages. Sie schaltete die Schreibtischlampe aus, stapelte ihr Glas und ihre Kaffeetasse auf die Wasserkaraffe und bugsierte alles in Richtung Küche.

Auf dem Weg zum Ausgang wünschte sie noch einem Kollegen einen schönen Abend und nickte dem Pförtner zu.

Seit mehr als einem Jahr arbeitete sie jetzt im Schweizer Hauptquartier der Unternehmensberatung *Kallus & Blomqvist Consulting* mitten in der Berner Altstadt, schräg gegenüber vom Bundeshaus.

Die Stelle als Organisationsberaterin für Personalwesen lag ihr, auch wenn es natürlich eine Umstellung gewesen war. Die Arbeitsweise war nicht vergleichbar mit der beim

LKA und erst recht nicht mit der von Jan. Doch sie verstand sich exzellent mit ihrer Chefin und wurde immer eigenständiger.

Nur wenn die Meetings gerade besonders einschläfernd und kräftezehrend waren oder der Kunde die siebte kleinteilige Änderung an ihren Konzepten vornahm, ertappte sie sich dabei, wie sie sich ihr altes Leben zurücksehnte. Damals hatte das, was sie getan hatte, wirklich einen Unterschied gemacht. Sie hatte Menschenleben gerettet, Opfern beigestanden, Grausamkeiten und Ungerechtigkeit aufgedeckt. Jetzt sorgte sie bestenfalls dafür, dass der Gewinn von seelenlosen DAX-Unternehmen um ein paar Promillepunkte wuchs. Sollte das wirklich ihre Erfüllung sein?

Die Herbstzeit in Bern war für sie jedes Jahr aufs Neue eine Entdeckung. Als Kind hatte sie die typischen grauen Sandsteinfassaden düster und erdrückend gefunden, heute genoss sie das Wechselspiel, das sie mit den rot-goldenen Baumkronen bildeten. Die Abendsonne schimmerte warm und einladend auf den Dächern des Bundeshauses, irgendwo roch es nach heißen Maroni, und die Pendlerscharen strömten Richtung Bahnhof.

Sie entschied sich dagegen, mit der Tram nach Hause zu fahren, und trat zu Fuß den Heimweg an. Bis zu ihrer Wohnung in der Nähe des Rosengartens waren es nur zwanzig Minuten, und so konnte sie die Vorfreude und Neugier auf Eddys Überraschung noch ein bisschen aufrechterhalten.

Sie schlenderte am Berner Münster vorbei und überquerte die Aare über die Nydeggbrücke.

Jan und sie hatten sich eigentlich versprochen, regelmäßig zu schreiben oder zu telefonieren, aber in letzter Zeit hatten sie es beide schleifen lassen. Er war überwältigt – und manchmal wahrscheinlich auch überfordert – von der Presse-Aufmerksamkeit und seiner Auftragslage, sie hatte durch ihren neuen Freund auf einmal einen völlig neuen Alltag.

Eddy und sie hatten sich vor knapp einem Jahr kennengelernt, kurz nachdem Rabea nach Bern zurückgekehrt war. Sie konnte gar nicht mehr sagen, mit welchen Überredungskünsten es ihrer Schwester Marie damals gelungen war, sie zum Tanzengehen zu animieren. Im Department 66, als sie gerade mit einem French Manhattan und einem Elderflower Gin angestoßen hatten, hatte Marie sie auf den Brasilianer aufmerksam gemacht: »Die zwei Typen, die da hinten in der Ecke sitzen – der eine sieht doch ziemlich süß aus. Dreitagebart und dieses verschmitzte Lächeln. Der schaut schon die ganze Zeit zu dir rüber.«

»Das bildest du dir doch ein.«

»Nein, ernsthaft! Soll ich dich mal ganz dezent ins Spiel bringen?«

»Marie, lass es bloß bleiben!«

Aber sie hatte es natürlich nicht bleiben lassen.

Sie war einfach auf dem Weg zur Toilette bei den beiden vorbeispaziert, hatte Eduardo etwas ins Ohr geflüstert – den Inhalt hatte sie Rabea bis heute nicht verraten – und auf sie gedeutet.

So hatte sie Eddy kennengelernt, der eigentlich Eduardo Galdino hieß. In ihrem typischen gemeinsamen Kauderwelsch aus Englisch, Deutsch und ein paar Brocken Portugiesisch hatten sie stundenlang geredet, die Sprachbarriere schon bald hinter sich gelassen. Sie hatten Nummern ausgetauscht und sich zwei Tage später zum Abendessen getroffen.

Er arbeitete als Senior Art Director in einer Werbeagentur, hatte zuvor einige Jahre in Berlin und Amsterdam verbracht und hielt große Stücke darauf, dass er seine Laufbahn bei der renommierten Agentur *AlmapBBDO* in São Paulo begonnen hatte. Seine übersprudelnde Kreativität, sein Enthusiasmus und sein Esprit faszinierten Rabea nach wie vor. Seine Welt und seine Art zu denken unterschieden sich so grundlegend von ihren, die immer so analytisch und ernst gewesen waren.

Seit drei Monaten teilten sie sich jetzt die Wohnung in der Nähe des Rosengartens. Dritter Stock in einem Bau aus den Achtzigern, großzügig geschnitten, frisch renoviert und mit Südbalkon.

Als sie die Tür aufschloss, empfing sie der flackernde Schein unzähliger Kerzen. Eddy stand im Wohnzimmer, zwei Champagnergläser in den Händen. Mit seinem wuscheligen Lockenkopf und der schlaksigen Statur sah er wie immer umwerfend aus. Er trug eine weite Leinenhose und ein buntes, aber stilvolles Hemd, diesmal mit einem gewagten Blumenmuster.

Rabea bekam weiche Knie. Nicht unbedingt aus Freude über die romantische Geste – für so etwas war sie noch nie sehr empfänglich gewesen –, sondern weil sie sogleich an den möglichen Anlass dachte. Das hier geschah nicht ohne Grund. Und der Grund machte ihr Angst.

»Bebe!«

So nannte Eddy sie immer, weil er mit der Aussprache von »Rabea« seine Schwierigkeiten hatte. Er trat auf sie zu, reichte ihr ein Glas und gab ihr einen langen Kuss. Sie erwiderte ihn nur halbherzig – was ihr sofort leidtat, als sie in seine großen Augen schaute.

»Stimmt etwas nicht?«, fragte er.

»Nein, nein. Alles gut. Ich muss erst mal ankommen. Das sieht alles so wunderschön aus.«

Er führte sie ins geschmackvoll-minimalistisch eingerichtete Wohnzimmer – die Innenausstattung hatte sie ganz Eduardo überlassen – und breitete die Arme in Richtung des reichlich gedeckten Esstischs aus.

»Meine Feijoada, die du so magst, Rösti nach deinem Rezept, Picanha-Steak – Fusion Kitchen Switzerland-Brasil, *if you want.*« Er strich ihr über den Rücken, glitt die Erhebungen ihrer Wirbelsäule entlang.

Sie nahm einen Schluck Champagner, der kühl in ihrer Magengrube prickelte. Das Blut rauschte ihr in den Ohren. Das macht er nicht wirklich, dachte sie, das macht er jetzt nicht wirklich.

»Das sieht alles großartig aus«, sagte sie, sog die Luft ein und fügte hinzu: »Und es riecht auch so lecker.«

»Drei Stunden Arbeit in der Küche, ich habe mir sogar einen halben Tag freigenommen.«

Sie schluckte trocken. »Verrätst du mir auch, was der Grund für all das ist?«

»*Oh, do I really need a reason for that?*« Er schmunzelte auf die ihm eigene Weise, die ihn wie einen schelmischen Jungen aussehen ließ.

Sie machte das Spiel mit und schlug ihm sacht auf den Brustkorb. »*Oh, come on!*«

»Also gut …«

Er griff in die Hintertasche seiner Hose und holte eine Ringschatulle hervor.

Rabea taumelte und musste sich an der Tischkante festhalten. Ihr Magen zog sich zusammen. Sie war völlig überrumpelt, obwohl sie es erahnt hatte. Genauso gut hätte er gerade eine Pistole zücken und auf ihre Brust richten können. Er tat es wirklich!

»Du bist die Frau meines Lebens!« Er schaute sie unverwandt aus seinen dunklen Augen an. Sein Tonfall war aufrichtig und ernst. Gefühle behandelte er wie eine extrem fragile, seltene Ressource, mit der man absolut vorsichtig umzugehen hatte. Dafür hatte sie ihn immer bewundert – wie er seine Emotionen schürfte und gewissenhaft pflegte.

Sie reagierte nicht auf seinen Ausruf, wandte nur den Blick ab. Ihre Lippen bebten. Sie schämte sich dafür, dass sie seine Hingabe und seinen Mut nicht gleichermaßen erwidern konnte.

In diesem Moment klingelte Rabeas Handy. Die Ludovico-Einaudi-Melodie war wie eine Erlösung.

Eddy starrte sie aus großen Augen an. »Da … da wirst du doch jetzt nicht drangehen?!«

Sie schob es aus der Hosentasche und schaute aufs Display. Jan. Ausgerechnet.

Sieben

15. Oktober // Düsseldorf

Jan schrak um sechs Uhr morgens aus unruhigen Träumen hoch und fand danach nicht mehr in den Schlaf zurück. Dafür übten Ellen Grafenberg und ihre Geschichte eine zu große Anziehungskraft auf ihn aus. Er konnte sich noch so sehr bemühen, wieder einzuschlafen, seine Gedanken kehrten doch immer wieder zu dem Mordfall in Nürnberg zurück.

Er kämpfte sich aus den schweißnassen Laken, öffnete die Balkontür und ließ die frische Morgenluft um seinen nackten Oberkörper wehen. Die Baumkronen im Innenhof des Wohnblocks schimmerten im Zwielicht. Gerade noch erhaschte er einen Blick auf ein Eichhörnchen, das von Ast zu Ast huschte.

Sollte er wirklich nach Nürnberg reisen?

Obwohl ihm diese Aussicht völlig wahnwitzig erschien, hatte er sich noch nicht ganz zu einem finalen Nein durchringen können.

Gestern Abend hatte er noch mit Rabea gesprochen. Am Telefon war sie kurz angebunden und angespannt gewesen.

Auf seine Frage, ob sie ihm womöglich bei einem Fall helfen könnte, hatte sie ihm keine konkrete Antwort gegeben.

»Ich ... ich melde mich morgen bei dir. Gerade ist es schlecht.«

Würde sie ihm überhaupt helfen können? Geschweige denn wollen? Sie hatte ihren neuen Job, ihr neues Leben.

Aber er wusste tief in sich drin, dass sie genauso war wie er. Der Beruf des Fallanalytikers war keiner, den man nach drei Monaten Kündigungsfrist einfach hinter sich ließ.

Als er sich halbwegs wach fühlte und im frischen Morgenwind zu frösteln begann, ging er zu seiner üblichen Morgenroutine über: In der Küche stellte er die Mokkakanne auf den Herd, bereitete nebenbei seinen Porridge zu und hörte den Deutschlandfunk.

Nach dem Frühstück stellte er sich unter die ebenerdige Regenwalddusche und ließ über die Bluetooth-Box seine Bruce-Springsteen-Playlist laufen.

In der modern ausgestatteten Zweizimmerwohnung im Düsseldorfer Zooviertel wohnte er jetzt seit einem halben Jahr. Davor hatte er im Büro gelebt, was man der spartanischen Einrichtung seiner neuen Wohnung noch immer anmerkte. Im Wohnzimmer standen nur ein Ohrensessel, ein vor Unterlagen und Briefen überquellender Sekretär und an den Wänden aufgereihte Bücherstapel, im Schlafzimmer außer dem Boxspringbett lediglich ein großer Garderobenwagen und ein mannshoher Flohmarkt-Spiegel.

Als er sich gerade mit dem Badehandtuch das Gesicht abgetupft hatte und sich den Rücken trocken rieb, ging ein Anruf ein. Er nahm ihn per Sprachbefehl Richtung Bluetooth-Box entgegen, ohne zu wissen, wer am anderen Ende war. »Ja, bitte?«

»Bin ich da richtig bei Herrn Grall? Hier ist Gröpler, Tim Gröpler«, meldete sich eine leicht kratzige Stimme, die so klang, als müsste sich der Mann einmal kräftig räuspern. »Ich wollte fragen, ob die ausgeschriebene Stelle auf Ihrer Website noch zu haben ist.«

Jan schwang sich das Handtuch um die Hüften. Die Büroassistenz-Stelle. Das stand auch noch aus! Er seufzte leise. »Natürlich, ist noch aktuell. Schicken Sie Ihre Bewerbungsunterlagen gerne per Mail. Ich schau's mir an.«

»Oh, ich kann auch gerne einfach schnell bei Ihnen im Büro vorbeikommen, ich bin gerade in der Gegend. Wissen Sie, ich habe auch einen stark akademisch geprägten Hintergrund. Ich bin zwar schon Mitte vierzig, aber das sollte kein Hinderungsgrund sein, denke ich, dafür kann ich durch einen reichhaltigen Erfahrungsschatz glä ...«

»Schicken Sie einfach eine Mail«, unterbrach Jan ihn brüsker, als er es beabsichtigt hatte, nahm sein Handy vom Badezimmerschrank und drückte den Anruf weg.

Im gleichen Atemzug wählte er die Nummer von Professor Ellen Grafenberg.

Er hatte eine Entscheidung getroffen.

Acht

15. Oktober // Nürnberg

Nora Hirsch wurde im tiefsten und dunkelsten Verlies gefangen gehalten, in das man einen Menschen werfen konnte – in einer engen, fest verschlossenen Kerkerzelle aus purer Angst.

»Möchten Sie noch etwas trinken?«, fragte der picklige Aushilfskellner mit gelangweilter Stimme.

Sie zuckte zusammen und stieß die leere Keramiktasse vor sich um. Die letzten Tropfen ihres Kaffees ergossen sich über die klebrige Tischdecke aus Plastik.

»Nein, nein, danke«, erwiderte sie fahrig.

Unter anderen Umständen hätte Nora das kleine Café am Rande der Nürnberger Altstadt niemals betreten. Zu billig wirkte das bunt blinkende OPEN-Neonschild, zu ungemütlich erschien der grell ausgeleuchtete Gastraum, in dem sie jetzt als Einzige saß.

Aber es war ihre erstbeste Wahl gewesen. Sie brauchte eine Pause. Einen Moment der Ruhe.

Als sie von Alwin Brunners Tod erfahren hatte, war sie überstürzt aus ihrem Haus geflohen. Sie irrte seither durch Nürnberg und sein Umland, übernachtete in anonymen

Pensionen und Ferienhäusern, schaute ständig über ihre Schulter und erschrak sich vor ihrem eigenen Schatten.

Ihr Mann Kai hatte ihr mittlerweile schon dutzendfach auf die Mailbox gesprochen und unzählige Nachrichten auf WhatsApp geschrieben. Er musste vor lauter Sorge außer sich sein. Was ging durch seinen Kopf? Was erzählte er Laura und Anja, wenn sie nach ihrer Mutter fragten? Sie vermisste die beiden so sehr. Las Kai ihnen an ihrer statt aus dem Räuber Hotzenplotz vor, wenn er sie abends ins Bett brachte?

Sie fuhr sich durch das zerzauste Haar, das sie schon seit Tagen nicht mehr richtig gekämmt hatte. Aber wie sollte sie es ihm erklären? Wie sollte er es jemals verstehen?

Sie musste ihn und die Mädchen schützen.

Sie durften nicht auch unter seine Gerichtsbarkeit fallen.

Über der Verkaufstheke hing ein vorsintflutlicher Röhrenfernseher, in dem stumm die Nachrichten liefen. Das Gesicht von Alwin Brunner erschien neben der Moderatorin, zusammen mit der Zeile »Weiter keine Spur im Nürnberger Stadttor-Mord«.

Nach Alwin würde sie die Nächste sein, die gerichtet werden würde. Daran gab es keinen Zweifel.

Sie hatte zwar noch mehr gezögert als er, hatte ihn erst noch zurückhalten wollen. Aber das würde sie am Ende nicht retten. Milde war das Letzte, was sie zu erwarten hatte.

Sie konnte nicht zur Polizei gehen. Für das, was damals geschehen war, war sie genauso verantwortlich wie die anderen. Sie würden ihr eine Mitschuld geben, sie zur Täterin erklären. Kai, Laura, Anja – über Jahre oder gar Jahrzehnte hinweg würde sie die drei nur noch an den JVA-Besuchstagen sehen. Allein schon die Vorstellung quälte sie.

Aus ihrer schwarzen Jeansjacke holte sie den USB-Stick, den sie schon seit ihrem Aufbruch von zu Hause bei sich trug. Er enthielt eine einzelne Datei, betitelt mit »vierteilung.mp4«. 159 MB Hoffnung. Verstörende Aufnahmen des Grauens in HD-Qualität, ein Mitschnitt des Livestreams. Zwölf Minuten und neununddreißig Sekunden Grausamkeit.

Wenn sie ihn hochlud oder heimlich an die Presse leakte, würde niemand wissen, dass sie es gewesen war. Es war ihre einzige Chance. Vielleicht würde es die Ermittler auf die richtige Fährte locken. Vielleicht waren Details darin verborgen, die sie geradewegs zum Scharfrichter führen würden.

Es war die Feile, mit der sie die Gefängnisstäbe ihrer Angst durchsägen konnte.

Neun

15. Oktober // A3 Richtung Nürnberg

»Ehrlich gesagt, hatte ich echt nicht damit gerechnet, dass du einwilligen würdest.«

Ellen jagte ihren Ford Ka über die A3. Sie hatten gerade den Frankfurter Flughafen mit seinen imposanten Science-Fiction-Bauten hinter sich gelassen.

Als Jan sie angerufen hatte, um ihr seinen Entschluss mitzuteilen, hatte sie schon ausgecheckt und ihre Reisetasche im Kofferraum verstaut.

»Ich hatte doch gesagt, ich schlafe eine Nacht darüber«, erwiderte er.

»Wenn jemand sagt, er schläft eine Nacht darüber, ist das eigentlich immer ein hinausgezögertes Nein. Das ist zumindest die Erfahrung, die ich in der Vergangenheit gemacht habe.«

»Oh, wirklich?« Er streckte sich auf dem Beifahrersitz aus. Obwohl er ihn komplett nach hinten gestellt hatte, fand er mit seinen extrem langen Beinen keine angenehme Sitzposition. »Wenn ich so was sage, dann meine ich es auch so.«

»Dann bist du anders als mein Ex-Mann«, sagte sie tonlos und erneuerte ihren Griff um das Lenkrad.

Dass sie geschieden und anscheinend single war, nahm Jan höchst interessiert zur Kenntnis.

Ellen nippte an ihrem Cappuccino, den sie sich vorhin an einer Raststätte geholt hatte. Letzte Nacht im Hotel hatte die Müdigkeit sie schließlich nach langem Kampf niedergerungen, wie sie erzählt hatte. Sie sah jetzt deutlich erholter aus, ihre Augen nicht mehr klein und blutunterlaufen, ihre Wangen rosiger.

»Wie regelst du das jetzt mit deiner Agentur?«, fragte sie. »Du hattest doch gesagt, dass du so viel zu tun hast.«

»Ich werde schauen, dass ich so viel wie möglich von Nürnberg aus erledige. Aber damit jemand vor Ort ist, habe ich mich noch einmal durch meinen Bewerber-Pool gewühlt und kurzfristig eine Aushilfe eingestellt. Das war heute Morgen noch ein ziemlicher Stress, die Mail mit den Vertragsunterlagen rauszuschicken und die Schlüssel zu hinterlegen.«

Sie schaute verblüfft. »Du willst jemanden anfangen lassen, ohne ihn vorher persönlich kennengelernt und eingearbeitet zu haben?«

»Das wird schon gehen. Es ist jetzt gerade eine Ausnahmesituation. Und es geht ja auch erst mal nur um die Probezeit.« Er drehte das Radio leiser, in dem gerade der Wetterbericht Nieselregen bei kühlen acht Grad ankündigte. »Aber genug von meinen Personalsorgen. Nutzen wir die Fahrt am besten schon einmal, um zu überlegen, wie wir in Nürnberg vorgehen.«

»Wo willst du ansetzen?«

»Die operative Fallanalyse baut auf drei Grundpfeilern auf: Tatort, Opferverletzungen und Persönlichkeit des Opfers. Aus den jeweiligen Merkmalen lassen sich die Entscheidungen des Täters ableiten. Und aus diesen Entscheidungen können wir darauf schließen, was das mögliche Motiv und die Charaktereigenschaften des Täters sind.«

»Über den Tatort und die Verletzungen des Opfers weiß ich leider kaum etwas«, sagte sie.

»Dafür aber umso mehr über seine Persönlichkeit. Wer war Alwin Brunner?«

»Wie ich schon sagte, ich kannte ihn nur oberflächlich. Er war Gasthörer bei mir, nichts weiter.«

»Komm schon, das wird doch nicht alles sein«, bohrte Jan nach. Oft nahm man unterbewusst viel mehr Facetten eines Menschen wahr, als man dachte. Seine Aufgabe als Profiler war es, diese Eindrücke durch gezielte Fragen an die Oberfläche zu bringen.

»Also gut«, seufzte sie, »er war Ingenieur, wurde für berufsunfähig erklärt …«

»Weißt du, weswegen?«

Sie schüttelte den Kopf. »Er machte auf mich nicht den Anschein, körperlich versehrt zu sein. Es könnte also psychische Gründe haben, aber das ist eine reine Vermutung.«

»Weißt du etwas über seine Familie? Hat er allein gelebt?«

»Er war geschieden, das hat er irgendwann einmal durchblicken lassen. Die Uni war eine Ablenkung für ihn. Irgendwann hat er auch mal erwähnt, dass er eine Tochter hat. Aber keine Ahnung, wie alt sie ist und ob sie bei ihm oder seiner Ex-Frau lebt.«

»Diese Begeisterung für das Mittelalter – wo kam die her?«

»Verdammt gute Frage«, sagte Ellen und dachte einen Moment darüber nach. Dabei fuhr sie den Wagen auf eine kontrollierte, aber durchaus aggressive Weise. Sie drängelte zwar nicht, fuhr auch nicht zu dicht auf, dennoch hatte ihr Fahrstil etwas ungemein Ungeduldiges an sich. »Genauso gut hättest du wohl auch mich fragen können, wo meine Faszination ihren Ursprung hat.«

»Nun, was ist es bei dir?«

»Mein Papa hat lange bei Thyssen geschuftet, ein harter, ehrlicher Arbeiter. Aber er hatte ein unfassbares Wissen über Redewendungen. Ich kann mich noch sehr genau an den Moment erinnern, als wir einen Zug erwischen mussten und er sagte: ›Jetzt müssen wir aber einen Zahn zulegen!‹ Später im Abteil erklärte er mir: ›Wusstest du, dass der Spruch aus dem Mittelalter kommt? In den Burgküchen hingen die großen Töpfe an Eisenschienen, die so gezackte Zähne wie Sägeblätter hatten. Und damals hieß *einen Zahn zulegen*, den Topf näher ans Feuer zu hängen, damit das Essen schneller gar wird.‹ Je älter ich wurde, desto klarer wurde mir auch, wie sehr eigentlich die Vergangenheit in die Gegenwart strahlt, wie sie unsere Sprache, unser Denken und Handeln prägt. Das war der Ausgangspunkt.«

»Die Vergangenheit ist nicht tot. Sie ist noch nicht einmal vergangen«, murmelte Jan in sich hinein.

»Da fällt mir etwas ein!«, rief Ellen aus. »Die Redewendung ›aus der Bahn geworfen‹ stammt auch aus dem Mittelalter. Wenn jemand beim Tjost – also dem ritterlichen Lanzenstechen – aus der Turnierbahn geworfen wurde, hatte er den Kampf verloren.«

Jan runzelte die Stirn. »Das ist ja schön und gut, aber ...«

»Nein, nein, das hat mich daran erinnert, dass an diesem Wochenende ein Mittelalter-Reenactment in Nürnberg stattfindet. Das Ritterspektakel, direkt am Fuße der Kaiserburg. Einige meiner Studierenden werden dort sein. Sie betreiben LARP – Live Action Role Playing – und werden dort auch wieder ihr eigenes Zelt haben. Ein paar werden als Gaukler auftreten, als Nonnen, Dirnen, Kaufmänner und Schmiede. Alwin Brunner wäre eigentlich auch unter ihnen gewesen, er hat sich immer als Alchemist ausgegeben. Er war ein großer Enthusiast. Letztes Jahr habe ich mir das alles einmal angeschaut. Natürlich historisch furchtbar inakkurat, aber ein großer Spaß.«

»Wie war das Verhältnis zwischen Brunner und deinen anderen Studierenden?«

»Ich glaube, sie fanden ihn alle etwas schrullig und haben sich manchmal auch ein wenig über ihn amüsiert. So habe ich es zumindest von außen mitbekommen.« Ellen schmunzelte wehmütig.

»Dieses Ritterturnier, wir sollten dorthin. Das könnte unser erster Anlaufpunkt sein, um Brunners Umfeld näher kennenzulernen.«

Zehn

15. Oktober // Nürnberg

Anatol Andrewicz war vor zwei Monaten aus der Haft entlassen worden, trotzdem fühlte er sich nicht wie ein freier Mann.

Er schloss die Tür seiner winzigen Einzimmerwohnung in Langwasser hinter sich ab und lief zum Aufzug. Selbst den Schlüssel im Schloss umdrehen; selbst bestimmen, wann er ein und aus gehen konnte. Ein Gefühl, von dem er in den acht Jahren JVA gar nicht gemerkt hatte, wie sehr es ihm fehlte – und das ihn jetzt fast schon überforderte.

Was sollte es zum Essen geben? Wie wollte er seine Wohnung einrichten? Wie seinen Tag gestalten? So viele Entscheidungen, so viele Möglichkeiten. Wie war er jemals damit klargekommen?

Als die enge, muffige Fahrstuhlkabine aus dem elften Stock Richtung Erdgeschoss rumpelte, begann er zu schwitzen. Er rieb sich die eiskalten Handflächen an dem verwaschenen, viel zu engen Hemd ab. Beim Schlucken spürte er den dicken Kloß in seinem Hals.

Seit den Leichenfunden an den Stadttoren hatte er sich nicht mehr aus der Wohnung gewagt, selbst als ihm die Lebensmittel allmählich ausgegangen waren und er sich von Lieferdienst-Fraß ernähren musste, den er sich eigentlich gar nicht leisten konnte.

Eine Strafe hast du vielleicht verbüßt, dachte Anatol, aber die andere steht noch aus. Und im Vergleich zu ihr würden die acht Jahre Knast ein Akt der Barmherzigkeit gewesen sein.

Er musste sich jemandem anvertrauen.

Freunde hatte er keine mehr. Die wenigen, die nach der Oktoberfestnacht noch zu ihm gehalten hatten, hatten ihn während seiner Gefängniszeit schlichtweg vergessen. Auf seine SMS, die er an seinem ersten Tag in Freiheit an einige ehemalige Bekannte verschickt hatte, hatte er nie eine Antwort erhalten. Und Familie? Selbst seine Eltern wechselten kein Wort mehr mit ihm. Als wäre er nicht ins Gefängnis gegangen, sondern geradewegs ins Grab gestiegen.

Also war die Wahl auf seinen Bewährungshelfer gefallen – Herrn Blechschmidt, einen in sich ruhenden, gewissenhaften Ex-Hippie kurz vor der Pension. Sie hatten sich auf ein Treffen außerhalb der normalen Dienstzeiten geeinigt, in einem Café gleich hier in Langwasser.

Geringe Rückfallwahrscheinlichkeit, so hatte es in seiner Sozialprognose geheißen. Er wollte daran glauben.

Manchmal hatte er mit dem Gedanken gespielt, Lena einen Brief zu schreiben, sich zu erklären, sie um Verzeihung zu bitten. Aber wie entschuldigte man sich für etwas, das unentschuldbar war?

Die Aufzugtüren öffneten sich sirrend. Er lief durch den Eingangsbereich des Plattenbaus und trat ins Freie. Die

Dunkelheit war bereits hereingebrochen, und die Straßenlaternen spendeten spärliches milchiges Licht.

Es war eine Nacht genau wie diese gewesen, klar und schneidend kalt. Er erinnerte sich daran, wie die Bässe, die Rufe und das Gläserklirren gedämpft aus dem Festzelt gedrungen waren. Wie er Lena ins Freie gefolgt war, als sie eine Zigarette rauchen wollte. Abseits des Lärms. Abseits der anderen.

Er hatte längst nicht mehr zählen können, wie viele Mass Bier und wie viele Kurze er getrunken hatte. Er war benebelt gewesen, entfesselt. Den Alkohol hatte er im Prozess immer wieder als Ausrede und als Grund für sein Handeln vorgeschoben. Aber letztlich hatte der Alkohol nur ein Verlangen in ihm verstärkt, das schon die ganze Zeit in ihm gewachsen war. Lena war seine Auszubildende im Betrieb gewesen. Schon seit dem Vorstellungsgespräch hatte er Fantasien gehabt, hatte bei der Arbeit immer wieder seinen Blick über sie gleiten lassen, Situationen gesucht, in denen sie beide allein waren.

»Herr Andrewicz, warum haben Sie Frau Krüger das angetan?«

»Anatol, wie konntest du nur? Du bist nicht unser Sohn!«

»Wie kam es dazu, dass Sie Frau Krüger gefolgt sind und sie überwältigt haben?«

Er wusste selbst keine eindeutige Antwort auf diese Fragen. Es war wie im Rausch gewesen, getrieben von einem Gefühl der Überlegenheit.

Anatol schob die Gedanken beiseite und vergrub die Hände in den Hosentaschen. Er wollte das hier so zügig wie möglich hinter sich bringen und wieder in die Sicherheit seiner Wohnung zurückkehren.

Der schnellste Weg zu dem Café führte durch den kleinen Park am Langwassersee. Er lief schnellen Schrittes über die asphaltierten Wege.

Die Konsequenz, mit der Brunners Hinrichtung vollführt worden war, hatte ihn überwältigt. Er wusste, welche Strafe auf sein eigenes Vergehen stand – und der Scharfrichter würde nicht davor zurückschrecken, auch sie umzusetzen.

Sein Bewährungshelfer besaß eine Schweigepflicht, er konnte sich ihm anvertrauen. Es war seine einzige Chance, um dem Urteil zu entgehen.

Um diese Zeit war der Park so gut wie menschenleer. Nur ein paar Jugendliche saßen auf einer Parkbank, hörten Hip-Hop über eine Bluetooth-Box, kifften und tranken. Sie pöbelten ihn halbherzig an, aber er ließ sie schnell hinter sich.

Die Lichter der angrenzenden Häuser spiegelten sich in der unruhigen Seeoberfläche. Ein paar Stockenten flatterten quakend davon.

Hinter ihm erklangen schwere Schritte. Seit wann waren sie da?

Bestimmt nur ein abendlicher Spaziergänger oder einer der Jugendlichen, an denen er gerade vorbeigelaufen war. Dennoch zog Anatol sein Tempo an. Nicht mehr weit bis zu dem Café, höchstens fünf Minuten.

Er passierte eine Wegbiegung, und wenig später verklangen die Schritte hinter ihm. Die Person musste die andere Richtung eingeschlagen haben.

Er schnaufte tief durch. Allmählich wurde er paranoid. Vielleicht sollte er öfter mal wieder vor die Tür gehen, damit er nicht gleich vor jedem Schatten erschrak.

Das Ende des Parks war bereits in Sicht, das Licht der nahen Straße schien ihm entgegen, das Rauschen der Autos vertrieb die Stille.

So hörte er nicht mehr die Schritte im Unterholz. Nietenbewehrte Lederstiefel auf knisterndem trockenen Laub. Erst als sein Verfolger auf den Weg trat, fuhr Anatol herum. Und ein Blick auf die spitz zulaufende Silhouette der Henkerskapuze genügte, um zu wissen, dass seine Strafe gekommen war.

Elf

Jan hatte den Eindruck, er sei durch ein Schlupfloch im Raum-Zeit-Gefüge geradewegs im vierzehnten Jahrhundert gelandet.

Von überallher drangen die Klänge von Fideln, Flöten und Trommeln, es roch nach Spanferkel, frisch gebackenem Brot und heißem Met. Herolde verkündeten die Teilnehmer des anstehenden Turniers. Farbenfrohe Wimpel und Flaggen flatterten im Wind, Zelte und Wagen reihten sich dicht an dicht. Der gesamte einstige Graben rund um die Nürnberger Kaiserburg war in eine Mittelalterwelt verwandelt worden. Fackeln und Lagerfeuer brannten in der Dunkelheit.

Er und Ellen kämpften sich durch die Menschenmenge, die sich zwischen den Zeltstätten drängte. Jonglierende Gaukler und Feuerspucker kreuzten ihren Weg, ein Falkner mit einem riesigen Sibirischen Uhu auf dem lederbewehrten Arm, Bettelmönche, Schildknappen und aufwendig geschminkte Aussätzige.

Sie hatten nur kurz bei Ellens Haus angehalten, damit er seine Tasche abstellen und sie nach dem Rechten schauen konnte. Dabei hatte sie sich in ein moosgrünes Gewand mit Trompetenärmeln, silbernen Ornamenten und Schnürung über dem Ausschnitt geworfen.

»Was denn? So falle ich nicht weiter auf!«, hatte sie gesagt, als er sie angestarrt hatte. »Für dich hätte ich vielleicht auch noch eine Tunika da.«

»Nur über meine Leiche!«

Und so lief er in seinem gewohnten schwarzen Kurzmantel neben ihr her und kam sich vor wie ein absoluter Fremdkörper.

Ellen winkte in Richtung eines gelb-weiß gestreiften Zeltes. »Ah, da vorne sind meine Studierenden!«

»Frau Professor!«, begrüßte sie ein Glatzkopf mit Boxernase und silbernen Ohrringen, der an einem Amboss stand und eine glühende Klinge mit dem Hammer bearbeitete.

»Herr Krätschmer, guten Tag!«

»Bitte, nennen Sie mich nicht so. Ich bin heute Dionysius von Brabant, Schmiedemeister, der kürzlich aus Konstantinopel zurückgekehrt ist.« Jeder Satzteil wurde von einem Hammerschlag untermalt.

»Komm schon, Dennis, lass es gut sein!«, rief ihm eine junge Frau mit einem dunkelblonden geflochtenen Zopf zu, die sich mit ihrer spitz zulaufenden Haube offensichtlich als Burgfräulein ausgab. »Alwin ist tot! Spar dir das blöde Gehabe mal für den Moment.«

Ertappt verzog Dennis Krätschmer das Gesicht und legte den Hammer beiseite. »Entschuldigung. Möchten Sie etwas trinken? Met? Gewürzwein? Wir haben natürlich auch ein

Pils oder eine Apfelschorle. Wir hatten gar nicht damit gerechnet, dass Sie noch vorbeischauen würden.«

Jan und Ellen gesellten sich zu den Studierenden im Zelt, in dem es für sein Empfinden etwas zu sehr nach nassen Felldecken und Rauch stank.

Als sie beide irdene Becher mit ihren Getränken in den Händen hielten und Jan sich den Studierenden kurz vorgestellt hatte, kam Ellen wieder auf den ermordeten Gasthörer zu sprechen: »Wie kamen Sie und Herr Brunner eigentlich miteinander aus? Standen Sie ihm nahe? Er war ja schon eine sehr lebhafte Person, die sich nie für einen Plausch oder einen Witz zu schade war.«

Die Studentin, die zuvor den selbst ernannten Schmiedemeister zurechtgewiesen hatte, räusperte sich. »Alwin war immer sehr lustig – und konnte so richtig spannend und filmreif über Schlachten und Intrigen erzählen. Ich werde nie vergessen, wie er mal die Rosenkriege beschrieben hat.« Sie schmunzelte, in Gedanken wohl ganz bei der Erzählung. »Er hatte sich schon so sehr auf das Ritterspektakel gefreut. Dieses Jahr wollte er sich als Alwin der Alchemist zurechtmachen – mit selbst geschriebenen Briefen auf Pergament, die vor der ewigen Verdammnis bewahren.«

»Auf Alwin!«, rief ein Student mit langen schwarzen Haaren, der ein knielanges Kettenhemd trug, und hielt seinen Becher in die Höhe.

Die anderen stießen mit ihm an und wiederholten seine Worte. Jan nippte nachdenklich an seiner Apfelschorle. Er empfand einen Anflug des Bedauerns, Alwin Brunner nicht persönlich gekannt zu haben. Der Mann musste wirklich beliebt gewesen sein, und die Vorstellung, dass so viel Enthusiasmus und Leidenschaft einfach ausgelöscht worden waren, tat ihm weh.

»Es gab da diese eine Sache«, sagte Dennis der Schmied schließlich in das bedrückte Schweigen hinein. »Die mit Jonas.«

»Jonas ist auch ein Student aus meinem Kurs«, erklärte Ellen, an Jan gewandt. »Er wollte eigentlich auch hier sein, oder?«

»Er hat spontan abgesagt«, erklärte Dennis. »Wissen Sie, Alwin Brunner wurde ja manchmal von seiner Tochter mit dem Auto abgeholt. Ich habe den Namen vergessen, auf jeden Fall ist sie ungefähr in unserem Alter. Jonas hatte ein Auge auf sie geworfen, sie haben dann auch angefangen, miteinander zu sprechen. Daraus hat sich mehr entwickelt. Irgendwann hat Alwin Brunner von Jonas' Verhältnis mit seiner Tochter Wind gekriegt. Er ist völlig ausgetickt und hat Jonas damit gedroht, er würde es noch bitterlich bereuen, wenn er nicht die Finger von ihr ließe.«

Mit gerunzelter Stirn schaltete sich Jan das erste Mal in das Gespräch ein: »Warum sollte Brunner die Beziehung ein Dorn im Auge gewesen sein? Hat Jonas irgendetwas getan?«

Dennis zuckte mit den Schultern. »Keine Ahnung. Aber ich weiß, dass er mit der Tochter noch immer zusammen ist. Sie müssen wissen, Brunner und seine Frau sind getrennt, die Tochter war eine seiner wichtigsten Bezugspersonen, und er hat sie wie seinen Augapfel behütet. Vielleicht ein bisschen zu sehr.«

Zwölf

»Es gibt da noch eine Sache, die du über meinen Studenten Jonas Meyfart wissen solltest«, sagte Ellen, als sie gemeinsam zu ihrem Haus zurückliefen.

Die Nacht war nun vollends hereingebrochen, und sie fröstelte in dem dünnen Stoff ihres Gewands.

»Was denn?«, fragte er neugierig.

»Er hat einen Nebenjob im Kriminalhistorischen Museum hier in Nürnberg. Er macht dort Führungen.«

Jan schnalzte mit der Zunge. »Das heißt, er hat zumindest theoretisch Zugang zu einem ganzen Arsenal an Folterinstrumenten und weiß auch, wie man sie einsetzt. Interessant ... auch wenn das noch nichts heißen muss. Die verlockendsten, naheliegendsten Lösungen sind leider selten die richtigen. Sonst würde man Leute wie mich nicht brauchen. Außerdem ist da noch eine weitere Sache.«

»Was meinst du?«

»Alwin wollte dich vor irgendetwas oder irgendjemandem warnen. Ich zerbreche mir schon die ganze Zeit den Kopf darüber, was das für eine Gefahr gewesen sein könnte.

Es wäre zumindest denkbar, dass es sich dabei um eine Person handelt, die ihr beide kennt.«

Ellen nickte stumm. Sie merkte, dass Jans Anwesenheit in Nürnberg und die Nachforschungen sie ruhiger machten. Es half ihr, etwas zu tun zu haben.

»Jonas würde nicht einmal einer Fliege etwas antun, geschweige denn einen Menschen vierteilen«, sagte sie, als sie durch den Vorgarten trat und die Haustür aufschloss.

»Trotzdem ... statten wir ihm mal einen Besuch ab«, erwiderte Jan, als er seinen Mantel an den Kleiderhaken hängte. »Aussagen wie deine hört man leider viel zu häufig über vermeintlich harmlose Zeitgenossen, die sich am Ende als blutrünstige Killer herausgestellt haben. Die Unauffälligen sind häufig die weitaus Schlimmeren. Perfider, gerissener und deutlich manipulativer. Deshalb ...«

Jan redete weiter, aber Ellen hörte ihm gar nicht mehr richtig zu. Sie war mit ihrem Kopf ganz woanders.

Rosi war gar nicht zur Begrüßung hier. Ungewöhnlich! Um diese Zeit trieb sich ihre Katze eigentlich zu Hause herum. Die Katzenklappe stand ihr immer offen, und gerade in solchen kalten Herbstnächten war sie die absolute Stubenhockerin.

Schnellen Schrittes lief Ellen in die Küche.

»Alles in Ordnung?«, fragte Jan verwirrt.

Sie antwortete nicht.

Das Katzenfutter war noch nicht angerührt, dabei war es Thunfisch – ihre Lieblingssorte.

Wo steckte sie?

Ellen schob die Terrassentür auf.

»Rosi!? Rosinante! Pst, pst, pst!« Auf nackten Sohlen tapste sie über die ausgekühlten Fliesen.

Zwischen den zerpflückten Wolken am Abendhimmel fiel das letzte Dämmerlicht in den Garten. Tiefschwarze Schatten drückten sich unter die Tannenwipfel am Ende des Gartenstücks. Die Solarfackeln in den Blumenbeeten glommen wie Irrlichter.

Ellen zitterte und zog die Schultern an, während sie ihren Blick über das Grundstück schweifen ließ. Da lag etwas Schwarzes auf dem Rasen, das konnte nur Rosi sein. Manchmal döste sie einfach vor sich hin und ließ sich noch nicht einmal dazu herab, mal kurz Hallo zu sagen. Sie atmete erleichtert durch.

»Alles in Ordnung?«, fragte Jan mit besorgter Stimme und trat hinter ihr auf die Terrasse.

»Ja, nur falscher Alarm!«

Ellen beugte sich zu Rosi hinunter und streckte den Arm aus, um sie hinter den Ohren zu kraulen.

Aber dann hielt sie inne.

Etwas Dunkles glänzte im Gras rund um Rosinantes Kopf. Und sie regte sich gar nicht, öffnete noch nicht einmal die Augen. Kein Schnurren, kein kurzes Miauen.

Ellen kniff die Augen zusammen. Und sah die Wunde.

Jemand hatte ihrer Katze die Kehle durchgeschnitten.

Ein spitzer Schrei entwich ihren Lippen. Sie taumelte zurück.

Jan rannte zu ihr und packte sie an den Schultern. Er ging vor der toten Rosi in die Knie und fasste in die Blutlache.

»Es ist noch warm«, sagte er mit angehaltenem Atem. »Er muss noch in der Nähe sein.«

Dreizehn

Kurz nach Mitternacht traf Rabea Wyler in Nürnberg ein. Bei langen Autofahrten wie dieser legte sie nur ungern Pausen ein und fuhr lieber in einem Stück durch, damit sie ihr Momentum nicht verlor. Eingelullt in die Musik von Ludovico Einaudi, sich ihren mäandernden Gedanken ganz hingebend, war die Fahrtzeit in ihrem Mini Cooper wie in einer Art Trance vergangen.

Als sie auf die Adresse zufuhr, die Jan ihr genannt hatte – ein Einfamilienhaus in einer ruhigen Wohngegend –, empfing sie Blaulichtgewitter. Ein Streifenwagen parkte direkt vor dem Grundstück. Die Beamten stiegen gerade wieder ein und starteten den Motor.

Ihr Puls schoss in die Höhe. Beim Aussteigen war sie wacklig auf den Beinen und stützte sich am Autodach ab. Was war geschehen?

»Rabea, da bist du ja!«, erklang eine vertraute Stimme, und sie spürte eine Woge der Erleichterung.

Jan stand in der Eingangstür des Hauses, seine Silhouette umrahmt vom orangen Lichtschein, der aus dem Flur drang.

Sie lief durch den Vorgarten auf ihn zu und fiel ihm in die Arme. Wie üblich musste sie sich auf die Zehenspitzen stellen, um das bei seiner Größe irgendwie zu bewerkstelligen. Sein Geruch setzte in ihr eine Flut von Erinnerungen frei – an Sommerabende in Düsseldorf, an durchgearbeitete Nächte und Geistesblitze, an wallendes Adrenalin im Blut. Als sie ihn angerufen und gesagt hatte, dass sie nach Nürnberg kommen würde, war Jan ein erleichterter Seufzer entwichen. Sie brauchte im Moment Abstand zu Eddy und seinem Antrag, also hatte sie sich spontan einige Tage frei genommen, um ihrem alten Kollegen zu helfen.

»Was hat denn die Polizei hier getrieben? Was ist geschehen?«

»Ellens Katze ... ich gehe davon aus, dass der Täter sie getötet hat. Wir haben sie vorhin im Garten gefunden«, erklärte er.

Keine große Begrüßung, kein Small Talk, sofort traf sie der Fall mit ganzer Wucht. Sofort funktionieren, sofort denken.

»Eine Warnung?«, überlegte sie laut.

»Eher eine Reaktion.«

»Worauf?«

»Auf unsere Anwesenheit.«

Sie schluckte trocken und entgegnete nichts.

»Wir waren heute auf einem Mittelalterfest – längere Geschichte –, anscheinend sind wir dort gesehen worden. Der Täter weiß, dass ich hier bin. Und das scheint ihm überhaupt nicht zu gefallen.«

»Was sagt die Polizei?«

»Dass sie nichts machen können. Sie haben die ganze Sache protokolliert, den Katzenleichnam als Beweisstück eingetütet, Ellen ist noch einmal als Zeugin vorgeladen, ansonsten nichts.«

»Ernüchternd.«

»Deshalb sind wir ja auch jetzt hier. Und werden es auch bleiben. Von einer toten Katze lasse ich mich nicht einschüchtern.«

Gemeinsam liefen sie ins Wohnzimmer, wo Rabea Ellen Grafenberg begrüßte. Die elegante Frau mit den wachen Augen schüttelte ihr die Hand mit schwachem Druck. Sie war noch immer ganz bleich und abwesend.

»Frau Dr. Grafenberg ...«

»Oh, bitte nenn mich Ellen«, sagte sie und spulte ein leeres Lächeln ab. »Ich habe schon viel von dir gehört, Rabea.«

»Ich hoffe, nur Gutes«, sagte sie mit einem Seitenblick auf Jan. »Es ... es tut mir wahnsinnig leid, was mit deiner Katze passiert ist. Ich kann mir kaum vorstellen, was das für ein Schock gewesen sein muss.«

»Ich hätte damit rechnen müssen, dass so etwas passieren könnte. Aber ... aber warum Rosi? Ein unschuldiges Tier. Ich verstehe es nicht«, sagte Ellen und zog die Nase hoch. Ihre Augen wurden glasig. »Ich hätte noch eine Bitte. Ich weiß, ihr hattet eigentlich Hotelzimmer reserviert, aber könntet ihr vielleicht hier bei mir übernachten? Oder zumindest einer von euch? Es gibt ein Gästezimmer, und auf der Couch könnte auch jemand schlafen. Also, ich will euch natürlich nichts aufzwingen.«

»Schon in Ordnung.« Jan setzte ein aufmunterndes Lächeln auf. »Ich kann verstehen, dass du dich hier unsicher fühlst. Ich werde hierbleiben.«

»Ich auch«, schloss sich Rabea an.

»Ich danke euch«, sagte Ellen, und ihre Stimme bebte vor Erleichterung. »Und jetzt würde ich gerne ein bisschen allein sein, wenn das okay ist. Das war gerade alles etwas zu viel.«

Sie zog sich ins Obergeschoss zurück. Jan und Rabea traten hinaus auf die Gartenterrasse. Es war kühl draußen, und sie schlangen sich ihre Jacken eng um den Körper.

»Wir haben so viel Brutalität mitangesehen, trotzdem schockiert mich der Tod der Katze irgendwie mehr, als ich es mir eingestehen will«, sagte Rabea.

»Die Leute regen sich auch immer furchtbar auf, wenn in Filmen oder Büchern Tiere zu Tode kommen. Weil sie der Inbegriff von Unschuld sind, weil sie keine Rache und keinen Hass in sich tragen.«

»Alwin Brunner hingegen war in den Augen des Täters nicht unschuldig«, meinte Rabea.

»Exakt. Er hat ihn bestraft. Vierteilung war das Urteil für Verrat an der Krone, so hat Ellen es mir erklärt.«

»Dann ist die Frage also, wen Brunner verraten wollte. Und wovor er Ellen warnen wollte.«

»Für erste Vermutungen müssen wir mehr über Brunner und sein Umfeld wissen«, meinte Jan. »Geht es um eine rein persönliche Fehde? Hat Alwin Brunner einen Freund verraten? Oder steckt ein völlig anderes Motiv dahinter?«

Rabea musterte ihren ehemaligen Partner eindringlich. Sein Profil lag im Zwielicht, zur Hälfte angestrahlt von der

Wohnzimmerbeleuchtung. Sie konnte sich nicht vorstellen, dass seine Neugier und seine Sorge um Ellen die einzigen Gründe waren, die ihn hierhergeführt hatten. Die Art, wie er beim Essen immer wieder zu Ellen geschaut hatte, ließ sie vermuten, dass da noch mehr war.

Jans Handy klingelte, er zog es aus seiner Hosentasche und schaute auf das Display. Er hielt es sich ans Ohr. »Was gibt's? Oh ... verstehe ... ja, das stimmt, deswegen sind wir in Nürnberg.« Er stockte. »Was? Ein Video? Schicken Sie einfach den Link durch, vielen Dank! Und sehr gut, dass Sie heute schon mal im Büro vorbeigeschaut haben, ich bin froh, dass Sie so kurzfristig einspringen konnten. Ja, Ihnen auch! Tschüss!«

»Wer war denn das?«, fragte Rabea mit schief gelegtem Kopf.

»Tim Gröpler, meine Bürohilfe. Die Vertretung für Miri. Ich habe ihn heute Morgen eingestellt.«

Er tippte ein Video auf seinem Handy an und hielt es dann quer, damit es im Vollbildmodus ablief. Es zeigte in hoher Auflösung das Innere einer baufälligen Reithalle. Die Perspektive ließ vermuten, dass die Kamera auf der Tribüne platziert war. Mitten auf dem Sandplatz bot sich das grausamste Schauspiel, das dieser Ort wohl je gesehen hatte. Ein Mann – vermutlich Alwin Brunner – schwebte wie eine Puppe in der Luft, alle viere von Pferden in verschiedene Richtungen gezerrt. Sie konnten von Glück sprechen, dass die Aufnahme keinen Ton besaß, so blieben ihnen die qualvollen Schreie erspart.

»Da …«, hauchte Rabea atemlos, »da ist er … und er ist tatsächlich gekleidet wie ein Henker.«

Der Täter trug eine knöchellange Kutte und eine schwarze, spitz zulaufende Kapuzenmaske. Durch den wallenden Stoff ließ sich seine Statur nur schwer erkennen, aber Rabea schätzte, dass er mindestens ein Meter fünfundachtzig war, breitschultrig und stämmig gebaut.

Trotz seines sich windenden Opfers und der sich aufbäumenden Pferde lag in seinen Bewegungen eine tiefe Ruhe und Präzision. Er trat an einen einfachen Klapptisch, auf dem verschiedenste Werkzeuge aufgereiht waren – man müsste näher heranzoomen, um sie genau erkennen zu können. Jan spulte vor. Der Henker packte sein Opfer und sägte in sein Schulterblatt. Eine schnell größer werdende Blutlache bildete sich im Sand unter ihm.

Schließlich riss der Arm ab, sodass sogar kurz das Weiß eines blank liegenden Knochens aufblitzte. Das dazugehörige Pferd, nun plötzlich ohne Widerstand, galoppierte davon und zog sich mit dem Arm in die am weitesten entfernte Ecke der Reithalle zurück.

Die drei übrigen Tiere änderten ihre Richtung und schleiften den inzwischen bewusstlosen Brunner wie ein Kutschengespann hinter sich her, wobei sie eine Blutspur über den Sandplatz zogen wie eine rote Pinsellinie auf einer riesenhaften Leinwand.

»Das reicht«, sagte Rabea und schluckte trocken. »Wir werden uns diese Bilder wahrscheinlich in den nächsten Tagen dutzendfach ansehen müssen. Wo hat deine Bürohilfe das her?«

Jan sprang noch zu der letzten halben Minute. Darin war zu sehen, wie der Henker die Pferde am Zaumzeug zum Halt brachte und das Werk seiner Vierteilung mit einem Beil vollendete.

»Gröpler hat mir nur den Link weitergeleitet. Ich habe ihm erzählt, warum wir in Nürnberg sind«, erklärte Jan. »Es muss vor einer Stunde auf einem einschlägigen Videoportal für brutale und schockierende Filme geleakt worden sein. Seitdem verbreitet es sich wie ein Lauffeuer.«

Rabea widerte der Gedanke an, wie sich Zehntausende aus Sensationsgier dieses Video anschauten.

»Der Täter will uns an seiner Hinrichtung teilhaben lassen – als wären wir eine blutlechzende Meute im Mittelalter.«

Vierzehn

16. Oktober // Nürnberg

Die Veröffentlichung des Hinrichtungsvideos war eine grausige Sensation. Zensierte Screenshots prangten auf den Titelseiten der Zeitungen, ganze Heerscharen an Hobbyfahndern ergingen sich in YouTube-Analysen und spekulierten über den möglichen Standort.

»Du hast recht gehabt, er hat tatsächlich Pferde benutzt«, hatte Ellen am Morgen gesagt.

»In manchen Dingen würde ich lieber nicht recht behalten.«

Sie hatten entschieden, sich aufzuteilen. Rabea und Ellen statteten Jonas Meyfart in seinem Foltermuseum einen Besuch ab, Jan war auf dem Weg zu der Ex-Frau von Alwin Brunner. Ihre Namen hatte Ellen etwas umständlich auf dem Facebook-Profil von Alwin Brunner gefunden, weit unten auf seiner Pinnwand – Jan, der nicht gerade ein großer Social-Media-Fan war, hatte ihr nur staunend dabei zugesehen.

Er überquerte die Pegnitz über den Großweidenmühlensteg in Richtung St. Johannis, dem Viertel, in dem Helene Brunner wohnte. Morgendunst hing über den Dächern und Türmen der Altstadt, die Luft war schneidend kalt und frisch.

Seit er aus Ellens Haustür getreten war, dachte er über den Ursprung des Videos nach. Hatte wirklich der Täter selbst das Video hochgeladen? Wenn ja, was wollte er damit bezwecken? Wollte er möglichst viele Zuschauer bei seiner Bluttat haben? Internet-Voyeure, die sich an Gewaltszenarien ergötzten?

Aber die Veröffentlichung war mit einem großen Risiko verbunden. Sicher, das Beschaffen der Pferde und das Aufhängen der Leichenteile mussten ähnlich gefährlich für ihn gewesen sein. Jan hatte ihn bisher jedoch als einen Täter eingestuft, der sehr kontrolliert vorging.

Auf dem Video waren die Pferde und die Reithalle klar zu erkennen. Wer eines von beidem identifizierte, würde die Polizei möglicherweise direkt zum Täter führen können. Es sei denn, die Rösser waren geklaut worden, aber selbst das wäre immer noch eine Spur. Der Täter wollte ganz klar ein Exempel statuieren und ging erhebliche Risiken ein, um die Leichenteile öffentlich an den Stadttoren zu präsentieren. Das Video passte also eigentlich in seine Vorgehensweise. Und warum hätte er es sonst aufgenommen?

Viele Serientäter, die sich über Monate oder Jahre hinweg einer Mordfantasie hingaben, machten Fotos ihrer Gräueltat oder sammelten Erinnerungsstücke, um diese Ekstase wieder und wieder durchleben zu können.

Dazu passte die Perspektive allerdings nicht, aus der das Video gefilmt worden war – weit weg, von den hintersten Zuschauerrängen. Seltsam unpersönlich und distanziert, um die Essenz des Tötens vollkommen einzufangen.

Also wollte er es doch mit anderen teilen. Aber mit wem? Hatte eine dieser Personen den Link online gestellt? War es so an die breite Öffentlichkeit gelangt?

Er passierte ein Café namens Dampfnudelbäck, bog von der Hauptstraße ab und lief tiefer in das Wohnviertel hinein. Aus den Bäckereien roch es nach ofenfrischen Brötchen und aufgebrühtem Kaffee, Kinder schleppten ihre bunten Ranzen Richtung Schule, und die Müllabfuhr wütete unter Rufen und Tonnenrumpeln.

Ein klobiges, gelb gestrichenes Mehrfamilienhaus – hier wohnte Helene Brunner. Er drückte die Klingel durch und erhielt nach wenigen Sekunden die genervte Antwort: »Herrgott, was ist denn los?«

»Jan Grall hier – Ermittler. Sind Sie das, Frau Brunner?«, stellte er sich vor und blieb dabei bewusst vage.

»Nennen Sie mich bitte Frau Hartung! Ich habe wieder meinen Mädchennamen angenommen. Der Vermieter hat nur noch nicht das Klingelschild geändert«, brummte sie. »Ihren Kollegen habe ich doch schon alles erzählt. Den Besuch hätten Sie sich sparen können. Und haben Sie mal auf die Uhr geschaut? Ich muss gleich zur Arbeit! Tolles Timing!«

Jan verdrehte die Augen. Da war jemand aber definitiv mit dem falschen Fuß aufgestanden.

»Ich bin nicht von der Polizei. Kommen Sie doch einfach runter, ich begleite Sie auf dem Weg zur Arbeit und erkläre Ihnen dabei alles.«

»Na gut«, sagte sie, »mir bleibt ja nichts anderes übrig, wenn Sie da unten wie ein Wegelagerer rumstehen.«

Fünf Minuten später ging die Haustür auf, und eine gedrungene Frau Anfang vierzig mit blondierter Kurzhaarfrisur marschierte heraus.

»Sie sind ja wirklich noch da«, sagte sie, ohne stehen zu bleiben.

»So leicht lasse ich mich nicht abschütteln.« Er schloss zu ihr auf. »Wo arbeiten Sie denn?«

»Na, Sie sind ja neugierig! Was für ein toller Ermittler sind Sie denn überhaupt?«

In groben Zügen erklärte er ihr Ellen Grafenbergs Verbindung zu Alwin Brunner und seine Rolle in dem Ganzen.

Sie blieben an einer roten Ampel stehen.

»Aha«, sagte Frau Hartung und rückte ihre randlose Brille zurecht. »Mit der Frau Professorin hat er irgendwann auch mehr Zeit verbracht als mit seiner eigenen Frau.«

Jan stutzte. »Äh, wie bitte?«

»Denken Sie, wir haben uns einfach so aus Spaß an der Freude getrennt? Er hat sich total aus dem echten Leben zurückgezogen, sich völlig ausgegrenzt. Hat nur noch Zeit in der Universität oder mit dieser Goldschmiedin verbracht, Nora Hirsch.« Die Ampel sprang auf Grün, aber Frau Hartung bemerkte es überhaupt nicht. »Unsere Scheidung ist jetzt fast ein Jahr her ... ich hatte schon geglaubt, ich hätte es irgendwie verarbeitet. Und dann passiert so etwas.«

Sie blinzelte heftig, setzte die Brille ab und wischte sich über die Augen.

Jan streckte den Arm nach ihrer Schulter aus, ließ ihn

dann aber doch auf halber Strecke sinken. Beklommen biss er sich auf die Unterlippe.

»Diese Frau Hirsch, woher kannte Ihr Mann sie?«

»Das ist ja das Ding, ich weiß es nicht! Vielleicht hat er sie in der Universität kennengelernt, vielleicht war sie auch Gasthörerin. Aber das war der einzige Name, den er noch in den Mund nahm. Hirsch da, Hirsch dort. Angeblich nur freundschaftlich, aber wer weiß. Na, auf der Arbeit können sie sich auf jeden Fall nicht kennengelernt haben.«

»Stimmt«, meinte Jan und fragte: »Warum war Herr Brunner denn eigentlich arbeitsunfähig?«

»Der Kopf. Panik- und Angstattacken. Irgendwann wurde es so schlimm, dass er es nicht mal mehr ins Büro geschafft hat. Stattdessen hat er sich zunehmend in seine eigene Welt geflüchtet.«

»Können Sie sagen, was der Auslöser gewesen ist?«

Frau Hartung machte eine wegwerfende Handbewegung. »Ach, irgendwas in seiner Kindheit. Wie das halt immer so ist bei solchen Sachen.«

Sie liefen weiter in Richtung Innenstadt und auf das Tiergärtnertor zu, an dem einer der Leichenteile aufgehängt worden war. Inzwischen war jede Spur des blutigen Fundes entfernt und das Mauerstück über dem Torbogen gereinigt worden. Wie schnell sich doch sämtliche Erinnerungen an so eine Gräueltat in der realen Welt auslöschen ließen. Dafür haftete sie umso länger in den Köpfen derer fest, die sie mitansehen mussten.

»Wo arbeiten Sie denn jetzt eigentlich?«

»In einer Apotheke. Aber tut das irgendwas zur Sache, Herr Ermittler?«

Das entscheide ich hinterher, dachte Jan.

»Ihre Tochter wohnt bei Ihnen?«

Sie nickte. »Aber jedes zweite Wochenende ist sie bei Alwin gewesen. In letzter Zeit hat sie das aber immer öfter ausfallen lassen. Es gab ziemlichen Stress wegen ihres neuen Freundes.«

»Jonas Meyfart – Sie kennen ihn also?«

Zum ersten Mal hellte sich ihre Miene auf. »Kennen? Ich liebe ihn! Ein ganz angenehmer, sympathischer Bursche. Zuvorkommend, witzig ... ich komme ja gleich wieder ins Schwärmen.«

»Klingt wie ein Vorzeige-Schwiegersohn. Ich habe gehört, dass Ihr Ex-Mann etwas gegen ihn hatte. Lag es daran, dass er als Student in denselben Seminaren gesessen hat wie er? Wussten Sie je, worum es da ging?«

»Nein, nein.« Sie presste die Lippen aufeinander. »Ich habe nie verstanden, was er gegen ihn hatte. Jonas und Alwin kamen erst prima miteinander aus, dann muss aber irgendwas passiert sein, worauf Alwin plötzlich nicht mehr mit ihm geredet hat. Von einem auf den anderen Tag.«

Fünfzehn

»Willkommen in der Welt der Galgen und Pranger!«, hieß es auf dem Eingangsschild.

»Sehr einladend«, sagte Rabea. »Hoffentlich wird das nicht der Slogan für die kommenden Tage.«

Ellen wandte ihr den Kopf zu. »Du meinst, der Täter könnte wieder zuschlagen?«

Sie standen vor dem Mittelalterlichen Kriminalmuseum, das sich in den altehrwürdigen Mauern einer ehemaligen Johanniterabtei befand. Es öffnete um zehn Uhr morgens seine Pforten. Bis dahin hatten sie noch ein paar Minuten Zeit.

»Der Täter trägt eine Henkerskapuze. Er sieht sich also wirklich als eine Art Scharfrichter. Und dessen Job ist nicht einfach nach einer Hinrichtung getan«, meinte Rabea. »Er wird immer wieder gerufen, um ein Urteil zu vollstrecken.«

»Jetzt wäre es nur gut zu wissen, auf was für einem Recht diese Gesetze fußen«, sagte Ellen. »Es gibt eine ganze Reihe von Strafgesetzbüchern aus der Neuzeit, das erste in Deutschland war die Constitutio Criminalis Carolina, die

Peinliche Halsgerichtsordnung von Kaiser Karl V. Ich muss mich da noch einmal einlesen.«

»Das Wort ›Peinlich‹ hat mich in diesem Zusammenhang immer irritiert, zum Beispiel bei ›Peinliche Befragung‹. Damit ist ja sicher nicht das gemeint, was wir heute unter dem Begriff verstehen, also dass uns etwas unangenehm ist.«

»Oh ja, das sorgt häufig für Verwirrung!« Ellen strahlte jedes Mal aufs Neue, wenn sie in ihre Professorenrolle schlüpfen konnte. »›Peinlich‹ leitet sich hier von *poena* ab, dem lateinischen Wort für Strafe – hier steht es für Leibes- und Lebensstrafen.«

Sie vertraten sich die Beine und musterten eine Käfigkonstruktion, die an einer Art Kran über der Teichanlage hing, die sich rund um das Klostergelände erstreckte.

»Für Hexenverhöre?«, fragte Rabea.

Ellen nickte.

Hinter ihnen erklang ein durchdringendes Knarzen. Eine der schweren eisenbewehrten Flügeltüren öffnete sich einen Spaltbreit, und ein junger Mann trat heraus. Er musste Mitte zwanzig sein, mit einem schwarzen Kinnbart, tief liegenden Augen und einer funkelnden Neugier im Blick. Er trug ein schwarzes Hemd mit dem eingestickten Logo des Museums und Jeans.

»Frau Grafenberg! Was für eine schöne Überraschung!«, rief er mit deutlichem fränkischen Einschlag. Er musterte Rabea. »Und Sie sind?«

»Rabea Wyler. Eine … eine Bekannte. Ich interessiere mich auch sehr für das Mittelalter.«

Erst hatte ihr aus alter Gewohnheit »Fallanalytikerin« auf

den Lippen gelegen, aber sie hatte sich doch zurückgehalten.

Er legte kurz den Kopf schief, und sein Lächeln schwand, hellte sich aber sofort wieder auf, als er sich seiner Professorin zuwandte. »Was kann ich für Sie tun? Eine Führung? Das geht natürlich aufs Haus – auch für Sie, Frau Wyler.«

»Gerne«, erwiderte Ellen, »aber eigentlich sind wir hier, um mit dir über Alwin Brunner zu sprechen.«

»Ah, verstehe.« Er zupfte an der Kordel herum, die um seine Hüfte gebunden war und an der ein Bund aus riesigen verrosteten Schlüsseln baumelte. »Alwin ... das tut mir so wahnsinnig leid. Die Polizei war sogar hier und hat mit mir gesprochen. Ich bin ja mit seiner Tochter zusammen, das wissen Sie, oder?«

Ellen nickte.

»Ich versteh nur nicht so ganz, was Sie genau wissen möchten. Ich weiß, er ist über Jahre immer zu Ihren Vorlesungen gekommen, trotzdem standen Sie sich ja nicht wahnsinnig nahe.«

»Es geht eher um Ihre Expertise rund um die mittelalterliche Rechtsprechung«, lenkte Ellen ein. »Dieses Thema ... dieses Video ... das löst gerade viel aus. Vielleicht bemerken wir ja etwas, das der Polizei entgeht. Denen fehlt ja das Auge für historische Details.«

»Dann kommen Sie, ich gebe Ihnen mal eine kleine Tour.« Er führte sie am Ticketschalter vorbei, einen Kreuzgang entlang und hinein in die erste Museumshalle.

In den Glasvitrinen standen verschiedenste Halseisen,

Handschellen und Fesselinstrumente zur Schau. Eiserne Schandmasken in Form von Esels- und Schweinsköpfen hingen vom Deckengewölbe herab.

Schummriges Tageslicht drang durch die kleinen Butzenglasfenster herein.

Müsste ich mir vorstellen, wie es im Inneren vom Kopf des Killers aussieht, es hätte Ähnlichkeit mit diesen Räumlichkeiten, dachte Rabea.

»Dieses Instrument ist gerade neu aus Augsburg eingetroffen, ganz frisch restauriert.« Meyfart zeigte auf einen der Glaskästen. In ihm lag ein Gegenstand, der wie eine lange, große Nadel mit rundem Holzgriff aussah.

»Was soll das sein?«, fragte Rabea.

»Ein Stichel. Bei den Inquisitionsprozessen gehörte er angeblich zum ... nun ja ... Werkzeugkasten. Das ›Sticheln‹, wie wir es heute rein verbal und meist freundschaftlich betreiben, lässt sich darauf zurückführen.«

»Hätte die Menschheit damals genauso viel Kreativität und Energie für andere Dinge aufgebracht wie für Folterinstrumente, wir wären jetzt wahrscheinlich schon einen Schritt weiter«, meinte Rabea.

Im nächsten Raum thronte eine Eiserne Jungfrau auf einem Podest in der Mitte. Der riesige, mit nach innen gerichteten Dornen besetzte Sarkophag strahlte etwas Ehrfurchtgebietendes aus.

»Allerdings spricht man den Menschen im Mittelalter und der Frühen Neuzeit auch mehr grausamen Einfallsreichtum zu, als sie eigentlich hatten. Die Eiserne Jungfrau zum Beispiel ist erst im neunzehnten Jahrhundert popularisiert worden und hat wahrscheinlich nie wirklich Verwendung gefunden«, erklärte Meyfart.

Wenn er in Alwin Brunners Tod verwickelt war oder etwas wusste, so ließ er sich das zumindest nicht anmerken. Wollte er sie mit seiner Führung ablenken?

»Die Tochter von Herrn Brunner muss im Moment sehr mitgenommen sein«, lenkte Rabea das Thema wieder in andere Bahnen.

»Für Sally ist das eine furchtbare Tragödie. Es kommt so plötzlich und dann auch noch auf so eine abartige, brutale Weise.« Jonas Meyfart lehnte sich gegen eine der Säulen. »Ich hatte sogar das Gefühl, die Polizei würde mich verdächtigen. Können Sie sich das vorstellen?«

Rabea und Ellen wechselten einen Blick.

»Die anderen haben davon gesprochen, dass du und Alwin einen Streit hattet«, sagte Ellen vorsichtig. »Vielleicht hat das die Polizei auf diesen Trichter gebracht.«

»Ach, das!« Meyfart zog einen Mundwinkel hoch. »Da ging es nur um eine Lappalie. Da ging es darum, ob Sally und ich ins Ausland gehen.«

Rabea wollte nachhaken, ihn nicht so leicht vom Haken lassen. Aber sie arbeitete nicht mehr für die Polizei, sie hatte keinerlei Recht dazu. Wenn sie etwas aus ihm herauslocken wollte, musste sie sich geschickterer Mittel bedienen.

»Sie wollen ins Ausland?«, fragte Ellen. »Das wusste ich gar nicht.«

»Ja, nach dem Studium in die USA. Lange ist das nicht mehr. Alwin war das ein Dorn im Auge. Er wollte seine Tochter lieber um sich haben.«

Die Art, wie er dabei unruhig über eine Stachelrolle glitt, ließ Rabea kein einziges Wort von ihm glauben. Sein ganzes Auftreten wirkte wie ein Ablenkungsmanöver, ebenso aufwendig konstruiert wie die Ausstellungsstücke um ihn herum.

Er lief in Richtung des nächsten Ausstellungssaals. »Kommen Sie, ich zeige Ihnen etwas!«

Dieser Raum war kleiner als die vorigen und mit aufwendig geschnitzten Holzvertäfelungen verkleidet. An den Wänden reihten sich Folianten und Gesetzestexte auf.

In einem Glaskasten in der Mitte des Raums lag, auf ein rotes Samtkissen gebettet, ein zweihändiges Schwert. Die Klinge musste bestimmt einen Meter lang sein und funkelte so glänzend, als wäre sie erst gestern geschmiedet worden.

»Das hier habe ich noch nicht einmal der Polizei gezeigt«, sagte Meyfart. »Das ist das Richtschwert des einstigen Henkers von Nürnberg. Es wurde erst vor Kurzem wieder geschärft. Kaum vorstellbar, dass damit wirklich mal Menschen enthauptet worden sind.«

»Der letzte deutsche Scharfrichter hat 1946 seine finalen Hinrichtungen vollstreckt. Johannes Reichhart – mehr als 3.000 Menschen hat er in den Tod geschickt, unter anderem die Geschwister Scholl«, sagte Ellen. »Ich hatte gehofft, dass sich nie wieder jemand auf deutschem Boden als Henker aufspielen würde.«

»Am Ende haben wir dem Täter nur diesen Titel gegeben. Es ist und bleibt Selbstjustiz«, warf Rabea ein. Sie wandte sich an Meyfart. »Aber Sie können alldem schon eine gewisse Faszination abgewinnen, nicht wahr?«

Das war ihr bislang aggressivster Vorstoß.

Meyfart zog die Brauen zusammen. Sein joviales Auftreten zeigte Brüche. »Was fragen Sie mich als Nächstes? Ob ich ein Alibi für die Tatnacht habe?«

Rabea streckte das Kinn vor. »Haben Sie denn eins?«

Ellen schaute sie erschrocken an.

Eine Ader an Meyfarts Hals trat hervor. Für einen Moment schien es ihr, als würde er gleich das Glas der Vitrine zerschlagen, nach dem Heft des Richtschwertes greifen und ihr die Klinge an die Kehle halten.

»Wenn es Sie wirklich so sehr interessiert ... ich war den ganzen Abend mit Sally zusammen«, sagte er. Er schien sich beherrschen zu müssen, seine Stimme ruhig zu halten. »Wenn Sie mich jetzt bitte entschuldigen würden, das Museum öffnet gleich für reguläre Besucher ...«

Er geleitete Rabea und Ellen auf unterkühlte Art hinaus vor die Pforte, wo noch kein Besucher weit und breit zu sehen war.

Sechzehn

16. Oktober // Nürnberg

»Nee, in der Nacht habe ich nicht gearbeitet.«

Die Frau mit der kirschroten Perücke hörte auf den klangvollen Namen Cherry und biss gerade herzhaft in ihren Döner. Unter ihrem Bademantel lugten lange Beine hervor, gehüllt in Netzstrumpfhosen.

Rosa blinkende Lichterketten tauchten das kleine Zimmer in einen surrealen Schimmer. Auf dem Nachttisch stand eine Schüssel voller Kondome, am eisernen Bettgestell hingen Handschellen.

Es war ein Fehler herzukommen, dachte Jan. Das Nürnberger Rotlichtviertel schloss gleich an das Spittlertor an. Der Täter musste die Leichenteile mitten in der Nacht aufgehängt haben. Rabea und er hatten gehofft, dass hier vielleicht jemand etwas mitbekommen hatte.

Es war bereits das dritte Laufhaus, in dem sie Befragungen anstellten – bisher völlig ergebnislos.

Während Cherry auf dem Bett saß und weiter ihren Döner verspeiste, standen sie beide etwas unbeholfen vor ihr. Rabea wollte gerade etwas sagen, als die Prostituierte jemanden an der Tür vorbeilaufen sah und rief: »Hey, Sarinya, warst du nicht in der Nacht vom Dreizehnten hier?«

Eine junge Thai im ledernen Minirock und hautengen Top steckte den Kopf herein. »Ja, war ich – wieso?«

»Die beiden hier haben Fragen, ob dir in der Nacht irgendwas aufgefallen ist.« Cherry nickte in Richtung von Jan und Rabea. »Sind keine Polizisten. Also keine Sorge.«

Misstrauisch ließ Sarinya den Blick über sie gleiten. »Das war, als die Leiche aufgehängt wurde, oder?«

»Genau«, entgegnete Rabea.

»Warum wollt ihr darüber was wissen, wenn ihr keine Bullen seid?«

»Wir helfen einer Freundin des Toten«, sagte Jan. »Die Polizei übersieht manchmal Dinge. Oder will sie übersehen.«

Das schien Sarinya zu entspannen. Ihre Züge glätteten sich, und sie machte einen Schritt auf sie zu. »Da war ein Typ in einem orangefarbenen Overall. Sie wissen schon, die Dinger, die auch die Typen von der Müllabfuhr oder der Stadtreinigung tragen. Er hatte diese riesige fahrbare Leiter dabei.«

»Zu welcher Zeit war das in etwa?«, fragte Rabea, die parallel in ihr Handy tippte.

»So etwa um vier Uhr nachts, genauer weiß ich das nicht mehr.«

»Konnten Sie den Mann erkennen?«

Sarinya schüttelte den Kopf und spielte an einer ihrer goldenen Kreolen herum. »Ich habe nur seinen Rücken gesehen, als er die Leiter in Richtung Tor geschoben hat. Er hatte ein Bündel geschultert, irgendetwas Schweres. Und er war sehr groß, das weiß ich noch. In dem Moment habe ich mir nichts weiter dabei gedacht – vielleicht irgendwelche Arbeiten der Stadt, Vorbereitungen für ein Festival oder so.« Sie schnalzte mit der Zunge. »Als ich dann von dem Fund der Körperteile gehört habe, war mir klar, dass die Sache irgendwie nicht koscher gewesen sein kann.«

Bedauernswert, dass sie den mutmaßlichen Täter nicht von vorne gesehen hatte. Andererseits halfen ihnen auch diese Beobachtungen weiter, überlegte Jan. Wenn es sich bei dem Mann in dem Overall wirklich um den Täter handelte, war das der Ausgangspunkt, von dem aus sie sein Vorgehen in dieser Nacht rekonstruieren konnten. Jemand, der mit einer riesigen Leiter unterwegs war, musste noch mehr Leuten aufgefallen sein.

Sie bedankten sich bei Cherry und Sarinya und verließen den *Palast der Leidenschaft* mit seinem flackernden Neonschild und der abgeblätterten Fassade.

Jan war froh, aus dem Bordell heraus zu sein. Dem Ort haftete eine latent bedrückende Hoffnungslosigkeit an, die bis tief in sein Inneres vorgedrungen war.

Ellen Grafenberg hatte sich um ihre Arbeit an der Fakultät kümmern müssen, die sie in den letzten Tagen schon mehr als genug vernachlässigt hatte. Also hatten sich Rabea und Jan allein getroffen, um Recherchen nahe dem Leichenfundort anzustellen.

Vor dem Spittlertor hatten sie bereits die drei anderen mittelalterlichen Stadttore besucht, an denen die Leichenteile entdeckt worden waren: das Tiergärtnertor, das Färbertor und das Westtor. Alle von ihnen befanden sich in direkter Nähe zur Innenstadt und an belebten Straßen.

»Es grenzt für mich an ein Wunder, dass er beim Aufhängen der Körperteile nicht gesehen worden ist«, meinte Jan. »Selbst mitten in der Nacht werden doch zumindest noch ein paar Passanten unterwegs gewesen sein.«

»Frau Wyler? Herr Grall? Ich glaube, ich sehe nicht richtig.«

Sie fuhren herum.

Die Stimme gehörte zu einem gedrungenen Mann südländischen Aussehens, der einen Ledermantel mit Fellbesatz und einen beigen Rollkragenpullover trug. Seine kleinen runden Brillengläser und der Dreitagebart verliehen ihm das Aussehen eines desillusionierten Intellektuellen.

»Selim Üner, Kriminalhauptkommissar bei der Polizei Nürnberg.« Er zeigte ihnen kurz seinen Ausweis. »Habe ich es mir doch gedacht, dass Sie beide das sind. Ich habe die Doku über Ihren Fall gesehen, deshalb habe ich Sie gleich erkannt. Ein Wahnsinn, was da gelaufen ist.« Er seufzte und steckte die Daumen in die Gürtelschlaufen seiner Jeans. »Jetzt habe ich das Gefühl, selbst in so einem Fall zu stecken. Ich bin der ›SOKO Torwächter‹ zugeteilt worden, müssen Sie wissen ... Sie ... Moment.«

Seine Augen blitzten auf. Er schien zu ahnen, warum sie beide hier waren.

Jan wechselte einen Blick mit Rabea, die vorsichtig nickte. Sie sollten Üner, der ihnen noch dazu wohlgesonnen zu sein schien, in ihre recht übersichtlichen Erkenntnisse einweihen. Womöglich konnten beide Seiten davon profitieren.

Grinsend deutete Üner auf sie. »Ha! Habe ich es mir doch gedacht! Sie sind nicht einfach ohne Grund hier. Sie sind an der Sache dran. Wie hat es der Sprecher in der Doku noch mal gesagt? ›Sobald es auf deutschem Boden einen Serientäter gibt, sind Grall und Wyler nicht weit.‹«

Jan verdrehte die Augen. Sie schienen tatsächlich einen Fan zu haben.

»Es wäre großartig, wenn Sie unsere Arbeit auch offiziell unterstützen würden. Ich fürchte aber, dass das schwierig werden könnte. Herr Hamann, der Leiter der SOKO, verwehrt sich gegen jede Einmischung von außen. Dem war schon diese Geschichtsprofessorin zu viel.«

»Wir waren hier, weil wir die Geschehnisse der Nacht vom 12. Oktober rekonstruieren wollten«, sagte Rabea und wagte sich damit langsam vor.

»Dito! Bisher bin ich aber leider relativ erfolglos gewesen«, sagte Üner.

Jan deutete auf den *Palast der Leidenschaft*. »Dann würde ich vorschlagen, dass Sie in diesem Etablissement einmal nach Sarinya fragen. Sie kann Ihnen sicher weiterhelfen.«

»Ich bin Ihnen sehr verbunden!« Üner zwinkerte ihm zu, holte eine Visitenkarte aus der Innentasche seines Mantels und reichte sie ihm. »Eine Hand wäscht die andere, wie man so schön sagt. Unser Treffen hier bleibt unter uns, solange Ihre Schnüffeleien nicht irgendwen in Schwierigkeiten bringen. Und Sie melden sich, falls Sie noch mehr von solchen Bonmots haben.«

»Wie laufen denn die Ermittlungen?«, fragte Jan und hoffte, dass er es mit seiner Neugier nicht zu weit trieb.

»Schleppender, als Sie sich das wahrscheinlich vorstellen.« Üner kratzte sich im Nacken. »Die Analyse der Videodatei läuft gerade noch, außerdem suchen wir natürlich mit Hochdruck nach den Gäulen, die darin zu sehen sind. Aber bisher haben wir nur wenige Anhaltspunkte. Hamann wird von Tag zu Tag cholerischer. Mehr ins Detail gehen möchte ich an dieser Stelle auch nicht.«

»Verständlich«, sagte Jan und hoffte, dass Üner die Enttäuschung nicht aus seiner Stimme heraushörte. Hamann, überlegte er. Der Name kam ihm bekannt vor. War das nicht auch der Polizist gewesen, der Ellen Grafenberg am Leichenfundort so schroff zurückgewiesen hatte?

»Eines noch«, sagte Üner. Seine Brillengläser reflektierten grell die strahlende Herbstsonne, wodurch seine Augen völlig hinter ihnen verschwanden. »Es gibt da eine Sache, die mir keine Ruhe lässt. Wir haben keinerlei Ausweisdokumente von Herrn Brunner gefunden, mal abgesehen von Führerschein und Gasthörerausweis. Kein Personalausweis, kein Reisepass, nichts. Auch keine abgelaufenen Dokumente. Seltsam, oder nicht?«

»Vielleicht waren sie alle in seinem Portemonnaie, als er vom Täter entführt worden ist«, meinte Rabea.

»Nein, nein, seinen Geldbeutel haben wir in der Wohnung sichergestellt. Das Einzige, was wir nicht finden konnten, war sein Laptop.«

»Wie und wann ist er überhaupt verschleppt worden?«, hakte Jan nach.

Üner blies die Wangen auf. »Selbst das wissen wir noch nicht. Seine Wohnung weist keine Einbruchsspuren auf. Er hat seit seiner Scheidung allein gelebt und nur wenige Freunde gehabt, deshalb können wir nicht sagen, ab welchem Zeitpunkt er vermisst wurde. Seine Tochter hat zuletzt vor einer Woche mit ihm gesprochen. Angeblich soll er in dem Gespräch leicht fahrig und nervös gewirkt haben. Im Moment gehen wir davon aus, dass ihm auf dem Heimweg aufgelauert worden ist.«

Dann muss es jemand gewesen sein, der seinen Tagesrhythmus eingehend kannte oder der ihn über einen langen Zeitraum hinweg beobachtet hat, überlegte Jan.

Sie verabschiedeten sich von dem Kriminalhauptkommissar und traten den Weg zurück zu Ellens Haus an. Ihre Schatten tanzten lang und verzerrt über das Kopfsteinpflaster.

»Was hältst du von diesen neuen Informationen?«, fragte Rabea.

»Ich habe das Gefühl, wir haben es hier mit weit mehr zu tun als nur einem Mörder, der sich in mittelalterliche Gewänder wirft und Henker spielt. Und ich fürchte, er hat seinen Feldzug gerade erst begonnen.«

Siebzehn

16. Oktober // Nürnberg

Büchertürme ragten wie eine Skyline rund um Ellen Grafenberg in die Höhe. Sie saß am Esstisch an ihrem Laptop und blätterte entweder in der Fachliteratur oder tippte etwas in die Tastatur.

Kurz hielt sie inne und umfasste mit beiden Händen ihre riesige Teetasse. Sie schaute zu Jan, der sich am Kopfende des Tisches niedergelassen hatte. »Früher wäre jetzt Rosi vorbeigekommen und hätte sich schnurrend auf meinen Schoß gelegt.«

»Was treibst du da eigentlich?«, fragte Jan. »Ist das für die Uni?«

»Nein, nein. Ich versuche, das Vorgehen des Täters mit den Methoden verschiedenster, historisch verbürgter Scharfrichter abzugleichen. Die Quellenlage ist etwas unübersichtlich, aber ich wühle mich irgendwie durch.«

»Spannend!«, meinte Jan. »Während wir versuchen, ein psychologisches Profil von ihm zu erstellen, wagst du dich sozusagen an ein historisches. Im besten Fall entsteht dadurch ein Raster.«

Ihre Augen leuchteten. »Ja, genauso habe ich mir das vorgestellt! Wenn das funktioniert, dann …«

Er hob die Hände und bremste damit ihre Euphorie. »Erst mal agieren wir weiter langsam und vorsichtig. Keiner weiß, wozu der Täter noch fähig ist.« Sein Blick wanderte zu dem nun unbewohnten Kratzbaum.

»Dann sollten wir besser keine Zeit verlieren, oder? Schau dir das hier mal an.«

Sie zeigte auf ihren Laptopbildschirm. Jan kam zu ihr herüber und stützte die Arme auf ihre Rückenlehne. Auf dem Monitor war ein Instagram-Profil geöffnet – das erkannte sogar er, der sich sozialen Medien bisher strikt verweigert hatte. Miri hatte irgendwann einmal eine Facebook-Seite für ihr Büro eingerichtet und pflegte sie regelmäßig, aber was genau sie dort trieb, konnte er auch nicht sagen.

»Das sieht aber nicht gerade nach mittelalterlichen Quellen aus«, meinte er.

»Wenn du meine Nichte fragst, dann schon. Bei ihr in der Klasse sind alle längst auf TikTok.«

Jan beäugte das Profil eingehender. »Das ist von Sally, der Tochter des Opfers.«

»Exakt. Und jetzt schau dir mal das hier an.«

Ellen klickte auf den neuesten Post – ein Video. Er zeigte Sally beim Feiern in einer Bar, überall Stroboskoplichter und Glitzerkonfetti. Ein schlaksiger Kerl hielt sie eng umschlungen, und sie beide rissen ihre Gläser in die Höhe und sangen laut zur Musik mit.

»Der Typ da, ist das Meyfart?«

Ellen nickte. »Der Beitrag ist keine vierundzwanzig Stunden alt. Verhält sich so eine Frau, die um ihren Vater trauert?«

»Jeder bewältigt Trauer auf eine andere Art und Weise, manche verdrängen sie auch einfach nur, zumindest erst mal.«

»Ernsthaft? Ich meine, schau dir das an ...«

»Wir dürfen unsere Schlüsse nie vorschnell ziehen«, erwiderte Jan. Er kniff die Augen zusammen. »Das ist eine wichtige Entdeckung, und wahrscheinlich hast du recht. Wir sollten an Meyfart dranbleiben. Trotzdem würde mich mehr interessieren, was du über die historische Dimension des Falls sagen kannst.«

»Ich kann dir etwas über die Rolle der Scharfrichter in der mittelalterlichen Gesellschaft erzählen. Ich weiß nicht, ob das hilfreich ist, aber vielleicht projiziert der Täter ja seine Persönlichkeit auf ihren Stand«, sagte sie. »Sie waren Geächtete. In der Kirche und in den Wirtshäusern waren gesonderte Plätze für sie vorbehalten, sie haben selten Paten für die Taufe ihrer Kinder gefunden. Ihr Beruf galt als unehrenhaft, ihren Söhnen standen oft gar keine anderen Ausbildungen offen, deshalb haben sich regelrechte Dynastien entwickelt. Durch ihre Tätigkeit besaßen sie aber auch zwangsläufig ein solides anatomisches Grundverständnis, manche von ihnen haben sich daher nebenbei als Chirurgen oder Pferdeärzte verdingt.«

»Ein Geächteter«, überlegte Jan. »Vielleicht versteht sich der Täter auch als jemand, der von der Gesellschaft ausgegrenzt ist. Jemand, für den eigene Regeln gelten ...«

Sein Handy klingelte und zeigte den Namen »*Tim Gröpler*« an.

»Entschuldige mich für einen Augenblick!« Er ging hinaus auf die Terrasse. Ein schneidender Wind wehte ihm entgegen und raschelte in den Büschen. Er musste heftig blinzeln, um sich an die Dunkelheit zu gewöhnen.

»Herr Grall, danke, dass Sie kurz Zeit für mich haben«, begrüßte ihn Gröpler, als er das Handy ans Ohr hielt. Sein neuer Büroassistent schien sich ganz gut zu machen. Im Laufe des Tages hatte er ihm bereits eine Liste mit neuen Terminen für die Klienten geschickt, die er jetzt persönlich verpasst hatte. Sie beide waren Anfang vierzig, und manchmal war es Jan fast schon unangenehm, wie extrem zuvorkommend und überaus bemüht Gröpler ihm gegenüber war. Der Mann hatte einen Doktorabschluss in Klassischer Philologie, aber außerhalb der akademischen Welt nie wirklich Fuß gefasst. Stattdessen hatte er sich jahrelang mit Gelegenheitsjobs über Wasser gehalten. Ein hoffnungsloser Lebenslauf.

»Immer gerne«, sagte Jan. »Was gibt es?«

»Zwei Dinge, ganz schnell, ich will Sie ja nicht lange stören – schließlich ist es schon spät. Hier ist ein recht offiziell aussehender dicker Umschlag von einem Notariat im Westerwald eingetroffen. Soll ich ihn für Sie öffnen, oder möchten Sie es selbst tun, wenn Sie zurückgekehrt sind?«

Ein notarieller Brief aus dem Westerwald. Jan runzelte die Stirn. Er erwartete keine Post von dort. Er hatte eine leise Vermutung, worum es sich handeln könnte, und er hoffte, dass sie sich nicht bewahrheitete.

»Machen Sie ihn ruhig später auf, und schreiben Sie mir kurz, worum es geht.«

»Sehr gut, dann kommen wir zur anderen Sache: Ich dachte, ich könnte Ihnen bei dem Vierteilungsfall helfen, und habe deshalb beim Aktensortieren eine Pause eingelegt, um mich ein wenig durch die Reiterhöfe in der Umgebung von Nürnberg zu telefonieren. Ganz ohne System, aber ich hatte Glück. Es gibt ein Gestüt nahe Ansbach, von dem ein grauer Kaltblut-Hengst und ein Schimmel gestohlen worden sind. Beschreibung der beiden Tiere passt jedenfalls exakt auf die Pferde in dem Video. Möglicherweise sollten Sie dem Hof mal einen Besuch abstatten.«

Jan war perplex, so sehr beeindruckte ihn die Arbeit von Gröpler. Den verkrachten Akademiker musste er sich wirklich warmhalten.

»Und das haben Sie einfach mal nebenher gemacht?«

»Ach ja, aber was sind schon ein paar Telefonate und oberflächliche Internetrecherchen. Macht mir ja auch Spaß, so ein bisschen Detektiv zu spielen.«

»Respekt, das ist absolut hilfreich«, sagte Jan anerkennend. »Wissen Sie, ob die Polizei schon mit dem Pferdewirt gesprochen hat?«

Früher oder später würden die Beamten auch die Reiterhöfe der Region absuchen.

»Bislang noch nicht. Es ist wirklich ein absoluter Zufallstreffer gewesen«, sagte Gröpler. »Vielleicht liegt es auch daran, dass der Pferdewirt den Diebstahl der Tiere bislang nicht gemeldet hat.«

»Hm. Warum nicht?«

»Das wollte er mir am Telefon nicht sagen, aber Sie bekommen bestimmt mehr aus ihm heraus.«

»Merkwürdig ...«, konstatierte Jan. »Ich werde gleich morgen früh vorbeifahren. Und machen Sie jetzt mal Feierabend, den haben Sie sich redlich verdient.«

Er steckte das Handy weg, und sein Blick blieb an der Stelle hängen, an der sie Ellens Katze tot aufgefunden hatten.

Viele Serientäter begannen ihre Laufbahn des Tötens, wenn man es so nennen wollte, mit kleinen Tieren. Erst waren es noch Insekten, denen sie die Beinchen ausrissen oder die sie mit einer Lupe verbrannten. Später dann Kleintiere – Mäuse, Kaninchen, irgendwann Hunde und Katzen. Eine tiefgehende Neugier für den Tod beherrschte sie – und wo andere Kinder von Empathie und Mitleid zurückgehalten wurden, ließen sie ihrer Faszination freien Lauf.

Wann hast du mit dem Töten begonnen?

Eine schneidende Bö peitschte Jan ins Gesicht, wie als Antwort auf seine Frage.

Wenn du dich wirklich als Henker siehst, dann wirst du irgendwo dein Handwerk erlernt haben, überlegte er weiter und dachte daran, was Ellen gesagt hatte. Hast du an Tieren geübt? Bereits an Menschen? War Alwin Brunner vielleicht gar nicht dein erstes Opfer?

Wann bist du vom Gesellen zum Meister aufgestiegen?

DIE STRAFE FÜR NOTZUCHT

»WER EINER FRAU MIT GEWALT UND WIDER IHREN WILLEN DIE EHRE NIMMT, DER HAT SEIN LEBEN VERWIRKT UND SOLL GRAUSAM GERICHTET WERDEN.«

Achtzehn

17. Oktober // Nürnberg

»Bebe!«

Eddy kniete vor ihr auf dem Boden.

»Du weißt, wie sehr ich dich liebe. Ich möchte nie mehr ohne dich sein. Lass uns zusammen etwas aufbauen. Mit dir – mit dir habe ich keine Angst mehr vor der Zukunft, keine Angst mehr vor irgendwas.«

Er öffnete die Schatulle in seinen Händen.

In ihr war –

Nichts.

Nur eine klaffende schwarze, alles verschlingende Leere. Wie ein Gas entstieg diese dunkle Leere ihrem samtenen Gefängnis. Rabea inhalierte sie mit jedem Atemzug und spürte, wie eine Kälte sich in ihrem ganzen Körper ausbreitete.

»Rabea!«

Eine andere Stimme. Ein anderer Name. Ein anderes Leben.

Jemand klopfte an ihre Tür.

»Wach auf! Schnell!«

Sie riss die Augen auf und fand sich in Ellen Grafenbergs

Gästezimmer wieder. Morgenlicht strahlte gedämpft zwischen den Holzjalousien hindurch. Ihre Kleidung von gestern Abend lag verstreut vor dem schmalen Bett.

»Rabea?« Abermals ein Klopfen an der Tür.

»Anwesend!« Rabea unterdrückte ein Gähnen. »Was ist denn los, dass du mich so wecken musst?«

»Es gibt ein zweites Video – ein zweites Opfer!«, rief Jan aufgeregt.

Sofort saß sie kerzengerade auf der Matratze. Sie trug nur Slip und Tanktop, also schlang sie sich die Decke um den Körper, stand auf und öffnete die Tür einen Spaltbreit.

»Seit wann?«, fragte sie.

»Ungefähr zwei Stunden. Es wurde wieder auf einem anonymen VideoLeak-Portal hochgeladen. Der Username ist nur eine lange Zahlenreihe. Ich habe sie mal runtergeschrieben, keine Ahnung, ob in ihr eine tiefere Bedeutung steckt. Das Opfer ist wieder ein Mann, und er ... er lebt noch, aber wahrscheinlich nicht mehr lange.«

Vor Überraschung ließ Rabea beinahe die Decke los. Das Opfer war noch am Leben? Sie dachte an die Grausamkeit der Vierteilung. Welches Martyrium musste der Täter dieses Mal gewählt haben?

»Wie schlimm ist es?«

»Sieh am besten selbst«, sagte Jan mit müder Stimme.

Sie schloss die Tür, schlüpfte in ihre Jeans und zog sich einen Kapuzenpulli über, dann folgte sie Jan hinunter ins Wohnzimmer.

Auf dem ausgeklappten Sofa lag noch immer sein zerwühltes Bettzeug, daneben ein Glas Wasser, Ohrenstöpsel und eine zerlesene Ausgabe von Haruki Murakamis *Kafka am Strand*, die er sich offenbar aus Ellen Grafenbergs umfangreicher Bibliothek geliehen hatte.

Die Professorin saß bereits vor ihrem Laptop am Esstisch und drehte ihr den Bildschirm zu. »Ich drücke einfach mal direkt auf Play. Auf so was hier kann man sich ohnehin nicht vorbereiten.«

Das Video startete.

Zu sehen war nicht die Reithalle, sondern ein fensterloser, hoher Raum mit unverputzten Backsteinwänden. Nackte Neonröhren tauchten ihn in grelles erbarmungsloses Licht. Der Bildwinkel ähnelte dem einer Überwachungskamera.

Der Raum war leer bis auf einen armdicken Holzpfahl mit abgerundetem Ende, der mit dicken Schrauben im Estrich verankert war.

Die schwere Stahltür schwang auf, und der Henker zerrte einen schmerbäuchigen nackten Mann herein, dessen Hände auf dem Rücken gefesselt waren. Für einen Augenblick fiel es Rabea schwer, den Täter und sein Opfer voneinander zu unterscheiden, denn auch der Delinquent trug eine Maske über dem Kopf, allerdings besaß diese keine Öffnungen für Augen und Mund.

Mit Leibeskräften versuchte das Opfer, sich aus den behandschuhten Pranken des Henkers zu befreien, aber dieser war einen Kopf größer als er und hatte keinerlei Mühe, ihn unter Kontrolle zu halten.

Der Henker streckte den Arm nach oben aus und zog eine Kette herunter, die über einen Flaschenzug an der Decke lief. An ihr baumelte ein Geschirr, das Rabea an eine Kletterausrüstung denken ließ. Mit Karabinerhaken befestigte der Henker die Brustschlaufen am fleischigen, haarigen Oberkörper des Mannes.

Dann holte er aus seiner Hosentasche eine große weiße Tube, verteilte ihren Inhalt auf einen Lappen und rieb mit ihm das Pfahlende ein.

Rabea schaute Jan fragend an.

»Ich schätze, es ist Vaseline.«

Ihre Kehle schnürte sich zu. Sie merkte, wie ihr schwindelig wurde, und sie stützte sich auf der Stuhllehne vor ihr ab. Allmählich dämmerte ihr, worauf diese Prozedur hinauslief.

Nun zog der Henker seinem Opfer auch die Kapuze ab. Noch nie hatte Rabea einen solchen Ausdruck des Entsetzens gesehen, die Augen des Mannes quollen angstgeweitet aus den Höhlen, seine stoppeligen Wangen glänzten aschfahl. Ein Lederriemen schnitt als Knebel in seine Mundwinkel, die kinnlangen schwarzen Haare klebten ihm schweißnass im Gesicht. Ein Segen, dass auch diese Aufnahme über keinen Ton verfügte, so blieben seine Schreie lautlos – ein Stummfilm des Horrors.

Der Henker drückte einen Schalter neben der Tür, und der Flaschenzug fuhr nach oben. Mit strampelnden Beinen wurde sein Opfer in die Höhe gehievt – ein bleicher, haariger Fleischsack.

Als seine Füße etwa auf Kopfhöhe des Henkers schwebten, stoppte dieser den Flaschenzug, packte den Delinquenten an den Knöcheln und platzierte ihn so, dass sich der Pfahl exakt zwischen seinen Beinen befand.

»Okay, das reicht!«, rief Rabea. »Ich kann mir vorstellen, was jetzt passiert. Und warum das Opfer noch am Leben ist.«

Ellen klappte gnädigerweise sofort den Laptop zu. Rabea holte tief Luft und sammelte sich. »Das … das ist eine Pfählung, oder?«

Die Historikerin nickte. »Der Pfahl wird in den After des Verurteilten eingeführt, er ›sitzt‹ praktisch auf ihm, und durch sein eigenes Körpergewicht rutscht er immer tiefer auf ihm herab. Ein qualvoller Tod, der sich über Tage hinziehen kann. Die Kunstfertigkeit eines Scharfrichters bestand darin, dass der Pfahl die inneren Organe verfehlt und das Leiden somit möglichst lange andauerte.«

»Ist das nicht auch die Methode, für die die historische Vorlage von Graf Dracula berüchtigt war?«, fragte Jan. Mit versteinerter Miene starrte er noch immer auf die Stelle, wo der Laptopbildschirm gewesen war.

»Richtig, Vlad III. Drăculea. Seine Vorliebe für diese Art der Hinrichtung hat ihm den Beinamen Țepeș eingebracht – der Pfähler. Allerdings irritiert mich dieses Vorgehen.«

»Wieso?«, fragte Rabea.

»Weil diese Methode eigentlich nur im östlichen Europa des 15. Jahrhunderts üblich gewesen ist. Im Heiligen Römischen Reich Deutscher Nation war es geläufiger, den Delinquenten lebendig zu begraben und ihm anschließend einen Pflock beziehungsweise Pfahl durch den Brustkorb zu hämmern. Auch um zu verhindern, dass er als Wiedergänger zurückkehren könnte – womit wir schon wieder bei Vampiren wären.«

»Dann ist er vielleicht nicht ganz so historiengetreu, wie wir es zunächst angenommen haben«, meinte Rabea.

»Womöglich hat er diese Variante gewählt, weil sie schlichtweg grausamer und spektakulärer ist.« Jan fixierte Ellen. »Mich interessiert im Moment vor allem eine Sache, denn sie könnte uns geradewegs zum Motiv führen: Auf welche Vergehen stand das Pfählen als Strafe?«

»Auf Kindsmord und auf Notzucht, wie es damals hieß. Vergewaltigung. Meist stand es dem Opfer dann sogar zu, das erste Mal auf den Pfahl zu schlagen – bei der Variante mit den lebendig Begrabenen, versteht sich. Mit der Dracula-Methode wurden hingegen vor allem Kriegsgefangene hingerichtet. Ziemlich grausam alles!«

Rabea schaute auf den zugeklappten Laptop. Das neue Video würde den Druck auf die Sonderkommission der Polizei noch einmal wesentlich erhöhen. Nun war klar, dass es sich um einen Serientäter handelte, der seine eigene Form der Selbstjustiz auslebte. Und niemand konnte sagen, ob er seine Henkerskapuze jemals wieder abstreifen würde.

»Wünscht mir Glück!« Jan kramte sein Handy hervor und schob die Terrassentür auf. »Ich werde jetzt mal meinen gesamten überschaubaren Charme spielen lassen.«

»Wen rufst du an?«, fragte Rabea.

»Einen alten Bekannten.«

Neunzehn

17. Oktober // Nürnberg

»Mädels! Frühstücken, schnell! Ihr kommt sonst zu spät zur Schule.«

Kai Hirsch stellte seine Umhängetasche auf dem Esstisch ab und stürzte seinen Cappuccino herunter. Dabei starrte er unentwegt auf sein Smartphone. »Wieder ein Video von diesem Irren. Pfählung! Das ist das Abartigste, was ich je in meinem Leben gesehen habe.«

Nora löffelte in ihren Cornflakes herum, ohne bisher auch nur einen Bissen davon gegessen zu haben. Sie schaute auf den Laptop, der zugeklappt neben der Müslischale lag. Wie würde Kai reagieren, wenn er erfahren würde, dass das Video von genau diesem Rechner verbreitet worden war?

Sie musste sich ihm anvertrauen. Musste ihm erklären, was vor sich ging. Was sie all die Jahre geheim gehalten hatte.

Ihre überstürzte, panische Flucht nach Alwins Tod hatte sie ihm bei ihrer gestrigen Rückkehr nach Hause nur ausweichend erklärt. Alwins Tod war ein Schock, hatte sie gesagt. Sie hätte einfach eine gewisse Zeit für sich selbst gebraucht, mehr nicht. Er ahnte nicht einmal ansatzweise, wie groß die Todesangst war, die sie fortgetrieben hatte.

Nur für euch bin ich zurückgekehrt, dachte sie. Weil ich nicht weiß, was er euch antun würde, wenn er mich nicht findet.

»Laura! Anja!«, rief Kai erneut, diesmal schon deutlich gereizter. »Wenn das so weitergeht, fahre ich euch nie mehr zur Schule. Dann könnt ihr schön den Bus nehmen wie alle anderen auch.«

Nora ließ den Blick durch die offene Wohnküche schweifen, als würde sie ihr Haus gerade das erste Mal bei einer Besichtigung in Augenschein nehmen: die weiße Farbe, die den Innenraum dominierte, den offenen Kamin, Pampasgras und Bambus in Glasvasen, die kühle, geschmackvolle Einrichtung. Im Kontrast dazu die verschlungenen Deko-Elemente aus Gold, die sie selbst in ihrer Werkstatt im Anbau gefertigt hatte.

Kai arbeitete bei einer Kanzlei für Wirtschaftsrecht und hatte dort in Aussicht, bald Partner zu werden. In seinem dunkelgrauen Armani-Dreiteiler, mit den zurückgekämmten welligen Haaren, dem kantigen Kinn und der goldenen Hornbrille sah er ziemlich smart aus.

Sie musste an Alwin denken – ihren engen Freund, von dem er nie erfahren hatte. Alwin hatte mehr als nur Freundschaft gewollt, aber so weit hatte sie es nie kommen lassen. Mit ihm hatte sie über Dinge sprechen können, die Kai wohl niemals nachvollziehen könnte.

Sollte sie ihn wirklich einweihen?

Das Wissen hatte für Alwin den Tod bedeutet – es würde ihren Mann nur umso mehr in Gefahr bringen.

Trotzdem, wie sollte sie so weitermachen wie jetzt?

Die Kinder rannten die Treppe herunter und stopften hastig ihr Frühstück in sich hinein, dann brachen Kai und sie auf.

Die plötzliche Stille, die im Haus einkehrte, machte Nora nervös. Fahrig räumte sie das dreckige Geschirr in die Spülmaschine und schaltete auf ihrem Laptop den Stream eines Regionalsenders ein. Dort wurde live über die Entwicklungen im Scharfrichter-Fall berichtet.

Sie wusste nicht, wie viel Zeit ihr noch blieb. Irgendwann würde herauskommen, wer die Mitschnitte der Hinrichtungs-Livestreams online gestellt hatte. Wer sich aus Angst des Verrats schuldig gemacht hatte.

Angst. Sie war der Auslöser von allem.

Damals wie heute.

Sie stand am Anfang dieser Geschichte und würde auch ihr Ende einläuten. Eine beißende, heimtückische Angst.

Es gab nichts, was er mehr verachtete.

Was er härter bestrafte.

Und Alwin hatte so große Angst gehabt. Kurz vor seiner Entführung hatte er ihr noch geschrieben, wie er seit Tagen keinen Schlaf mehr gefunden hatte. Wie er sich durch eine konstante Zufuhr an Whisky und Beruhigungsmitteln in ein fortwährendes Delirium begeben hatte.

Da hatte er schon gewusst, dass er einen Fehler begangen hatte. Dass er seine Angst zu deutlich gezeigt hatte.

Die Benachrichtigung über eine neue E-Mail erschien

am Bildrand ihres Laptops. »Kein Betreff«, der Absender trug den Namen »Carnifex«.

Nora öffnete sie.

Die Nachricht bestand aus einem einzigen Satz.

»Dein Urteil ist gefallen.«

Zwanzig

17. Oktober // Nürnberg

Die Sonne stand noch tief. Milchiger Morgendunst hing über dem verwelkten Laub, das die kleine Rasenfläche in Gelb- und Rotschattierungen tauchte.

Jan tigerte mit dem Handy am Ohr auf den verwitterten Terrassenfliesen hin und her, zwischen denen ungebändigt das Unkraut hervorspross.

Komm schon, geh dran! Noch gab es keine Nachrichten über einen weiteren Leichenfund. Der Mann in dem Video konnte möglicherweise noch am Leben sein. Das hieß, dass jede Minute zählte. Sie konnten ihn vielleicht noch retten, wenn sie nur irgendeinen Anhaltspunkt hätten …

Nach kurzem Klingeln erklang der wohlvertraute Singsang des Wäller Platt: »Jan Grall! Dass ich das noch mal erleben darf!«

»Rolf, ich hoffe, mein Anruf kommt nicht ungelegen.«

»Ich bin im Ruhestand, vergessen? Da kommt ein Anruf nie ungelegen. Ich freue mich über jeden, der sich daran erinnert, dass ich noch nicht tot bin.«

Jan verdrehte die Augen. Noch immer ganz der Alte. Rolf Stüter war Hauptkommissar bei der Polizeidirektion Montabaur gewesen und hatte mit ihnen im Alphabetmörder-Fall zusammengearbeitet. Nach dessen chaotischem Ende, das unter anderem zu Jans Suspendierung vom LKA Rheinland-Pfalz geführt hatte, hatte sich Stüter in den Vorruhestand versetzen lassen. Seitdem wohnte er mit seiner neuen Lebensgefährtin in Norden-Norddeich und widmete sich seinem Lieblingshobby – mathematischen Paradoxa.

Seit dem Fall schrieben sie sich unregelmäßig zu Weihnachten oder Geburtstagen. Das letzte Mal hatte sich Stüter nach der Ausstrahlung der Alphabetmörder-Doku mit einer SMS gemeldet: *»Sorry, ich hatte Zeit und wollte mir ein bisschen die Pension aufbessern.«*

Im Gegensatz zu Jan hatte er den Filmemachern ein Interview gegeben und seine Sicht der Dinge geschildert – in der er selbst dezent heroischer weggekommen war, als es eigentlich den Tatsachen entsprach.

»Was willst du?«, fragte Stüter auf Jans Schweigen.

»Ähm, also ...«

»Ach, komm schon, Grall! Du rufst doch nur an, weil du etwas willst.«

Jan protestierte, konnte sich aber ein Schmunzeln nicht verkneifen. Er schilderte Stüter ihre Verstrickung in die Henkersmorde, was dieser mit einem ungläubigen »Ihr könnt es echt nicht lassen!« kommentierte.

»Jedenfalls habe ich die Vermutung, dass das gegenwärtige Opfer ein Vergewaltiger ist – ob gerichtlich verurteilt oder nicht, das will ich jetzt herausfinden«, erklärte Jan. »Möglicherweise ist seine Tat nie angezeigt worden und nur dem Scharfrichter bekannt, dann haben wir Pech. Aber möglicherweise hat er bereits eine Haftstrafe verbüßt und ist im System.«

Stüter gab ein nachdenkliches Knurren von sich. »Du brauchst also Zugang zu den Datenbanken, um das Opfer mit allen verurteilten Vergewaltigern in – sagen wir mal – Mittelfranken aus den letzten Jahrzehnten abzugleichen. Ambitioniert wie eh und je, würde ich sagen.«

»Spar dir deinen Sarkasmus«, erwiderte Jan.

»Das sagt der Richtige.«

»Du hast die besseren Kontakte, das bessere Netzwerk. Ich hatte gehofft, dass du uns weiterhelfen könntest.«

»Und was springt für mich dabei heraus?«

»Ich liefere dir drei Kästen Hachenburger Pils und ein paar Flaschen von der Birkenhof Brennerei. Mir ist zu Ohren gekommen, die Sachen sind da oben im Norden schwer zu finden. Deal?«

»Aber so was von!«

Stüter versprach, sich so schnell wie möglich zurückzumelden. Jan hatte schon lange nicht mehr den Dialekt seiner Heimat gehört, und sein Klang hinterließ ein nagendes Gefühl der Nostalgie tief in seinem Brustkorb.

Er dachte an den Brief des Westerwälder Notars, den Gröpler gestern noch für ihn geöffnet hatte. Er unterrichtete Jan vom Tod seiner Großtante, der er nie besonders nahegestanden hatte. Dennoch war er ihr einziger verbliebener Verwandter, und ihr Haus in Bad Marienberg im Westerwald sollte in seinen Besitz übergehen. Das letzte Mal war er als kleines Kind dort gewesen. Das riesige Anwesen mit seinen dunklen Holzstreben, den Hirschgeweihen an den Wänden und dem verwunschenen Garten voll Tannen und Gestrüpp hatte ihm damals fürchterliche Angst bereitet.

Er stieß einen Seufzer aus, der sich als dichte weiße Atemwolke entlud. Beim Gedanken an Gröpler fiel ihm auch wieder dessen Hinweis mit dem Reiterhof ein. Ein weiterer Anhaltspunkt. Vielleicht waren sie dem Täter mit einem Mal näher, als er gestern noch gedacht hatte.

Einundzwanzig

Der Scharfrichter betrachtete sein Werk.

Anatol Andrewicz' aufgepflockter massiger Körper erinnerte auf groteske Weise an ein vertikal aufgespießtes Spanferkel. Und genau das bist du gewesen, dachte er, ein widerwärtiges, ekelhaftes Schwein.

Du bekommst, was du verdienst.

Der Holzpfahl unterhalb von Andrewicz' After hatte sich durch das ausgetretene Blut dunkelbraun verfärbt. Das Ende des Pfahls war nur abgerundet, nicht angespitzt. Bei seinem Weg durch den Körper des Vergewaltigers durchbohrte er die lebenswichtigen Organe deshalb nicht, sondern schob sie nur mehr oder weniger zur Seite. Dadurch ließ sich der Todeskampf weiter in die Länge ziehen. Andrewicz litt bereits mehr als zwölf Stunden. Dabei sorgte sein eigenes gewaltiges Körpergewicht dafür, dass es schneller ging als erwartet. Nicht mehr lange, und das Ende des Pfahls würde aus seiner Halsbeuge herausbrechen.

Immer wieder hielt er dem Delinquenten an einem Stab einen in Ethanol getränkten Schwamm unter die Nase, damit der beißende Geruch ihn zurück ins Bewusstsein holte. Er sollte seine Strafe bis zur letzten Sekunde miterleben.

Allerdings war er sich nicht sicher, wie viel Andrewicz auch in diesen Momenten überhaupt noch mitbekam. Vereinzelt drang ein Gurgeln oder ein erstickter Laut aus seiner Kehle, ansonsten lag sein bleicher Kopf im Nacken, leblos wie bei einer Puppe.

In dem Kellerraum stank es erbärmlich nach Schweiß, Blut und allen erdenklichen anderen Ausscheidungen.

Es bereitete ihm keinerlei Freude, einem anderen Menschen Qualen zu bereiten. Es erregte ihn nicht, machte ihn auch nicht süchtig. Aber es machte ihm auch nichts aus, solange er wusste, warum er es tat.

Ich bin kein Sadist, dachte der Scharfrichter. Ich tue nur meine Pflicht. Erfülle meine Aufgabe. Es erschreckte ihn, wie wenig Wert heute noch auf Prinzipien gelegt wurde. Wer nach ihnen handeln wollte, der musste sich seine Welt selbst erschaffen.

Zweiundzwanzig

17. Oktober // Außerhalb von Nürnberg

Die Reiter preschten im wilden Galopp über den Feldweg. Abrupt drückte Jan auf die Bremse und würgte so den Motor ab. Der Mini Cooper schlitterte noch einige Meter über die matschige Fahrbahn und kam zum Halt.

»Verfluchte Gäule«, zischte er und schaute den Tieren hinterher, die über eine der Wiesen davonstoben.

Er drehte wieder den Zündschlüssel um und fuhr vorsichtig weiter. Er hatte sich den Wagen von Rabea geliehen, um dem Gestüt Overbeck einen Besuch abzustatten.

Zum wiederholten Mal klingelte sein Handy, das er mit der Freisprechanlage des Autos verbunden hatte. Wieder eine unbekannte Nummer, die er sofort entnervt wegdrückte.

Anscheinend hatten die Medien Wind davon bekommen, dass Rabea und er in Nürnberg vor Ort waren, und wollten nun unbedingt ein Statement von ihnen haben. Natürlich würde er einen Teufel tun. Das war das Letzte, was sie im Moment gebrauchen konnten. Im schlimmsten Fall würde diese Aufmerksamkeit das Augenmerk des Täters nur noch mehr auf Ellen Grafenberg richten. Es bedeutete für sie alle ein zusätzliches Maß an Gefahr.

Er erreichte den weitläufigen Reiterhof, der aus mehreren Stallungen, Verwaltungsgebäuden, Koppeln und kreisförmigen Führanlagen bestand. Während die Bauten im Zentrum des Gestüts altehrwürdig und aufwendig renoviert waren, waren die neueren Stallgebäude topmodern und sogar von Solarzellen bedeckt. Geld schien hier kein Problem zu sein.

Er stellte den Wagen ab und lief zum Hauptgebäude. Er klappte den Kragen seines Mantels hoch, um sich vor dem leichten Nieselregen zu schützen. Unbeholfen stakste er durch den Schlamm. Die ganze Umgebung führte ihm einmal mehr vor Augen, was er doch für ein furchtbarer Stadtmensch geworden war. Ein technologieverwöhnter Theoretiker, der nicht mehr mit dem Geruch von Pferdeäpfeln, Stallarbeit und ein wenig Matsch klarkam.

Eine Frau begleitete eine Gruppe Kinder auf Ponys zu einer der Koppeln, Reiter und Stallangestellte liefen ihm entgegen und musterten ihn mit unverhohlener Verwunderung. Erkannten sie ihn aus dem Fernsehen? Oder waren unangekündigte Besuche wie seiner schlichtweg nicht üblich?

Ein drahtiger, mittelalter Mann in braunen Latzhosen und mit dreckbesprenkelten Wangen sprach ihn schließlich an. »Entschuldigen Sie, aber kann ich Ihnen weiterhelfen?«

»Gerne! Jan Grall mein Name«, stellte er sich vor. »Ich suche Herrn Overbeck junior. Wo finde ich ihn?«

Sein Gegenüber dachte kurz nach. »Ich glaube, er ist gerade in den Ställen. Ich bringe Sie zu ihm.«

Der Mann führte ihn in eine lichtdurchflutete Halle, in der die Tiere in großzügigen Boxen gehalten wurden. Überall hing Zaumzeug, standen Eimer, Heugabeln und Pflegeutensilien. Dem Geruch nach Pferden und Heu haftete etwas Beruhigendes, seltsam Vertrautes an, obwohl Jan nie viel Zeit in Stallungen verbracht hatte.

»Was möchten Sie denn? Sind Sie an einer Reitbeteiligung interessiert? Vielleicht kann ich Ihnen auch schon weiterhelfen«, sagte der Mann, während er ein erdnussfarbiges Pferd, das den Kopf aus seiner Box herausstreckte, an den Nüstern streichelte. »Das hier ist übrigens Alessio, unsere größte Schmusebacke.«

»Nein, es geht um eine andere Angelegenheit. Ich habe erfahren, dass kürzlich zwei Ihrer Tiere gestohlen worden sind.«

Jetzt lehnte der Mann sogar kurz die Stirn gegen die Blesse des Pferdes, schloss die Augen und sagte: »Das ist richtig – Ringo und Arya. Ein Kaltblut-Hengst und eine unserer wertvollsten Zuchtstuten.«

»Der Vorfall wurde nicht der Polizei gemeldet, richtig?«

»Das stimmt.« Der Hofangestellte zauberte einen Apfel aus der Tasche seiner Latzhose hervor und verfütterte ihn an Alessio. Ein sanftes Lächeln legte sich auf sein wettergegerbtes Gesicht, das sofort wieder verschwand, als er weitersprach. »Allerdings frage ich mich, warum Sie das etwas angehen sollte.«

Jan war verdutzt. Dafür, dass der Mann ihn eigentlich nur zu seinem Chef führen sollte, mischte er sich ziemlich ein. »Vielleicht bespreche ich das besser mit Herrn Overbeck selbst«, erwiderte er.

»Der steht vor Ihnen.«

Der vermeintliche Angestellte ließ von dem Pferd ab und baute sich vor Jan auf. Jan hatte das selbstbewusste Auftreten, das der Mann bisher an den Tag gelegt hatte, auf Erfahrung und Kompetenz zurückgeführt, aber jetzt wurde ihm klar, dass es aus einer anderen Quelle genährt wurde – es war die selbstverständliche Lässigkeit des Mannes, dem dieser Ort gehörte.

Overbeck lachte schallend und entblößte dabei auffallend gelbe Zähne. »So schauen neue Leute immer, wenn ich sie mit diesem Streich auf den Arm nehme. Funktioniert fast immer, weil ich meistens in dreckiger Arbeitskleidung rumlaufe. Ich packe sehr gern selbst an, mache mir gern die Finger schmutzig.« Er streckte Jan die schwielige Pranke entgegen und gab ihm einen kurzen, aber festen Händedruck. »Nichts für ungut, Herr Grall, manchmal kläre ich einfach gerne vorher ab, wie Menschen so drauf sind.«

»Und wie bin ich Ihrer Meinung nach drauf?«

»Sie sind nicht von der Polizei, das ist schon mal etwas Gutes.« Overbeck lachte. »Ich stehe Ihnen gerne Rede und Antwort.«

Seite an Seite liefen sie weiter durch den Stall. Dabei fiel Jans Blick auf eine Pferdedecke, die über einer großen Stange zum Trocknen hing. Auf ihr war ein rot-goldenes Wappen abgebildet, das einen Löwen, einen Greif und einen Turm zeigte.

»Das erinnert mich an das Ritterturnier vor ein paar Tagen«, bemerkte er.

»Ach, wirklich? Dann sind wir uns dort vielleicht schon über den Weg gelaufen, ohne es gemerkt zu haben. Ich habe mit Alessio beim Lanzenreiten mitgemacht, fünfter Platz – leider etwas schlechter als im Vorjahr.«

Ein mulmiges Gefühl der Erkenntnis rumorte in Jans Magengrube. »Das heißt, Sie sind auch in der Mittelalter-Szene aktiv«, sagte er. »Kannten Sie zufällig Alwin Brunner?«

»Nur flüchtig«, sagte Overbeck. »Brunner erschien mir immer etwas exzentrisch, eine Spur zu besessen von diesem Thema. Ich habe hauptsächlich an den Turnieren teilgenommen, weil ich die Herausforderung als Reiter mag. Die Epoche war für mich eher zweitrangig. Bei ihm hatte ich hingegen den Eindruck, er hätte wirklich am liebsten in dieser Zeit gelebt. Es ist natürlich schrecklich, was mit ihm geschehen ist. Grausam und verstörend. Ich hoffe, der Täter wird bald gefunden.«

»Hm«, machte Jan. Ihm erschien die zweite Verbindung zu dem Mordfall, die sich hier gerade auftat, höchst merkwürdig. Konnte es sich wirklich nur um einen Zufall handeln?

»Wie kam es zu dem Diebstahl Ihrer Pferde? Wann genau sind sie verschwunden?«, fragte Jan.

»Tja, wenn ich das wüsste«, entgegnete Overbeck. »Vor ungefähr zehn Tagen hat einer unserer Azubis die Pferde frühmorgens von der Koppel geholt, um die Tiere zum Füttern in die Ställe zu bringen. Da ist ihm aufgefallen, dass

Arya und Ringo fehlten. Die Gebäude sind videoüberwacht, die Koppeln allerdings nicht. Und nein, nachts haben wir nichts gehört. Wer auch immer die Tiere gestohlen hat, die Diebe wussten, was sie da taten. Es gibt da diese Bande aus Tschechien, die hier in den letzten Jahren immer wieder aktiv gewesen ist. Erst habe ich angenommen, dass sie dahintersteckt.«

»Ihnen ist klar, dass Arya und Ringo zwei der Pferde sind, die Alwin Brunner gevierteilt haben?«

Overbeck kräuselte die Lippen. Er lehnte sich gegen die Wand neben der Tür zur Sattelkammer. »Das ist mir natürlich nicht entgangen. Es sind unfassbar zarte, sanftmütige Wesen. Ein furchtbarer Gedanke, dass sie für so eine Tat missbraucht worden sind.«

»Dann müssen Sie die beiden Pferde doch sofort erkannt haben, als Sie das Video gesehen haben. Deshalb meine Frage: Warum haben Sie nicht die Polizei eingeschaltet? Warum musste erst mein Assistent durch Zufall bei Ihnen anrufen, um von dem Diebstahl zu erfahren?«

»Weil die Polizei nicht gerade gut auf den Namen Overbeck zu sprechen ist.« Der Pferdewirt holte tief Luft. »Lassen Sie mich erklären: Mein Bruder – Till Overbeck – war bis vor zwei Jahren Miteigentümer des Hofes. Er war immer schon ein windiger Geschäftsmann gewesen, schreckte auch nicht vor krummen Dingern zurück. Zu seinem ominösen Geschäftsmodell gehörte auch eine neue Lebens- und Diebstahlversicherung für die Tiere – mit extrem guten Konditionen bei Eintritt des Versicherungsfalls. Und kurz darauf kam es dann, wie es kommen musste: Eins unserer teuersten Pferde verschwand spurlos.«

»Lassen Sie mich raten: Versicherungsbetrug.«

»Richtig. Mein Bruder hatte den Diebstahl nur vorgetäuscht. Die Sache ist durch eine Zufallssichtung des Tieres aufgeflogen. Seitdem sitzt er hinter Gittern. Wenn er Glück hat, kommt er nächstes Jahr bei guter Führung raus.«

Jan verschränkte die Arme vor der Brust. »Sie glauben also, wenn die Polizei von Ihrem Namen in Verbindung mit Diebstahl hört, denken die Beamten gleich wieder daran.«

Overbeck nickte mit verzogenem Mundwinkel.

»Aber diesmal ist es ja offensichtlich, dass die Tiere gestohlen worden sind.«

»Früher oder später wäre ich auch zur Polizei gegangen. Ach ... ich hatte auch keine Lust, direkt mit diesem Verbrechen in Verbindung gebracht zu werden. Ist schließlich nicht gerade das, was man gute PR für den Hof nennen würde.«

»Ihre Erklärungen sind ein wenig widersprüchlich, wenn ich mir die Bemerkung erlauben darf«, sagte Jan. »Jedenfalls wird mir nichts anderes übrig bleiben, als die Kripo darüber zu informieren.«

»Tun Sie, was Sie für richtig halten«, knurrte Overbeck abweisend. »Sonst noch was?«

Vorsichtig hielt Jan Alessio die Hand hin und ließ ihn an seinen Fingern schnuppern. Das Pferd senkte den Kopf, und er streichelte seine struppige Mähne.

»Hatte sonst jemand hier auf dem Hof oder im Umfeld Kontakt zu Alwin Brunner?«, fragte er.

»Selbstverständlich seine Tochter, Sally«, sagte Overbeck. »Sie hat hier Reitstunden genommen. Ihr Freund hat sie immer gebracht und wieder abgeholt. Der steht auch total auf diese Mittelalterfeste.«

Jans Finger verharrten, tief versunken in der schwarzen Pferdemähne. Er wollte nicht glauben, was er gerade gehört hatte.

»Meyfart«, sagte er fassungslos. »Sie sprechen von Jonas Meyfart.«

Dreiundzwanzig

17. Oktober // Nürnberg

Rabea befestigte das Hollandrad mit dem Kettenschloss am Laternenpfahl vor der Hausnummer 23 und verdrehte den Zahlencode. Sie stand vor einem neogotischen Altbau direkt gegenüber vom Stadtpark in Maxfeld. Die richtige Adresse.

Jans Anruf beim ehemaligen Kriminalhauptkommissar Stüter hatte sich ausgezahlt. Innerhalb kürzester Zeit hatten Stüters alte Kontakte im Polizeiapparat den Namen Anatol Andrewicz zutage gefördert – ehemaliger Steuerberater, vor ungefähr neun Jahren verurteilt wegen der Vergewaltigung von Lena Meisner, gestern Abend nicht zum Gespräch mit seinem Bewährungshelfer erschienen, Porträtfotos stimmten mit dem Aussehen des Opfers im Hinrichtungsvideo überein.

Rabea und Jan hatten die Daten bereits an Herrn Üner von der Nürnberger SOKO weitergeleitet. Aber die Chance, mit dem damaligen Vergewaltigungsopfer Lena Meisner zu sprechen, wollte Rabea sich nicht nehmen lassen.

Vielleicht gab es jemanden aus ihrem direkten Umfeld, der sich dazu entschieden hatte, das Recht in seine eigene

Hand zu nehmen. Jemanden, der glaubte, dass neun Jahre Haft für Andrewicz nicht Strafe genug gewesen waren.

Aber was war dann die Verbindung zu Brunner – dem ersten Opfer? Warum diese Rolle als mittelalterlicher Scharfrichter?

Rabea rief sich noch einmal kurz ihr Telefonat in Erinnerung: »Frau Meisner, wir gehen davon aus, dass das neue Opfer in dem Video Anatol Andrewicz ist.«

Stille am anderen Ende.

Dann: »Ich hatte gehofft, diesen Namen nie mehr zu hören. Egal, in welchem Zusammenhang.«

»Wir haben bereits die Polizei informiert, trotzdem würde ich gerne einmal mit Ihnen persönlich sprechen. Ließe sich das einrichten?«

»Selbstverständlich, wenn es Ihnen weiterhilft.« Meisner hatte eher genervt als erschüttert geklungen, so als hätte sich ein unliebsamer alter Bekannter wieder bei ihr gemeldet.

Rabea drückte die Klingeltaste durch, und nur Sekunden später brummte das Schloss. Sie wuchtete die schwere Tür auf, im Treppenhaus stieg ihr der dezente Zitrusduft eines Reinigungsmittels in die Nase. Der Marmorboden war gerade gebohnert worden und reflektierte das Licht des kristallenen Deckenlüsters.

»Frau Wyler!« Eine Tür gleich im Erdgeschoss stand offen. Lena Meisner steckte den Kopf heraus und winkte sie heran.

»Danke, dass Sie es so kurzfristig einrichten konnten«, sagte Rabea beim Betreten der Wohnung.

»Ich möchte das Gespräch einfach schnell hinter mich bringen. Ich fürchte allerdings, es wird nicht das einzige in dieser Angelegenheit bleiben. Die Polizei hat mich inzwischen ebenfalls kontaktiert.«

Sie bot ihr einen Platz auf dem Rattansofa im Wohnzimmer an. Gedimmtes Licht, abstrakte Kunst und jede Menge Grünpflanzen verliehen ihm eine entspannte Atmosphäre, auch wenn es etwas unpersönlich wirkte.

»Sie wohnen aber nett«, bemerkte Rabea, während Lena Meisner ihr eine Karaffe mit Wasser und eine Schüssel Weintrauben brachte.

»Oh, hier wohne ich nicht, das sind meine Praxisräume«, erklärte sie. »Meine Wohnung ist ein Stockwerk darüber.«

Frau Meisner setzte sich ihr gegenüber und schloss einen Moment die Lider, so als würde sie komplett in sich gehen. Ihr langes blondes Haar hatte sie mit einem bunt gemusterten Stirnband gebändigt, sie trug einen schwarzen, eng anliegenden Rollkragenpullover, darüber eine goldene Halskette und dazu passende große Ohrringe.

»Ich arbeite inzwischen als psychologische Psychotherapeutin. Nach dem, was geschehen war, wollte ich nicht in dem Büro bleiben – die Atmosphäre war von Anfang an toxisch gewesen, wenn ich ehrlich bin. Ich habe mein Abitur nachgeholt und studiert.«

Rabea neigte beeindruckt den Kopf. Lena Meisner musste all das in Rekordzeit absolviert haben.

»Ich habe mich auf die Betreuung von Opfern sexueller Gewalt spezialisiert. Naheliegend, nicht wahr?«

War der Nachsatz gerade ein Scherz gewesen? Rabea wusste nicht, wie sie darauf reagieren sollte, und schwieg. Ihr Hals fühlte sich mit einem Mal trocken an, und sie trank einen großen Schluck Wasser.

»Die ganze Sache muss schrecklich für Sie sein«, sagte Rabea. »Dass das Trauma von damals wieder hochgespült wird. Dass Sie wieder damit konfrontiert …«

Lena Meisner hob die Hand. »Bitte, sparen Sie sich das. Ich weiß, es ist nett gemeint, aber an dieser Stelle überhaupt nicht hilfreich.«

»Ich will mit Ihnen auch nicht über diesen Abend reden. Die Sache ist nur folgende: Wir gehen davon aus, dass der Täter seine Opfer für bestimmte Vergehen bestraft. Er richtet über sie. Und im Fall von Andrewicz hat er eine mittelalterliche Strafe für Vergewaltigung gewählt.«

»Dann verstehe ich, worauf Sie hinauswollen.« Die junge Frau lehnte sich zurück und zog einen Mundwinkel hoch, fast schon amüsiert. »Sie wollen abklären, ob ich oder jemand aus meinem Umfeld verantwortlich sein könnte. Direkt oder indirekt.«

»So würde ich das niemals formulieren. Ich möchte mehr über die Hintergründe erfahren. Womöglich gibt es eine Erklärung dafür, warum der Täter ausgerechnet Andrewicz ausgewählt hat.«

»Nur um das jetzt gleich schon mal klarzustellen«, Lena Meisner lehnte sich vor, »ich finde nicht, dass Andrewicz sein Martyrium in irgendeiner Form verdient hätte oder es gerecht wäre. So etwas wünsche ich niemandem. Punkt. Er hat die Haftstrafe verbüßt, zu der er verurteilt worden ist, und gut ist. Ich hege keinen Groll gegen ihn oder verdamme mein Schicksal, denn was sollte das bringen? Würde ich ihm verzeihen? Natürlich nicht. Aber ich will einfach nur mein bestes Leben weiterleben. Weder ich selbst noch irgendjemand in meinem Umfeld würde je auf irgendwelche bizarren Rachegedanken kommen.«

»Wenn Sie das über sich selbst sagen, dann glaube ich Ihnen das natürlich«, erwiderte Rabea. »Ich will niemanden unter Generalverdacht stellen, aber sämtliche Menschen aus Ihrem Umfeld würde ich nicht gleich kategorisch von jedem Verdacht befreien. Ich spreche nicht nur von Ihrer Familie und Ihren Freunden, sondern auch von Prozessbeteiligten, von Ihrem Arzt, den zuständigen Ermittlern. Meinen Sie, Sie könnten mir eine Namensliste zukommen lassen?«

Lena Meisner zögerte kurz, zog wieder den Mundwinkel hoch, dann nickte sie.

»Ich gehe davon aus, dass Sie in keiner Verbindung zu Alwin Brunner standen, dem ersten Opfer. Richtig?«

»Nein. Den Namen habe ich das erste Mal im Fernsehen gehört.«

Rabea schnaufte durch. Sie wählte jedes Wort mit Bedacht, war mit solchen Situationen absolut vertraut und hatte sich, so gut es ging, auf dieses Gespräch vorbereitet. Trotzdem hatte sie das Gefühl, gerade alles falsch zu machen.

»Können Sie mir etwas über Andrewicz selbst sagen? Was ist er für eine Art Mensch? Ich … na ja, Sie müssen das natürlich auch alles nicht beantworten. Ist ja ziemlich offensichtlich, was er für eine Art Mensch ist.«

»Alles gut, machen Sie sich keine Sorgen. Ich sage schon Bescheid, wenn es zu viel wird«, entgegnete Lena Meisner und lächelte ihr aufmunternd zu. »Andrewicz war sehr in sich gekehrt und introvertiert. Hatte Probleme damit, überhaupt Blickkontakt mit einer Frau zu halten, geschweige denn ein Gespräch mit ihr zu führen. Ah, und ich überlege die ganze Zeit, da war eine seltsame Sache«, sie tippte sich gegen das Kinn, »ah ja, genau! Das kam auch im Prozess auf. Das fällt mir jetzt gerade wieder ein, wo Sie das Thema angesprochen haben. Zu dem Zeitpunkt besaß Andrewicz keinerlei gültige Ausweispapiere. Weder Reisepass noch Personalausweis.«

Rabea leckte sich die Lippen und machte sich sofort eine Notiz in ihrem Handy. Laut Kommissar Üner waren auch bei Brunner keine dieser Dokumente gefunden worden. Das konnte kein Zufall sein. Auch ihre Hypothese, der Täter könne Brunners Ausweis an sich genommen haben, war damit hinfällig. Warum verwehrten sich scheinbar beide Opfer gegen offizielle Papiere?

»Das hilft uns extrem weiter«, sagte sie. »Möglicherweise müssen wir auch das Umfeld von Andrewicz noch eingehender beleuchten. Ich danke Ihnen jedenfalls für Ihre Zeit und dafür, dass Sie das Gespräch auf sich genommen haben.«

»Die Liste, die Sie angefragt haben, bereite ich Ihnen vor.« Lena Meisner schaute sie nicht mehr direkt an, sondern fixierte das herabtrudelnde Laub im Hintergarten – das Konfetti dieser melancholischen Abschiedsparty namens Herbst.

»Dass er dieses Gefühl spürt, ausgeliefert zu sein. Dass er merkt, wie es ist, sich nicht wehren zu können. Keine Kontrolle zu haben. Das war das Einzige, was ich mir ganz zu Anfang für ihn gewünscht habe.« Sie wandte sich wieder Rabea zu. Ihre Miene war unbewegt, aber ihre Hände zitterten wie unter Strom. »Aber nicht so.«

Als Rabea wieder vor die Tür trat, atmete sie in tiefen Zügen die regengeschwängerte Luft ein. Obwohl die Unterhaltung kurz gewesen war, fühlte sie sich so erschöpft wie nach einem achtstündigen Gesprächsmarathon. Aber sie war weitergekommen, allein das zählte.

Sie stellte den Code des Zahlenschlosses ein – »1066, die Schlacht von Hastings!«, wie Ellen ihr am Morgen verkündet hatte – und schaute noch einmal auf ihr Handy. Ein verpasster Anruf von genau der Ellen, an die sie gerade gedacht hatte.

Die Professorin redete sofort drauflos, als Rabea zurückrief: »Rabea, du wirst nicht glauben, was ich gefunden habe! Ich bin noch mal das neue Hinrichtungsvideo durchgegangen und habe in verschiedene Bildausschnitte reingezoomt. Im Hintergrund, da ragt ein Schwertknauf rein. Er ist etwas verpixelt, aber doch klar genug erkennbar. Ich bin mir verdammt sicher, dass es das Richtschwert aus dem Museum ist.«

Vierundzwanzig

17. Oktober // Bei Nürnberg

Über die Windschutzscheibe strömten solche Regenmassen, dass Jan den Eindruck hatte, er würde durch eine Waschstraße fahren. Der Popsong im Radio wurde von dem donnernden Prasseln völlig übertönt.

Es kostete ihn seine volle Konzentration, den Mini auf dem schlammigen engen Feldweg zu halten. Das Licht der Scheinwerfer verlor sich schon nach wenigen Metern in den grauen Schlieren. Er hing tief über das Lenkrad gebeugt, um überhaupt etwas erkennen zu können.

Was für ein Dreckswetter! Er konnte es kaum erwarten, wieder zurück bei Ellen zu sein und erst einmal eine heiße Tasse Tee zu trinken.

Ihre Ermittlungen machten unbestreitbar Fortschritte. Die Hinweise auf Jonas Meyfart als potenziellen Täter mehrten sich, aber gleichzeitig auch Jans Fragen. Sicher, Mörder stammten häufig aus dem direkten Umfeld der Opfer, aber warum sollte Meyfart den Vater seiner Freundin Sally auf so eine grausame Art umbringen? Warum sollte er diese brutale Hinrichtung filmen? Damit spielte er den Ermittlern doch bloß Material für die eigene Festnahme in die Hände.

Und wie passte Andrewicz in dieses Bild? Bestand eine Verbindung zwischen Meyfart und ihm? Oder verfolgte Meyfart weit weniger persönliche Motive, als sie im Moment annahmen?

Jan wurde von einer Reflexion im Rückspiegel geblendet. Er schaute hoch. Die Scheinwerfer eines anderen Autos glommen hinter ihm auf dem Feldweg auf. Durch den dichten Regen zeichnete sich nur grob eine Silhouette ab, aber es musste sich um einen Jeep oder einen SUV handeln.

Der Wagen kam schnell näher. Der Fahrer schien es eilig zu haben.

Ich werde deinetwegen jetzt bestimmt nicht schneller fahren, dachte Jan. Ein bisschen Geduld, Kollege. Bis zur Landstraße ist es nicht mehr weit, dann kannst du überholen.

Aber wer auch immer hinter ihm am Lenkrad saß, die Person schien gar nicht daran zu denken, den Fuß vom Gaspedal zu nehmen. Stattdessen kam das Auto immer näher. Jetzt war auch der Kühlergrill eines Jeeps im Heckfenster erkennbar.

»Was ist denn dein verdammtes Scheißproblem!?«, rief Jan.

Demonstrativ drückte Jan auf das Bremspedal, um den Drängler von sich fernzuhalten. Das Letzte, was er jetzt noch brauchte, war irgendein wild gewordener Raser. Er hob den Arm und machte eine Geste, die nur allzu deutlich zeigte, wie wenig er von dessen Fahrmanövern hielt.

Als der schwarze Jeep etwas zurückfiel, richtete sich Jan in seinem Sitz auf, um einen Blick auf das Kennzeichen zu erhaschen. Aber dort war nichts, das Nummernschild war abgeschraubt.

Kalter Schweiß bildete sich in seinem Nacken. Was ging hier vor sich? Er versuchte, den Fahrer zu erkennen, aber die Regenfronten verschleierten die Sicht.

Vielleicht war das Gaspedal doch die bessere Alternative zur Bremse. Jan brauste mit siebzig Stundenkilometern über den unbefestigten Weg. Matsch wirbelte zu beiden Seiten auf. Mehrmals hatte er das Gefühl, das Heck würde ausbrechen. Er biss die Zähne aufeinander und hielt das Lenkrad so fest umschlossen, dass seine Knöchel weiß hervortraten.

Doch sein Verfolger ließ sich davon nicht abschütteln.

Der Jeep schloss mühelos wieder zu ihm auf, seine Stoßstange nur einen halben Meter von ihm entfernt.

Scheiße, Scheiße, Scheiße.

Das hier war kein Zufall.

Jemand musste ihm vom Reiterhof aus gefolgt sein.

Oder schon seit deutlich längerer Zeit an ihm dranhängen.

Bis zur Bundesstraße war es nicht mehr weit. Wenn Jan es bis dorthin schaffte, konnte er den Unbekannten vielleicht abschütteln oder jemanden auf sich aufmerksam machen.

Ruhig bleiben, nur nicht die Nerven verlieren.

Der Motor des Jeeps hinter ihm heulte auf wie ein Raubtier auf Beutejagd. Der Wagen brach abrupt zur Seite aus, und erst dachte Jan, der Fahrer hätte die Kontrolle verloren, aber dann lenkte er ihn wieder voll in Jans Richtung. Und verfehlte nur knapp das Heck des Mini Cooper.

Er versucht, mich zu rammen, durchfuhr es Jan. Seine Knie zitterten inzwischen so sehr, dass er den Fuß kaum auf dem Gaspedal halten konnte.

Wieder röhrte der Motor des Jeeps auf. Jan bildete sich ein, dass es noch aggressiver klang als zuvor.

Er beschleunigte, jagte jetzt mit über hundert Stundenkilometern in die Regenfronten.

Auf einmal verschwand die Straße.

Jans Herz setzte für einen Schlag aus.

Er sah die Kurve erst, als es schon längst zu spät war. Er riss noch das Lenkrad herum, trat auf die Bremse, aber die Richtung des Wagens ließ sich nicht mehr ändern.

Der Mini rauschte geradewegs auf den Straßengraben zu, schlingerte zur Seite und überschlug sich. Sekunden später: ohrenbetäubender Lärm, splitterndes Glas, zerdrücktes Blech. Der Sicherheitsgurt zog stramm, und mit einem Knall blähte sich der Airbag auf. Unfassbare Fliehkräfte zerrten an Jan. Die Schwerkraft entließ ihn aus ihrem schützenden Griff und entsandte ihn in die Dunkelheit.

Fünfundzwanzig

»Nettes Häuschen.« Rabea hob ihren Schirm etwas an und schaute zu dem Fachwerkhaus am Ende der Treppe hoch. »Wie bist du noch mal an die Adresse gekommen?«

»Ich habe mal kurz meine Datenschutz-Schulung vergessen und in die Studierendenprofile geschaut«, sagte Ellen, die ihre Hände in den Taschen ihres grauen Steppmantels verbarg.

Sie waren auf dem Weg zum Wohnort von Jonas Meyfart und wollten ihn damit konfrontieren, dass das Richtschwert aus dem Museum auf den Videoaufnahmen zu sehen war. Was würde seine Erklärung dafür sein?

»Oh, oh!«, stieß Ellen aus. »Sieht so aus, als wären wir nicht die Einzigen, die das Schwert entdeckt haben.«

Drei Streifenwagen standen auf der Straße vor dem Fachwerkhaus, in dem Meyfart lebte. In einem Mann, der mit wehendem braunen Ledermantel auf die Haustür zuhielt, erkannte Rabea Hauptkommissar Üner. Ein halbes Dutzend Beamter flankierten ihn, einige von ihnen nestelten bereits an ihren Pistolenholstern.

Wenigstens kann uns Meyfart jetzt nicht gefährlich werden, dachte Rabea, eine Spur erleichtert. Wenn er denn wirklich der Täter war. »Schauen wir mal, ob wir etwas mitbekommen können«, sagte sie zu Ellen.

Sie klappten ihre Regenschirme ein, gingen in die Hocke und huschten hinter einem parkenden Lieferwagen auf der anderen Straßenseite in Deckung. Von hier aus konnten sie dem Zugriff aus nächster Nähe beiwohnen, ohne der Polizei im Weg zu stehen.

In wenigen Sekunden klebten Rabeas Haare schon feucht in ihrem Nacken und an ihrer Stirn. Mit ihren Lederstiefeln stand sie mitten in einer großen Pfütze im Rinnstein.

»Herr Meyfart, öffnen Sie die Tür!« Üner hämmerte seine haarige Pranke gegen die Butzenglasscheibe. »Uns liegt ein Durchsuchungsbefehl der Staatsanwaltschaft Nürnberg vor.«

Eine abwartende Stille lag über der schmalen Straße. Eine ältere Frau im Friesennerz, die gerade mit ihrem Rehpinscher Gassi ging, starrte Ellen und Rabea kopfschüttelnd an. Ihr Hund schnupperte an Rabeas Ärmel, wurde dann aber ruckartig von seinem Frauchen am Halsband weggezerrt.

Vor Meyfarts Tür machte sich jetzt ein untersetzter Mann in Strickjacke und Arbeitshose zu schaffen, vermutlich der Hauseigentümer mit seinem Zweitschlüssel.

»Rabea, schau mal!« Ellen tippte ihr auf die Schulter und zeigte auf die Seite des Hauses.

Eine Gestalt kletterte gerade über das Geländer der Dachterrasse, außerhalb des Sichtfelds der Polizei. Von

Größe und Statur her konnte es sich um Jonas Meyfart handeln.

»Ist er das?«, fragte Rabea.

»Ich denke schon. Er versucht zu entkommen!«

Der Tatverdächtige umklammerte die Regenrinne und rutschte an ihr herunter, die stiefelbewehrten Füße gegen die Hauswand gestemmt.

Unterdessen hatte der Eigentümer die Tür geöffnet, und der Durchsuchungstrupp schwärmte ins Innere.

Rabea und Ellen sprangen hinter dem Wagen hervor und winkten den Polizisten zu. »Meyfart ist da hinten. Er will fliehen!«, brüllte Rabea gegen das Prasseln des Regens an.

Meyfart sprang die letzten Meter bis zum Boden herunter, strauchelte und hielt sich kurz den Knöchel.

Zwei der Beamten, die noch nicht eingetreten waren, hörten ihre Rufe und fuhren herum. Sie erstarrten, als sie Meyfart so plötzlich vor sich sahen.

Der Student nutzte den Moment ihres Zögerns, um loszulaufen. Die ersten Meter humpelte er noch leicht, dann kam er wieder in den Tritt und rannte los. Quer über die Straße, geradewegs an Rabea und Ellen vorbei.

Auf seinem bleichen Gesicht zeichnete sich eine Grimasse aus Schmerz und Entsetzen ab. Er hastete die Treppen herunter und eilte auf die Hallerwiesen zu, die gleich entlang der Pegnitz verliefen.

»Bleiben Sie stehen!«, brüllten die Polizisten. Gemeinsam mit Rabea und Ellen verfolgten sie Meyfart. Einer von ihnen hatte bereits seine Dienstwaffe gezückt.

Was hat er vor?, überlegte Rabea. Wohin will er fliehen?

Auf der Hallerwiese gab es keine Deckung, kein Entrinnen. Dort würde die Polizei leichtes Spiel haben.

Nur wenige Spaziergänger flanierten bei diesem Dreckswetter zwischen den Reihen alter Linden hindurch. Die meisten hielten den Kopf gesenkt und eilten schnellen Schrittes nach Hause.

»Bleiben Sie stehen, oder ich mache von der Schusswaffe Gebrauch!«, brüllte einer der Polizisten kurzatmig.

Doch die Drohung lief ins Leere, Meyfart zog sein Tempo lediglich noch einmal an. Er hechtete zwischen den dicken Baumstämmen hindurch, die ihm immer wieder Deckung boten.

Und mit einem Mal wusste Rabea, was er vorhatte, um nicht der Polizei in die Hände zu fallen.

»Das macht er nicht wirklich«, flüsterte sie, »das macht er nicht wirklich.«

Sie und Ellen hasteten hinterher, um Meyfart und seine Verfolger nicht aus den Augen zu verlieren. Der Tatverdächtige schwang sich über das Geländer am Rande der Pegnitz und verschwand im Ufergehölz.

»Er will ins Wasser!«, stellte Ellen fassungslos fest.

Mit einem Hechtsprung verschwand ihr Student in den grauen Fluten des Flusses und tauchte nicht wieder auf.

Sechsundzwanzig

Jans ganzer Körper pochte wie eine einzige pulsierende Wunde. Irgendwo trommelten Regentropfen geräuschvoll auf Metall. Scharfer, dicker Qualm füllte seine Lungen. Er hustete heftig. Kurz darauf schoss ihm sein Mageninhalt die Speiseröhre hoch durch Mund und Nase. Aber dann lief das Erbrochene nicht über sein Kinn, sondern in die andere Richtung, über seine Stirn.

Langsam öffnete er die Augen. Und schaute durch die zersplitterte Windschutzscheibe hindurch auf eine graue Fläche, überspannt von einem grasgrünen Himmel. Er brauchte einen Moment, bis er verstand, dass er kopfüber hing.

Die Welt stand kopf.

Unten und oben waren vertauscht.

Bruchstückhaft kehrte seine Erinnerung zurück.

Der matschige Feldweg.

Der Verfolger.

Die verpasste Kurve.

Wie der Mini Cooper sich mehrmals überschlagen hatte

und schließlich auf seinem eingedellten Dach liegen geblieben war.

Die Überreste des geplatzten Airbags baumelten wie eine Gespensterverkleidung vom Lenkrad herunter.

Er hing immer noch auf dem Fahrersitz. Nur gehalten vom Sicherheitsgurt, der tief in seine Schulterpartie schnitt.

Mit angehaltenem Atem kontrollierte er nach und nach seine Gliedmaßen. Sein linkes Bein: schmerzte, aber die Zehen ließen sich bewegen. Sein rechtes Bein: tat nicht weh und war belastbar, sein linker Arm ebenso. Nur sein rechter Arm fühlte sich taub an, wie abgestorben – das prickelnde Gefühl, als hätte man zu lange auf ihm gelegen.

Der Jeep, ging es ihm durch den Kopf. Sein Herzschlag beschleunigte sich. Wie viel Zeit war seit dem Unfall verstrichen? Er konnte unmöglich abschätzen, wie lange er ohne Bewusstsein gewesen war. War der Verfolger immer noch dort draußen? War er auf dem Weg zum Wrack?

Mit einem schmerzerfüllten Ächzen streckte er seinen linken Arm aus und tastete mit zitternden Fingern nach dem Schloss des Sicherheitsgurts.

Klick!

Der Gurt schnellte surrend zurück. Jan krachte mit der Schulter voran auf das Blech des Autodachs. Unter ihm knirschten die bröckeligen Scherben der Windschutzscheibe. Der Schmerz strahlte bis hoch in seinen Nacken, verlor sich aber rasch im Hintergrundrauschen seines geschundenen Körpers.

Er robbte durch das gesplitterte Seitenfenster ins Freie. Kühl und angenehm prasselte der Regen auf ihn nieder, das weiche, dicke Weidengras war eine Wohltat für seine Gelenke.

Eine Schneise aus aufgewühlter Erde und Trümmern zog sich vom Feldweg bis hin zu dem umgekippten Wagen. Als er hoch auf die Straße blickte, schnürte sich Jans Kehle zu. Der schwarze Jeep stand in der Kurve, die Fahrertür geöffnet. Eine hochgewachsene Gestalt mit schwarzer Kapuze ragte über dem Straßengraben auf, in ihrer rechten Hand ein kleines Beil mit halbmondförmiger Klinge.

Der Scharfrichter.

Er wollte es zu Ende bringen.

Mit wachsamen, bedachten Schritten stieg sein Verfolger den steilen Hang zum Feld herunter. Das regenfeuchte, glatte Gras schien ihm trotz seiner schweren Stiefel Schwierigkeiten zu bereiten.

Jan presste die Kieferknochen aufeinander. Was sollte er tun? In seinem Zustand konnte er unmöglich vor dem Täter fliehen. Er griff in die Hosentasche seiner zerfledderten Jeans und zog sein Handy hervor. Kein Empfang. Doch selbst wenn es funktioniert hätte, jede Hilfe käme zu spät.

Sein Blick wanderte zur Seite.

Die Bundesstraße war nur ein paar Hundert Meter entfernt. Dort rauschten im Sekundentakt Autos vorbei, doch keines von ihnen blieb stehen. Sahen sie durch die dichten Regenschwaden hindurch nicht die Rauchwolke?

Wenn er sie nur auf sich aufmerksam machen könnte …

Eine Chance blieb ihm dafür noch.

Der Scharfrichter hatte noch nicht das Ende des Hangs

erreicht. Jetzt musste er sich sogar mit dem Stiel der Axt abstützen, um nicht den Halt zu verlieren.

Es war noch etwas Zeit.

Jan kroch zurück zum Wagen, zog sich am Polster des Fahrersitzes hoch und betrachtete das Armaturenbrett. Hoffentlich funktionierte noch ein Teil der Elektronik und Kabelverbindungen. Das hier war seine letzte Rettung.

Er legte den Hebel für das Fernlicht um, und zu seiner Erleichterung durchbohrten die milchigen Scheinwerfer sogleich wie zwei Messerspitzen den Nebel. Dann lehnte er sich mit seinem ganzen Körpergewicht gegen die Hupe, deren anhaltender klagender Laut sich tief in seinen Gehörgängen festsetzte.

Die dunkle Gestalt hatte die Weide erreicht. Mit großen Schritten steuerte sie auf das Auto zu.

Jan schloss die Augen. Spürte, wie Blut warm über seine Schläfe lief. Wehrlos. Ausgeliefert. Ohne Chance auf Entkommen. Wie hatte er sich bloß in diese Lage gebracht? Wie hatte er sich darauf einlassen können?

Er dachte an seine eigenen Worte, die er noch vor ein paar Tagen zu Ellen gesagt hatte:

»Manchmal begibt sich die Gefahr auch ganz von selbst zu einem, wenn man nur lange genug die falschen Fragen stellt – oder, besser gesagt, die richtigen.«

Benommen kippte er zur Seite weg. Das schrille Hupen erstarb. Das Letzte, was er sah, waren die Stiefelspitzen des Mannes – gleich vor ihm im regendurchtränkten Gras.

Siebenundzwanzig

17. Oktober // Nürnberg

»Von Jan bekomme ich gerade überhaupt kein Lebenszeichen.« Rabea nahm das Handy vom Ohr. Der vierte Anruf, und wieder nur: *»Diese Nummer ist zurzeit nicht erreichbar.«*

Der Regen war so fließend von einem Wolkenbruch in ein leichtes Nieseln übergegangen und schließlich ganz verschwunden, als hätte er sich heimlich davonschleichen wollen. Rabea klappte ihren Schirm zu.

»Machst du dir Sorgen um ihn?«, fragte Ellen. »Du schaust ziemlich blass aus.«

»Nein, nein, er wird schon auf sich aufpassen.«

Nachdem sich Jonas Meyfart in die Pegnitz gestürzt hatte, hatten sie schnell das Weite gesucht, um sich nicht etwaigen unangenehmen Fragen der Polizei auszusetzen. Jetzt liefen sie am Flussufer entlang zurück zu Ellens Auto.

»Sollten wir Jonas' Flucht jetzt als Schuldeingeständnis werten?«, fragte Ellen. »In Verbindung mit dem Schwertknauf in dem Videostream sieht das echt nicht gut für ihn aus.«

»Ich weiß nicht«, sagte Rabea zögernd. »Die Flucht kann auch eine Kurzschlussreaktion gewesen sein. Oder womöglich gibt es andere Gründe, warum er nicht auf Tuchfühlung mit der Polizei gehen möchte. Außerdem wissen wir noch immer nicht, was seine Verbindung zu Andrewicz gewesen sein soll.«

Sie öffnete ihr Mail-Postfach, in das gerade eine neue Nachricht von Frau Meisner eingegangen war, im Anhang eine Liste mit allen Personen, zu denen sie in der Zeit des Prozesses Kontakt gehabt hatte. »Das hier könnte uns allerdings weiterhelfen«, sagte sie. »Solange Jan sich nicht zurückmeldet, können wir unsere Zeit auch sinnvoll nutzen und das Umfeld von Frau Meisner genauer unter die Lupe nehmen. Vielleicht kommen wir in dieser Richtung weiter.«

»Ich kenne ein ganz nettes Café in der Nähe, dort können wir vielleicht zum Arbeiten hingehen.«

»Gerne.« Rabeas Blick wanderte die Häuserfronten der Altstadt entlang, dieses Gewirr aus Türmen und Giebeln, kleinen Erkern und Wandelgängen erschien ihr genauso labyrinthartig verworren wie der Fall in beidem konnte man sich ziellos verirren.

Das Café *Zeit & Raum*, in das Ellen sie führte, erstreckte sich über einen verwinkelten Gewölbekeller voller kleiner Alkoven und Sitzecken. Stimmengewirr und Gläserklirren hallten von den Wänden wider, die teils weiß verputzt und teils mit bunten Kacheln verziert waren. Die Bedienungen mussten über hervorragenden Orientierungssinn verfügen, wenn sie hier den Überblick bewahren konnten.

Rabea und Ellen setzten sich in ein Separee, das ihnen ausreichend Privatsphäre bot, um offen über ihre Untersuchungen sprechen zu können.

»Wie sollen wir vorgehen?«, fragte Ellen. »Wonach suchen wir?«

»Gerade ist es noch ungemein schwer, das Täterprofil genauer einzugrenzen. Wir suchen jemanden, der in Nürnberg oder Umgebung beheimatet ist. Serientäter agieren so gut wie nie weit entfernt von ihrem Wohnort. Er geht methodisch vor, ist intelligent, wahrscheinlich auch sozial eingebunden und verfügt über einen sicheren, gut bezahlten Job. Ich würde nicht ausschließen, dass er Akademiker ist.«

Ellen nippte an ihrem grünen Tee. »Und sein Alter? Apropos: Warum gehen wir überhaupt davon aus, dass es ein Mann ist? Das Gewand in dem Video ist so wallend, darunter könnte auch eine Frau stecken.«

»Wahrscheinlichkeit«, entgegnete Rabea. »Weit über neunzig Prozent der Serientäter sind Männer. Und was das Alter betrifft – ich lehne mich generell schon weit aus dem Fenster, hier kann ich jetzt wirklich nur spekulieren. Zwischen dreißig und fünfzig, nehme ich an.«

Gemeinsam arbeiteten sie sich durch die Namensliste, die Familienmitglieder, Freunde und Prozessbeteiligte umfasste, und überprüften die Personen mit kurzen Internetrecherchen, soweit dies möglich war.

Hinter immer mehr Namen notierten sie »unwahrscheinlich«, »ausgeschlossen« oder »unverdächtig«. Ihre Kellnerin brachte ihnen den dritten grünen Tee und den vierten schwarzen Kaffee.

»Was ist mit dem Richter und den Schöffen?«, überlegte Ellen. »Es wäre doch denkbar, dass sie das Recht noch weitertreiben wollen?«

»Das generelle Umfeld der Justiz ist spannend, aber diese Personen haben die Möglichkeit, Urteile zu sprechen. Ich glaube, unser Täter ist eher jemand, der sich hilflos und ohnmächtig fühlt. Der das Gefühl hat, unser Rechtssystem würde völlig versagen.«

Sie suchten weiter.

»Hier, schau dir das an.« Ellen hielt Rabea ihr Handy hin. Sie scrollte durch mehrere Artikel auf der Seite einer lokalen Boulevardzeitung. Rabea überflog die Titel: »Blanker Hohn! Nur 9 Jahre für Oktoberfest-Vergewaltiger!«, »Meinungskolumne: Lasche Urteile – Ist unsere Justiz noch zu retten?«

Alle stammten vom selben Redakteur.

»Er hat als Gerichtsreporter den gesamten Prozess begleitet«, führte Ellen aus. »Da klingt ziemlich starker Frust durch. Möglicherweise hat er es nicht bei Worten belassen.«

»Hm«, machte Rabea. »Aber mit diesen Artikeln hat er ein Ventil, um seinem Ärger Luft zu machen. Wir sollten ihn definitiv im Hinterkopf behalten, aber ich denke, wir suchen eher jemanden, der gar nicht erst die Möglichkeit hat, seinen Frust abzulassen, und deshalb seinen eigenen Weg gewählt hat.«

Sie arbeiteten sich weiter durch Meisners Liste.

»Dann hätte ich noch ihn hier im Angebot«, sagte Ellen schließlich und tippte auf einen der Namen. »Frederik Hartung. Damals Rechtsreferendar in der Staatsanwaltschaft, hat auch an dem Fall gearbeitet.«

»Was lässt ihn herausstechen?«

»Fällt dir nichts auf?«

Rabea runzelte die Stirn und schüttelte den Kopf. »Nein, bitte, klär mich auf.«

»Der Nachname. Das ist der Mädchenname von Alwin Brunners Ex-Frau, den sie nach der Trennung wieder angenommen hat«, erklärte Ellen. »Ich dachte erst, es sei ein Zufall, der Name ist ja nicht gerade selten hier in der Gegend. Aber dann habe ich ihn auf Facebook gefunden, und er hat tatsächlich Brunners Ex-Frau als Verwandte angegeben. Sie ist seine Tante.«

Rabea schlug entschlossen mit der Handfläche auf den Tisch. »Hervorragend! Das könnte unser Mann sein. Wir müssen sofort mit ihm sprechen.«

»Ganz so schnell wird das vermutlich nicht gehen.«

Rabea stutzte. »Warum das?«

»Er ist inzwischen Staatsanwalt.«

Achtundzwanzig

17. Oktober // Nürnberg

Biep.

Biep.

Biep.

Das gleichmäßige Piepsen der Apparate holte Jan in die Wirklichkeit zurück, gab ihm wieder ein Gefühl für Zeit. Blinzelnd öffnete er die Augen. Alles war gleißend hell. Die Neonröhren an der Decke warfen ihr grelles Licht in das Krankenhauszimmer und blendeten ihn.

Der Raum erschien ihm surreal. Als wäre er in einem Purgatorium gefangen, einem Limbus zwischen Leben und Tod.

Er richtete sich auf. Dabei spürte er den Infusionsschlauch, der in seine linke Armbeuge führte. Sein rechter Unterarm war bandagiert. Er fasste sich an die Stirn, die sich merkwürdig fremd anfühlte. Ein Verband war wie ein Turban um seinen Kopf gewickelt.

Ihm schwindelte, und ein dumpfes Pochen tief in seinem Hirn ließ seinen Schädel vibrieren, aber ansonsten fühlte er sich erstaunlich gut.

Was war geschehen? Das Letzte, an das er sich erinnerte,

waren die Stiefelspitzen des Scharfrichters vor ihm im nassen Gras. Wie kam er jetzt hierher?

»Da habe ich Sie gerade noch erwischt, Herr Grall«, drang eine tiefe, dumpfe Stimme an ihn heran, wie von weit her.

Auf einem Besucherstuhl, der zuvor knapp außerhalb seines Sichtfelds gewesen war, saß ein hochgewachsener blonder Mann, dessen schwarzer Anzug im krassen Kontrast zum Weiß des Krankenzimmers stand. Auf seinem grobschlächtigen Gesicht lag ein Ausdruck aufrichtiger Neugier. Er saß so kerzengerade da wie die Menschen in Rückenschulungsvideos.

»Wer sind Sie?«, fragte Jan und bemerkte erst jetzt, wie trocken sein Mund war. Mit zittriger Hand griff er nach dem Wasserglas auf seinem Beistelltisch.

»Erster Kriminalhauptkommissar Hamann«, stellte sich sein Besucher vor. »Ich leite die SOKO Torwächter. Die Schwester hat gesagt, dass Sie wahrscheinlich noch einige Zeit bewusstlos sein würden, aber ich war gerade im Begriff zu gehen, da öffnen Sie die Augen.«

Hamann sprach eindringlich und mit einer gewissen Härte in seiner Stimme; ein autoritärer Mann, der es gewohnt war, Befehle zu geben und sich durchzusetzen.

»Was ist passiert?«, stöhnte Jan. »Der Täter ... er hatte mich ... Ich ...«

»Sie haben verdammtes Glück gehabt. Abgesehen von einer Gehirnerschütterung, einem verstauchten Arm und zwei geprellten Rippen sind Sie glimpflich davongekommen. Die Ärzte wollen Sie natürlich zur Beobachtung hierbehalten«, sagte Hamann harsch. »Trotzdem hätten Sie Ihre Hobby-Ermittlungen beinahe das Leben gekostet. Ein Pärchen hat Hupen und Lichtsignale bemerkt und ist auf den Feldweg gefahren, auf dem Sie Ihren Unfall hatten. Die beiden haben zu Protokoll gegeben, eine schwarze Gestalt gesehen zu haben, die in einem Jeep vom Unfallort geflohen ist, als sie eintrafen.«

Oje, dachte Jan, seine Begegnung mit dem Scharfrichter hatte er überlebt, nur um jetzt von diesem Koloss von Kommissar die Leviten gelesen zu bekommen.

»Der Jeep hat doch sicher Reifenspuren hinterlassen. Konnten Sie ihn verfolgen?«, fragte er.

»Bedauerlicherweise nicht.« Hamann schüttelte den Kopf. »Aber ganz davon abgesehen, verbitte ich mir allein schon diese Frage. Das hat Sie nichts mehr anzugehen. Sie können froh sein, wenn wir Sie nicht wegen Behinderung laufender Ermittlungen belangen.«

Eine brodelnde, heiße Wut kochte in Jans Innerem. Sie riss ihn vollends aus seinem Delirium und vertrieb sogar das dumpfe Pochen des Schmerzes.

»Aha, Behinderung laufender Ermittlungen nennen Sie das also? Ein Mann ist immer noch dort draußen und wird gerade lebendigen Leibes von einem Pfahl durchbohrt. Noch können wir ihn retten. Aber statt alle Hebel in Bewegung zu setzen, schauen Sie lieber hier bei mir vorbei, um mich ordentlich zurechtzuweisen. Ich würde eher behaupten, es ist andersherum: Wenn hier jemand Ermittlungen behindert, dann Sie.«

Hamann stand auf und trat ans Bett. Mit seiner imposanten Statur baute er sich bedrohlich vor Jan auf. »Vorsicht, Herr Grall. Zwingen Sie mich nicht dazu, weitere Schritte gegen Sie einzuleiten.«

»Sie sollten lieber die Zusammenarbeit einleiten. Meine Kollegin, Frau Wyler, und ich haben schon in anderen vertrackten Mordfällen zielführende Täterprofile erstellt. Wir haben ihn aufgeschreckt. Sonst wäre er niemals das Risiko eingegangen, mich so offen und ad hoc zu attackieren. Er wird nervös.«

Hamann ging nicht darauf ein. »Sie helfen uns am ehesten, wenn Sie beide Nürnberg den Rücken kehren und Frau Grafenberg sich wieder auf ihre Lehrtätigkeit konzentriert. Ich wünsche Ihnen eine gute Genesung.«

Hamann schwang sich die Lederjacke über die Schulter, die er über die Lehne des Besucherstuhls gebreitet hatte, und marschierte zur Tür.

»Nehmen Sie noch seine Aussage auf, anschließend treffen wir uns im Präsidium«, wies er jemanden auf dem Flur an, dann verklangen seine Schritte.

Zu Jans freudiger Überraschung erschien ein vertrautes Gesicht: Hauptkommissar Üner, den sie erst gestern bei ihren Befragungen im Rotlichtmilieu kennengelernt hatten, betrat das Krankenzimmer.

»Herr Grall! Ich hätte nie erwartet, Sie unter so dramatischen Umständen wiederzutreffen. Ich hoffe, Ihnen geht es halbwegs gut.«

Jan stützte sich auf seiner Matratze auf. »Um ehrlich zu sein, sitzt mir das Gespräch mit Ihrem Chef gerade fast noch tiefer in den Knochen als die Begegnung mit dem Täter.«

»Ja, so ist er, der Hamann, nicht gerade von der zimperlichen Sorte«, erwiderte Üner und lachte es sogleich wieder mit seinem Goldzahn-Grinsen weg. »Ich soll Sie als Zeuge für den Unfall vernehmen. Fühlen Sie sich dazu in der Lage?«

Jan nickte seufzend. »Bringen wir es hinter uns.«

Üner ließ die Diktierfunktion seines Handys mitlaufen, und Jan schilderte in knappen Worten, was passiert war. Wie er vom Reiterhof losgefahren und schließlich auf dem Feldweg von dem Jeep verfolgt worden war. An die Sekunden vor dem Aufprall erinnerte er sich nur bruchstückhaft, sah die Bilder des Unfalls wie einen Film vor seinem inneren Auge ablaufen.

»Wir sind in unseren Ermittlungen zu dem zweiten Opfer, Anatol Andrewicz, auf ein interessantes Detail gestoßen«, meinte Üner mit einem Mal.

»Ich schätze, Herr Hamann wäre alles andere als begeistert, wenn Sie diese Information mit mir teilen würden«, sagte Jan.

»Aber ich bin so neugierig, was Sie darüber denken!«

Jan schwieg, hoffte aber, Üner würde weiterreden. Dass er so ein ausgemachter Grall-und-Wyler-Fanboy war, war im Moment ihre einzige Chance, um überhaupt noch an verwertbare Hinweise zu kommen.

»Auch in Andrewicz' Wohnung haben wir keinen Personalausweis gefunden. Keinen Reisepass, nichts. Wie bei Brunner! Das kann doch kein Zufall sein. Vielleicht hat der Täter sie ihnen abgenommen. Aber Einbruchsspuren gab es bei Andrewicz auch keine.«

Seltsam, überlegte Jan. In diese Richtung hatte er vorher noch überhaupt nicht gedacht. Eine völlig neue Theorie, die völlig neue Möglichkeiten eröffnete. Die Ermittlungen nahmen eine neue Wendung. Weg vom Individuum. Weg von Motiven wie Rache oder Mordlust.

»Herr Grall?« Üner legte den Kopf schief. »Alles in Ordnung?«

»Ja, ja, danke. Mir kam da gerade nur ein neuer Gedanke.«

Neunundzwanzig

Rabea und Ellen betraten den imposanten Nürnberger Justizpalast im Stadtteil Bärenschanze. Der Bau im Stil der Neorenaissance war Hauptschauplatz der Nürnberger Prozesse gewesen – allein das verlieh ihm eine Ehrfurcht gebietende Aura. Heute beherbergte es unter anderem das Landgericht Nürnberg-Fürth sowie die Staatsanwaltschaft.

Im säulenumrahmten Eingangsbereich meldeten sie sich an der Pforte an und schilderten ihr Anliegen.

»Und es geht worum?«, fragte die Frau am Empfang noch einmal skeptisch.

»Um die Verhandlung im Fall Andrewicz, in der …«, setzte Ellen an, aber Rabea hielt sie zurück und schleifte sie mit sich.

»Mit solchen Leuten zu reden ist zwecklos«, erwiderte Rabea und studierte einen Gebäudeplan. »Die verweisen dich höchstens an seine Sekretärin. Und wenn sie dich dann nicht abgewimmelt bekommt, macht sie dir einen Termin in sechs Monaten.«

»Und was schlägst du stattdessen vor?«

»Einfach schauen, wie weit wir kommen.«

»Hey, Sie können doch nicht einfach so weiterlaufen!«, rief die Frau am Empfang, als Rabea den Weg in Richtung Staatsanwaltschaft einschlug. Sie marschierte durch die hohen Korridore, erklomm mehrere Treppen und betrat schließlich den Gebäudetrakt, in dem die Staatsanwaltschaft untergebracht war.

»Rabea, bist du irre!?«, rief Ellen atemlos hinter ihr.

Rabea ignorierte ihre Begleiterin und lief zielstrebig durch das Vorzimmer von Staatsanwalt Frederik Hartung. Der Sekretär, der gerade etwas in seinen Rechner tippte, starrte ihr nur aus großen Augen hinterher, sichtlich überrascht und überfordert von so viel Entschlossenheit.

»Herr Hartung, ich glaube, wir müssen reden«, verkündete Rabea, als sie in seinem ausladenden Büro stand.

Der Mann – Mitte dreißig, maßgeschneiderter Anzug, Geheimratsecken, randlose Brille – schaute nicht einmal von dem Dokument auf, in das er vertieft war.

»Wofür denn das ganze Theater?«, murmelte er.

»Zwei Namen: Alwin Brunner. Anatol Andrewicz.«

Ellen kam hinter ihr in das Zimmer gestürmt, das Gesicht hochrot, und setzte sogleich entschuldigend an: »Die Störung tut mir unfassbar leid, wir wollten nicht aufdringlich sein ...«

Der Staatsanwalt setzte seine Brille ab, sah aber noch immer nicht auf, und sagte zu seinem Aktenstapel: »Ich denke, Sie haben recht, wir müssen reden. Setzen Sie sich und machen Sie die Tür hinter sich zu ... Claudius?«

»Ja, bitte?«, rief der Sekretär, der aufgeregt hinter ihnen im Türrahmen stand.

»Sagen Sie alle Termine für die nächste halbe Stunde ab. Und schicken Sie auch die freundlichen Herren vom Sicherheitspersonal zurück, die Frau Hausenblas garantiert schon alarmiert hat.«

»Alles klar«, sagte der Assistent und schloss die Flügeltür hinter sich.

»Ihr Name ist mir durchaus geläufig, Frau Wyler«, sagte Hartung, als sie sich gesetzt hatten. Zum ersten Mal schaute er auf. In seinen Augen lag eine Schwere, so als würde das gesamte Gewicht der Welt auf ihm lasten. »Ich tue wohl gut daran, wenn ich diese Angelegenheit gleich aus der Welt schaffe.«

»Sie wissen also, worum es geht?« Rabea merkte sofort, dass Hartung die Kontrolle über das Gespräch gewinnen wollte. Sie ließ es zunächst zu, blieb dabei aber wachsam.

»Wahrscheinlich haben Sie entdeckt, dass ich damals als Referendar am Andrewicz-Prozess gearbeitet habe und über meine Tante Alwin Brunner kenne. Chapeau, meine Kollegen von der Polizei werden wohl noch etwas brauchen, bis sie diese Verbindungen finden.«

»Was haben Sie dazu zu sagen?«

»Ich kann mir vorstellen, wie verlockend und naheliegend es erscheinen muss, mich zu verdächtigen. Der Staatsdiener, dem die Rechtsprechung nicht weit genug geht. Der noch drastischere, brutalere Strafen fordert. Aber glauben Sie mir, Sie sind auf einem Holzweg.«

»Und warum sollten wir das?«

»Das Wort eines Staatsanwalts genügt Ihnen also nicht?« Hartung zog die Brauen hoch.

»Würde es Ihnen genügen, wenn das Ihr Fall wäre?«

»Meine Tante und ich haben uns nicht sonderlich nahegestanden. Alwin habe ich vielleicht ein-, zweimal im Jahr gesehen. Aber ich erinnere mich daran, wie wir an irgendeinem Geburtstag über den Fall Andrewicz gesprochen haben. Damals war ich ein streitlustiger, vielleicht sogar etwas übereifriger Justiziar. Die neun Jahre Haft erschienen mir viel zu wenig, ich hätte ihn am liebsten für eine doppelt so lange Zeit weggesperrt. Das ist meine einzige Verbindung.«

Rabea lehnte sich vor. »Und dieses Gespräch zwischen Ihnen und Brunner, ist Ihnen da etwas besonders in Erinnerung geblieben?«

»Eine Sache«, erwiderte Hartung und rieb sich über seine vor Schweiß glänzende Stirn. »Und wenn dies mein Fall und Sie meine Ermittlerin wären, dann würde ich Sie bitten, ihr nachzugehen.«

»Sie halten hier kein Schlussplädoyer, sparen Sie sich die Rhetorik.«

»Wären Sie meine Ermittlerin, würde ich Ihnen auch raten, vorsichtiger zu agieren«, erwiderte er und funkelte sie an. »Also gut – nachdem ich mich damals so aufgeregt habe, hat Alwin diesen einen bedeutungsschwangeren Satz von sich gegeben. Er war sonst ein recht schweigsamer Mensch, es war eigentlich schon bemerkenswert, dass er überhaupt gesprochen hat … ›Andrewicz wird schon seine gerechte Strafe bekommen, sei dir da mal sicher.‹ Als hätte er es gewusst, als hätte er es verdammt noch mal gewusst.«

Dreißig

17. Oktober // Nürnberg

»Oh, Herr Grall, mit Ihnen habe ich gerade überhaupt nicht gerechnet. Das ist ja gar nicht Ihre Nummer!«, sagte Tim Gröpler am Telefon.

»Nicht wundern«, erwiderte Jan, »ich rufe Sie gerade über das Telefon im Erler Klinikum Nürnberg an.«

In groben Zügen erzählte Jan seiner Büroaushilfe von der Verfolgungsjagd mit dem Scharfrichter und seinem Unfall, bei dem auch sein Handy zerstört worden war.

»Oh, das ist ja furchtbar!«, rief Gröpler entsetzt. »Da können wir ja wirklich von Glück sprechen, dass Sie nicht schwerer verletzt worden sind. Ich hoffe, Sie werden bald wieder entlassen und haben nicht allzu starke Schmerzen.«

»Keine Sorge, was auch immer die mir hier gerade verabreichen, es ist verdammt gutes Zeug.«

»Ich weiß, wie furchtbar das ist, ich hatte selbst mal einen Autounfall, bei dem ich mir ein Schädel-Hirn-Trauma eingehandelt habe. Rechts vor links übersehen, der Klassiker. Aber das ist im Vergleich natürlich eine Lappalie. Und das passiert ausgerechnet, nachdem Sie den Reiterhof besucht haben, auf den ich Sie angesetzt hatte.«

»Jetzt hören Sie schon auf, es ist wirklich nicht Ihre Schuld«, beschwichtigte Jan ihn. »Falls sich Klienten bei Ihnen melden, müssen Sie diese allerdings leider noch ein wenig vertrösten. Ich kann nicht sagen, wann ich zurück sein werde. Machen Sie für heute aber gerne Feierabend. Ich danke Ihnen sehr für Ihren Einsatz in dieser hektischen Zeit, ohne Sie wäre das eine totale Katastrophe für meine Agentur.«

»Nicht der Rede wert, Herr Grall, ich bin froh, wenn ich helfen kann.«

Sie verabschiedeten sich, und Jan meldete sich als Nächstes bei Miriam in Spanien. Als er seiner Ziehtochter von den Ereignissen in Nürnberg erzählte, zeigte sie sich entgegen seinen Erwartungen hellauf begeistert.

»Das ist großartig! Das ist perfektes Material für unseren Podcast!«, sagte sie.

»Hängst du etwa immer noch an dieser Idee?«

»Ich habe mir sogar schon ein Mikrofon und eine Schnittsoftware besorgt! Jan, das müssen wir machen.«

»Tut mir leid, dass ich deinen Enthusiasmus gerade nicht teilen kann.«

»Entschuldigung«, lenkte Miriam zerknirscht ein. »Manchmal gehen die Ideen einfach mit mir durch. Außerdem gibt es neue Entwicklungen in der Sache mit dem Teenager-Skelett, das nahe Regensburg gefunden wurde, im Höllbachtal. Erinnerst du dich?«

»Miri …«

»Ach, komm schon, nur kurz! Wenn es dir so schlecht

gehen würde, dann hättest du mich gar nicht erst angerufen. Du weißt doch, worauf du dich bei mir einlässt.«

»Na gut«, seufzte er.

»Das Skelett im Höllbachtal ist inzwischen identifiziert worden«, setzte Miri an. »Es gehörte zu einem Jungen namens Marcel Hielscher aus dem nahe gelegenen Örtchen Höllberg, der im Alter von sechzehn Jahren spurlos verschwunden ist. Die Schädeldecke wurde zertrümmert, außerdem fehlen Teile der rechten Hand.«

»Hör zu«, seufzte Jan, »wenn all das hier vorbei ist, dann nehme ich liebend gerne mal mit dir eine Pilotepisode auf. Aber gerade habe ich dafür wirklich keinen Nerv.«

»Deal!«

»Außerdem solltest du dich voll und ganz auf dein Auslandssemester konzentrieren.«

»Ach, jetzt komm schon!«

Sie wechselten noch einige Worte miteinander, und als Jan schließlich auflegte, überkam ihn eine tiefe Erschöpfung. Er fühlte sich matt und abgeschlagen. Kaum verwunderlich nach den Ereignissen des Tages. Er ließ den Kopf ins Kissen sinken und dachte an Rabea. Seit er heute Morgen Ellens Haus verlassen hatte, hatte er nichts mehr von ihr gehört. Bestätigte sich ihr Verdacht, was Jonas Meyfart anging? Hatte sie neue Erkenntnisse zutage gefördert?

Er knibbelte an dem Verband, der um seinen Kopf gewickelt war. Der Täter war vom Unfallort entkommen. Er war dort draußen und wusste, wo sie steckte.

Noch einmal wählte er Rabeas Handynummer.

Und endlich ging sie ran.

Einunddreißig

»Du bist wo?«, entfuhr es Rabea mit schriller Stimme.

Sie blieb abrupt stehen.

Ellen hatte gerade den Ford Ka in der Einfahrt abgestellt, und sie liefen über den schmalen Kiesweg zum Haus.

»Im Krankenhaus, wie gesagt«, wiederholte Jan und fasste die Ereignisse des Tages noch einmal kurz für sie zusammen.

Sie lauschte ihm atemlos, zunehmend bestürzt.

»Wo habt ihr gesteckt?«, fragte Jan schließlich.

»Längere Geschichte«, sagte sie. »Du liegst im Erler Klinikum, sagtest du?«

»Das ist am Rande der Altstadt«, sagte Ellen, die mitgehört hatte. »Wir können sofort loslaufen. Zu Fuß geht es wahrscheinlich schneller als mit dem Auto.«

»Wir kommen, dann können wir alles Weitere besprechen«, sagte Rabea und legte auf.

Sie machten auf dem Absatz kehrt und schlugen den Weg Richtung Innenstadt ein. Es war kurz vor acht, und aus den Fenstern der Wohnungen glommen heimeliges gedimmtes Licht und das vereinzelte bläuliche Flackern der Fernsehbildschirme.

Mittlerweile lag der Plärrer hinter ihnen, und sie eilten durch das Gassengewirr der Altstadt. Links, rechts und wieder links – Rabea hatte schon bald die Orientierung verloren. Ellen musste eine Abkürzung eingeschlagen haben, abseits der Hauptverkehrsstraßen, denn nur noch wenige Leute kamen ihnen hier entgegen. Vereinzelte Gaslaternen und Reklametafeln spendeten ein wenig Licht, die meiste Zeit tat sich vor ihnen jedoch ein Korridor aus Dunkelheit auf.

Wäre nicht der nahe Autolärm gewesen, Rabea hätte sich zwischen all den historischen Fassaden beinahe in das fünfzehnte Jahrhundert zurückversetzt gefühlt.

Auf einmal energische Schritte hinter ihnen.

Intuitiv beschleunigte Rabea ihr Tempo. Ellen zog mit. Sie schauten sich alarmiert an.

Wurde sie jetzt paranoid? Verstohlen warf Rabea einen Blick über ihre Schulter.

Eine schemenhafte große Gestalt hielt genau auf sie beide zu.

Hitzewallungen schossen von Kopf bis Fuß durch ihren Körper. Ihr stockte der Atem.

»Sehen wir zu, dass wir wieder auf belebtere Straßen kommen«, raunte sie. »Sicher ist sicher.«

»Alles klar«, erwiderte Ellen. »Hier jetzt rechts.«

Sie bogen in ein noch schmaleres Gässchen ab, dessen windschiefe Häuserfassaden den Eindruck machten, als würden sie jeden Moment ineinanderstürzen. Plastiksäcke quollen aus den Mülltonnen eines Restaurants, und es stank erbärmlich nach Fischabfällen.

»Meinst du wirklich, dass wir hier wieder unter Menschen kommen?«, zischte Rabea.

»Das ist der schnellste Weg. Da vorne ist schon die Fußgängerzone. Nur noch die Gasse runter, dann links.«

Der Mann folgte ihnen um die Ecke, seine schweren Schritte waren unverkennbar. Er war hinter ihnen her.

Rabea lief nun so schnell, dass sie auf dem glitschigen Kopfsteinpflaster ausrutschte und mit den Knien und Handballen aufschlug. »Scheiße!«, fluchte sie.

»Oh Gott!« Ellen fuhr zu ihr herum und reichte ihr die Hand. »Schnell, er ist beinahe da.«

Ihr Verfolger nutzte den Augenblick, um zu ihnen aufzuschließen. Er blieb gleich hinter ihnen stehen. Rabea hörte seinen lauten Atem.

Sie schloss die Augen. Ging in sich. Für einige Zeit hatte sie den indonesischen Kampfsport Pencak Silat betrieben. Außerdem waren ihr Situationen wie diese nicht völlig fremd. Sie würde sich zu verteidigen wissen. Nicht kampflos aufgeben. Möglicherweise konnte sie Ellen etwas Zeit verschaffen, um Hilfe zu holen.

Sie spannte ihre Muskeln an, bereitete sich auf den Kampf vor.

»Bebe!«, erklang es auf einmal. Die Stimme war ihr so vertraut, kam ihr in diesem Kontext aber unwirklich, fast schon fremd vor.

Noch nie hatte ein einzelnes Wort so viel Erleichterung in ihr ausgelöst.

»Eddy«, rief sie fassungslos und drehte sich um.

Ihr Verlobter in spe trat aus dem Schatten, ein unsicheres Lächeln auf dem Gesicht.

»Ähm, das da ... das ist Eddy?«, fragte Ellen und schaute zwischen ihnen beiden hin und her.

Rabea nickte und blinzelte Tränen weg. »Du hast uns einen riesigen Schrecken eingejagt! Was zur Hölle hast du hier zu suchen?!«

»Ich hab's nicht mehr ausgehalten!«, erwiderte Eddy. »Weißt du eigentlich, was ich mir für Sorgen um dich mache? Ich bekomme ja auch die Nachrichten mit. Davon einmal abgesehen, müssen wir wirklich reden.«

Der Brasilianer kam mit den mitteleuropäischen Temperaturen überhaupt nicht zurecht und trug eine viel zu dicke Daunenjacke, dazu Schal und Wollmütze. Sein Gesicht glänzte vor Schweiß.

»Was willst du denn machen, wenn wirklich Winter ist?«, hatte Rabea ihn jedes Mal aufgezogen, wenn er bei Temperaturen im niedrigen zweistelligen Bereich in so einem Aufzug aus dem Haus gegangen war.

»Und du glaubst, du musst jetzt den großen Retter spielen, weil ich hier allein nicht klarkomme?«, sagte sie, dabei war sie in Wirklichkeit heilfroh, sein Gesicht zu sehen.

Zur Antwort setzte er sein typisches Welpengesicht auf, den Kopf leicht schief gelegt. Er wusste nur zu gut, dass dieser Gesichtsausdruck immer bei ihr zog.

»Komm erst mal her«, sagte sie und fiel ihm in die Arme. Sie gab ihm einen trockenen Kuss auf seine stoppelige

Wange. »Ich bin froh, dich zu sehen. Aber wieso bist du uns so komisch gefolgt?«

»Ich bin zur Adresse gefahren, die du mir gegeben hattest«, erklärte Eddy. »Und … und, na ja … ich war ein wenig eifersüchtig. Auf Jan und so. Ich wollte schauen, wohin ihr unterwegs wart.«

»Wo wir gerade bei Jan sind«, schaltete sich Ellen das erste Mal ins Gespräch ein. »Er liegt im Krankenhaus. Was haltet ihr davon, wenn ihr beide erst mal in Ruhe miteinander sprecht und ich ihn einfach allein besuche?«

»Ja, vielleicht wäre das ganz gut«, sagte Rabea dankbar, woraufhin Ellen sich verabschiedete, die Gasse hinunterlief und abbog.

»Du wirkst wie eine andere«, sagte Eddy schließlich, nachdem Rabea ihm von den Ereignissen der letzten Tage erzählt hatte. Sie liefen gemeinsam weiter durch das nächtliche Nürnberg. »Ich wusste immer, dass das Teil deiner Vergangenheit war, Teil deines Lebens, aber dich jetzt so zu sehen, in Gefahr … Das ist schwer auszuhalten.«

»Ich bin nicht hier, weil ich meiner Vergangenheit hinterherlaufe, sondern weil ich vor meiner Zukunft weglaufe.«

Die Worte hatte sie sich lange zurechtgelegt, und sie hörten sich staatstragender an, als sie es beabsichtigt hatte.

»Du meinst wohl eher, unserer Zukunft.«

Sie wich seinem Blick aus. »Vielleicht ist genau das mein Problem.«

»Bebe …« Er streckte seine sehnige Hand nach ihrer aus. »Ich bin nicht hergekommen, damit wir streiten oder um die heiße Suppe herumtanzen, sondern um eine Lösung zu finden.«

Sie schmunzelte. »Um den heißen Brei herumreden.«

»Hm?«

»Es heißt ›um den heißen Brei herumreden‹ und nicht ›um die heiße Suppe herumtanzen‹, obwohl ich mir das auch sehr lustig vorstelle.«

Sie lachte ungehemmt und befreit, wie sie es so oft in seiner Gegenwart tat. Es war einer ihrer Running Gags geworden, dass Eddy ständig deutsche Sprichwörter durcheinanderbrachte.

»Du musst einfach verstehen, dass mir das alles zu schnell gegangen ist«, erklärte sie. »Ich habe ganz viele Jahre lang glücklich als Single gelebt. Für mich war es ein Riesenschritt, überhaupt eine Beziehung einzugehen, vom Zusammenziehen einmal ganz abgesehen.«

»Wovor hast du denn Angst?«, begehrte er auf. »Was soll denn passieren?« Dann stellte er die Frage, vor der Rabea sich mehr fürchtete als vor der Axt des Scharfrichters: »Zweifelst du an uns?«

»Ich ... nein!« Sie drückte ihren Oberkörper durch und ballte die Fäuste. Rasend schnell schlug ihre Angst in Wut um. »Warum muss es auch gleich etwas mit unserer Beziehung zu tun haben, wenn ich mich noch nicht dafür bereit fühle, den nächsten Schritt zu gehen? Also echt mal, bist du nicht eher derjenige, der Angst hat? Angst davor, dass das hier zwischen uns nicht halten könnte, nur weil du es nicht sofort dingfest gemacht hast?«

Eddy war ein sensibler, feinfühliger Mann, der sein Temperament sehr gut im Griff hatte. Sie hatte ihn nur ein einziges Mal richtig wütend gesehen, und zwar, als das Filmskript für einen Werbefilm von ihm und seinem Textpartner kurz vor dem Shooting in Kapstadt vom Marketingchef ihres Kunden abgeschossen worden war. Er hatte mit der bloßen Faust einen Teller zerschlagen, die weißliche Narbe auf seiner Handfläche sah man heute noch.

Jetzt leuchteten seine dunklen Augen genau wie damals. »Ich bin nicht hergekommen, um mir so was von dir anzuhören.«

Sie schürzte die Lippen und wich von ihm zurück. »Wenn du nur hier bist, um zu hören, was du willst, dann hättest du deinen Copywriter vorher vielleicht besser ein Skript für mich texten lassen sollen. Fahr zurück nach Hause, Eddy – mir reicht's.«

Zweiunddreißig

Es wurde Zeit.

Heute Nacht hatte der Scharfrichter noch einige Aufgaben zu erfüllen.

Er hing tief vornübergebeugt über dem gelbstichigen Waschbecken und drehte die von Rost zerfressenen Hähne voll auf. Mit seinen beiden Pranken klatschte er sich das eiskalte Wasser ins Gesicht, wusch Hände und Unterarme mit Seife. So gründlich und sooft er sich auch reinigte, er hatte das Gefühl, den Todesgestank von Andrewicz nicht aus seinen Poren zu bekommen.

Es war ein schmutziges, manchmal widerwärtiges Handwerk. Aber es musste jemanden geben, der es ausübte. Jemanden, der die Axt in die Hand nahm und das Urteil vollstreckte.

Ellen Grafenberg und die beiden Profiler waren die Einzigen, die ihm gefährlich werden konnten. Er hatte gehofft, zumindest Grall auf dem Feldweg ausschalten zu können, aber er war im letzten Moment gescheitert. So blieb ihm nur noch eine andere Möglichkeit.

Er traf Vorkehrungen. Das bedeutete aber bei Weitem nicht, dass er Angst vor den privaten Ermittlern hatte.

Sobald er dieses Gefühl in sich aufkeimen spürte, vernichtete er es mit aller Macht. Nichts verabscheute er mehr. Angst sorgte dafür, dass rechtschaffene Männer ihre Prinzipien und Schwüre vergaßen. Sie zerfraß Treue und Vertrauen, machte einen schwach und dumm.

Auf dem Weg nach draußen nahm er zwei volle Benzinkanister aus einem der Regale und erklomm vorsichtig die Treppe.

Seine Gedanken wanderten zurück zu Alwin Brunner.

Er hatte ihn nicht nur für seinen Verrat gerichtet.

Sondern vor allem für seine Angst.

Dreiunddreißig

»Jonas Meyfart kann es nicht gewesen sein.«

Ellen lehnte sich auf die Fensterbank und schaute hinaus auf die Lichtpunkte in der Dunkelheit – die verstreuten Fenster und Straßenlaternen von Nürnberg.

Jan betrachtete ihr nachdenkliches Gesicht in der Reflexion der Scheibe. »Es geht zeitlich nicht auf, was?«

Sie schüttelte den Kopf. »Zwischen deiner Autoverfolgungsjagd und Meyfarts Sprung in die Pegnitz liegt keine halbe Stunde. Er müsste schon teleportieren können, um das geschafft zu haben.«

»Das schließt ihn allerdings nicht unbedingt als Verdächtigen aus«, erwiderte Jan.

»Du meinst, die Person in dem Jeep war ein Komplize? Was ist mit dem Besitzer des Reiterhofs?«, fragte Ellen. »Du hast gemeint, dass er an dem Ritterturnier teilgenommen hat und Alwin kannte. Es wäre für ihn ein Leichtes gewesen, dir einfach nach eurem Gespräch vom Hof aus zu folgen.«

»Genau deswegen glaube ich nicht, dass er es war«, erwiderte Jan. »Es wäre viel zu offensichtlich und durchschaubar.«

»Weißt du, was das Schöne ist?«, fragte sie mit hochgezogenem Mundwinkel und beantwortete ihre Frage nach einer kurzen rhetorischen Pause selbst: »Wir neigen beide gleich stark zum Dozieren.«

Jan schmunzelte verlegen. Als Ellen vor wenigen Minuten ganz allein in sein Krankenzimmer getreten war, hatte er sich überrascht aufgesetzt und noch fahrig seine Haare zurechtgemacht. Er war nicht gerade unglücklich darüber gewesen, dass sie ohne Rabea gekommen war. Er mochte es, Zeit mit ihr allein zu verbringen.

»Zu der Theorie eines Komplizen würde auch eine andere Überlegung passen«, fügte Jan hinzu. »Ein Scharfrichter ist ja kein Richter im eigentlichen Sinne.«

»Er setzt ein Urteil nur um, er exekutiert es«, sagte Ellen und wandte sich vom Fenster ab. »Aber das Urteil selbst verkündet jemand anderer.«

»Es wäre natürlich möglich, dass er Richter und Henker in Personalunion ist. Aber wahrscheinlicher scheint mir, dass sie zu zweit agieren. Die Morde sind auch viel zu aufwendig, als dass man sie allein verüben könnte.«

»Dazu passt auch, was wir von dem Staatsanwalt erfahren haben«, ergänzte Ellen. »Diese Andeutung, die Alwin gemacht hat. Es scheint, als hätte er das Urteil des Scharfrichters für Andrewicz vorausgesehen. Als hätte er es gewusst.«

»Du meinst, dass Alwin auch ein Mitwisser oder Komplize war? Und dann aus irgendeinem Grund selbst zum Opfer geworden ist?«

Ellen nickte. »Das würde auch erklären, warum er diese

ängstliche Mail an mich geschrieben hat. Er kannte seinen Mörder vielleicht schon sehr lange.«

»Aber warum wollte er dich vor ihm warnen?«

»Vielleicht kenne ich ihn ja auch«, überlegte Ellen und verfiel dann in Schweigen.

»Noch mal zurück zur Rechtsprechung …«, fuhr sie schließlich wieder fort.

Jan glaubte, dass er denselben Gedankengang wie sie hatte: »Einer Rechtsprechung liegt ein Staat zugrunde, eine Regierung, ein Gewaltmonopol. Unnötig zu sagen, dass wir es hier nicht mit der Bundesregierung zu tun haben. Deshalb die Frage: Sind diese Hinrichtungen wirklich nur Nachahmungen mittelalterlicher Rechtsprechung? Oder sind sie Bestandteil einer eigenen Staatsform?«

Ellen setzte sich nicht etwa auf den Besucherstuhl, sondern auf seine Bettkante. Ihre Hüfte stieß sogar ganz leicht gegen sein Schienbein. Gebannt schaute sie ihn an.

»Die fehlenden Personalausweise«, murmelte sie atemlos. »Warum sollte ich einen besitzen, wenn ich mich nicht für einen deutschen Staatsbürger halte? Glaubst du, wir haben es hier mit einer Gruppe von Reichsbürgern zu tun?«

»Nicht direkt Reichsbürger, die berufen sich meistens eher auf die Kaiserzeit der Jahrhundertwende. Aber möglicherweise eine Gruppierung, die ähnlich radikal ist und sich ihre eigenen Regeln und Gesetze geschaffen hat«, überlegte Jan laut. »Wer weiß, wie viele Anhänger sie hat.«

»Das würde auch die Videoaufnahmen erklären. Ein bedeutender Teil jeder Hinrichtung sind das Schauspiel und ihre abschreckende Wirkung. Über alle Jahrhunderte und

Kulturen hinweg waren sie stets als grausame, tödliche Inszenierungen angelegt, die beim Volk genauso viel Faszination wie Furcht ausgelöst haben.«

Jan schaute ihr in die großen Augen, um die herum sich erste Lachfältchen abzeichneten. »Wahrscheinlich organisieren sie sich über das Internet, in einem Forum, einem geheimen Portal. Dort werden dann auch die Livestreams veröffentlicht.«

»Und einer von ihnen leakt Mitschnitte nach draußen«, sagte Ellen. »Die Frage ist nur: Warum? Wenn jemand die Verantwortlichen der Polizei ausliefern will, warum gibt er dann nicht einfach ihre Namen preis?«

»Das könnte viele Gründe haben«, sagte Jan. »Die Kommunikation innerhalb der Gruppierung könnte vollkommen anonym ablaufen. Womöglich kennt niemand die echten Namen der Anführer. Vielleicht kennt die Person sie auch, traut sich aber nicht, sie zu veröffentlichen – womöglich, weil sie sich damit selbst verrät und so sich und ihre Familie in Gefahr bringt.«

»Stimmt«, meinte Ellen und wischte sich eine ihrer dunkelblonden schimmernden Strähnen aus der Stirn. »Wir dürfen auch nicht ausschließen, dass die Gruppierung die Videos bewusst online gestellt hat, aus welchen Gründen auch immer.«

Für eine Weile hingen sie beide ihren Gedanken nach. Mit kaum jemandem konnte Jan auf so eine ungezwungene Art schweigen. Keiner von ihnen schien den Drang zu verspüren, die Stille zu brechen. Sie saßen einfach da und genossen die Anwesenheit des anderen.

Das letzte Mal, dass er so etwas mit jemandem erlebt hatte, war mit Anita gewesen. Seine Ex-Freundin war vor einem Jahr nach Japan geflogen, um dort auf unbestimmte Zeit nach ihren Wurzeln zu suchen. Seitdem war Jan niemandem mehr wirklich nah gewesen. Weil er immer die vage Hoffnung gehabt hatte, dass Anita irgendwann zurückkehren, ihn irgendwann zurücknehmen würde. Erst jetzt wurde ihm allmählich klar, wie naiv dieser Glaube gewesen war. Er hatte sein ganzes Privatleben zum Stillstand gebracht. Wofür? Schon beängstigend, dachte er, ein Gefühl wie Hoffnung richtet in uns manchmal mehr Schaden an als Angst oder Wut.

»Ich hoffe, Rabea und ihr Freund, ähm, Verlobter, können sich aussprechen«, wechselte Ellen das Thema. »Ehrlich gestanden war ich sogar etwas gerührt, dass er für sie den Weg nach Nürnberg auf sich genommen hat.«

»Für manche nimmt man die verrücktesten Dinge auf sich«, sagte er und schaute sie unverwandt an. »Man fährt nach Nürnberg, ermittelt in abstrusen Fällen, lässt sich von irren Axtmördern jagen …«

Sie errötete. »Ich sollte jetzt besser gehen.«

Vierunddreißig

17. Oktober // Nürnberg

Ellen vergaß schlagartig all ihre Gedanken an Jan und an den Fall, als sie die Feuerwehrwagen auf der Straße vor ihrem Haus sah.

Sie hielt die Luft an. Nicht nur die Blaulichter erhellten die Straße mit ihrem unwirklichen Schein, sondern auch eine gewaltige Feuersbrunst, die aus dem Dachstuhl ihres Hauses loderte.

Nachbarn hingen an ihren Fenstern oder standen draußen in kleinen Grüppchen zusammen. Manche von ihnen kannten Ellen und musterten sie mitfühlend.

»Gott, wie furchtbar, Gott, wie furchtbar«, murmelte eine Frau mit altersfleckigem Gesicht. »Was für ein Unglück!«

Die letzten Meter bis zu den Wagen der Feuerwehr konnte Ellen kaum hinter sich bringen. Sie zitterte am ganzen Leib und musste sich an einem Gartenzaun abstützen, um nicht umzukippen.

Sie stand inzwischen so nah, dass sie die Hitze spürte. Prickelnd brannte sie auf ihrer Haut. Nach dem eisigen Nachtspaziergang fand sie die Wärme sogar einen kurzen

Moment lang angenehm. Bis sie sich wieder klarmachte, was ihr Preis war: Alles Materielle, was ihr je auf dieser Welt etwas bedeutet hatte, stand gerade in Flammen. All ihre Fotoalben, Familienerbstücke und Andenken, ihre Lieblingsbücher, ihre Urkunden, ihre Doktorarbeit und Dokumente.

Sie passierte die mannshohe Hecke des Nachbargrundstücks und konnte zum ersten Mal das wahre Ausmaß des Feuers überblicken. Die Fenster auf der Vorderseite waren zersplittert, Ruß überzog die Wände darüber. Glimmende Trümmerstücke bedeckten den Rasen rund um das Haus. Aschepartikel trudelten wie graue Schneeflocken durch die Luft.

»Hey, Sie! Sind Sie lebensmüde?! Bleiben Sie vom Feuer weg!«, rief ihr einer der Feuerwehrleute zu, ein stämmiger Kerl mit buschigem Schnurrbart.

»Das ... das ist mein Haus«, sagte sie, wobei ihre eigene Stimme seltsam fremd klang.

»Oh.«

Ihr Gegenüber zog sich den Helm vom Kopf und entblößte dabei seine zerzausten, schweißdurchnässten Haare. »Sind außer Ihnen weitere Personen im Haus gewesen?«

»Meine Katze!«, wollte Ellen schon panisch aufschreien, aber dann fiel ihr ein, dass Rosi nun schon seit einigen Tagen nicht mehr auf ihrem Kissen auf der Fensterbank liegen konnte.

»Nein«, sagte sie.

»Dann seien Sie froh, dass Sie mit dem Leben davongekommen sind«, sagte der Feuerwehrmann. »Wir sind so schnell wie möglich angerückt, als Ihre Nachbarn angerufen haben. Aber da stand schon der ganze Dachstuhl in Flammen. Bei dieser Rauchentwicklung und dieser Dynamik … ich weiß nicht, ob Sie's da rausgeschafft hätten.«

Er schaute zu seinen Kollegen, die mit Wasserfontänen aus mehreren Schläuchen gegen den Flammenherd ankämpften.

»Wir versuchen, so viel zu retten, wie es geht. Ich will mir gar nicht ausmalen, wie schrecklich das hier für Sie sein muss. Wenn wir jemanden anrufen oder einen Notfallseelsorger herschicken sollen …«

»Schon gut«, sagte sie. Momentan interessierte sie etwas anderes. »Wie wahrscheinlich ist es, dass es sich hier um Brandstiftung handelt?«

Fünfunddreißig

Bei jedem Tritt in die Pedale klackerten die Sprühdosen in Finns Rucksack lautstark aneinander. Er liebte dieses Geräusch. Es bedeutete, dass es bald losging, und sorgte für eine Maximaldosis Adrenalin in seiner Blutbahn.

In vollem Tempo jagte er das BMX-Rad über den dunklen Feldweg. Heftiger Wind peitschte ihm entgegen und fuhr durch die Maisstauden, die zu beiden Seiten in die Höhe ragten.

Schließlich kreuzte der Feldweg die Bundesstraße Richtung Nürnberg. Finn schwang sich vom Rad und lehnte es gegen die Leitplanke.

»Finn, hier drüben!«, drang es zu ihm herüber.

Bob war also schon hier.

Er machte den schemenhaften Umriss seines Kollegen unter der Fußgängerbrücke gleich in der Nähe aus und lief zu ihm hinüber.

»Pünktlich wie die Maurer«, begrüßte ihn Bob, und sie klatschten sich ab. Er war – genau wie Finn selbst – komplett in Schwarz gekleidet: schwarzer Hoodie, schwarze Beanie, schwarze Arbeitshose.

Bob strahlte mit der Taschenlampe einen der Brückenpfeiler an. »Perfekter Spot, oder? Liegt nur ein paar Meter hinterm Ortseinfahrtsschild von Nürnberg. Also offiziell Hoheitsgebiet.«

»Ja, krass, dass der noch frei ist. Als ich die Scribbles gemacht habe, hatte ich genau so was im Kopf.«

»Hab ich durch Zufall beim Vorbeifahren entdeckt. Ich hab richtig Bock«, sagte Bob. »Zeig noch mal, was du vorhast.«

Finn stellte seinen Rucksack ab und holte sein Notizbuch heraus, in dem er mehrere Versionen der Outlines skizziert hatte.

»Das sieht megageil aus«, meinte Bob, als er sie noch mal musterte. Anerkennend klopfte er ihm auf die Schulter. »Du bist ein richtiges Genie. Glaub mir, bald hast du deinen richtigen Durchbruch.«

Bob war Finns Vorgesetzter in der Designagentur, in der er gerade seine Ausbildung zum Mediengestalter machte. Ein Veteran in der Nürnberger Sprayer-Szene. Als er in einem Meeting Finns gelangweilte Kritzeleien entdeckt hatte, hatte er ihn sofort zum Malen eingeladen. Er hielt ihn für ein riesiges Talent und brachte ihm nach und nach alle seine Techniken bei.

»Wollen wir loslegen?«

Finn nickte und griff nach einem dicken schwarzen Acrylstift, um die Outline auf die Wand zu bringen.

In diesem Moment erklang über ihnen Motorbrummen.

»Ist das nicht eine Fußgängerbrücke?«, fragte Finn.

»Eigentlich schon. Lass uns mal kurz abwarten.«

Der Motor erstarb. Daraufhin wurden Autotüren geöffnet und wieder zugeschlagen.

»Polizei?«, flüsterte Finn ängstlich.

»Blödsinn! Beruhig dich! Was sollten die hier zu suchen haben?«

Einige Augenblicke war es still, dann schleifte jemand etwas über die Brücke.

»Da will wahrscheinlich nur irgendjemand Müll entsorgen«, meinte Bob. »Klassiker.«

Nur Sekunden später stürzte etwas von der Brücke herunter. Es hing an einem Seil, das am Geländer befestigt sein musste und sofort stramm zog. Unruhig baumelte das Etwas hin und her.

»Was zur ...« Finn machte einige kleine Schritte darauf zu.

Bob leuchtete es mit seiner Taschenlampe an. »Fuck, oh fuck!«, rief er.

Die nackte, blutverschmierte Leiche eines korpulenten Mannes hing vor ihnen herunter. Das Seil war um seine Brust geschlungen und sorgte dafür, dass er sich langsam um die eigene Achse drehte. Ein abgesägter, dunkel verfärbter Holzpfahl ragte zwischen seinen Beinen hervor.

Sechsunddreißig

Es war drei Uhr nachts und die Flasche Gin bereits zur Hälfte geleert. Rabea und Ellen lagen ausgestreckt nebeneinander auf dem Bett in der Hotelsuite.

Rabea goss sich Tonic Water nach und schüttete aus einer Plastiktüte halb aufgetautes Crushed Ice in ihr Kristallglas.

»Auch noch was?« Sie schwenkte die Flasche vor Ellens Gesicht umher. Der auf und ab schwappende Alkohol warf tänzelnde Lichtreflexionen auf ihr ermattetes Gesicht. Ellen konnte kaum noch ihre Lider offen halten.

Zur Antwort streckte sie nur ihr Glas in die Höhe.

Rabea schenkte ihr ein und goss dabei die Hälfte des Gins über die Tagesdecke.

»Was Jan wohl sagen würde, wenn er uns so sehen könnte«, meinte Rabea, die sich voll und ganz konzentrieren musste, um die richtigen Worte in der richtigen Reihenfolge hervorzubringen. Seit dem Unfalltod seines Bruders im Westerwald war Jan strikter Antialkoholiker.

»Ich glaube, er könnte es verstehen«, sagte Ellen. Sie kicherte. »Ach, nach den letzten Tagen würde er vielleicht sogar ein Glas mittrinken.«

Rabea zählte noch einmal auf: »Unser Hauptverdächtiger ist im wahrsten Sinne des Wortes ins Wasser gefallen. Jan ist auf der Flucht vorm Scharfrichter beinahe ums Leben gekommen und mein Auto ein Totalschaden. Dein Haus wurde Opfer eines Brandstifters. Und alles, was wir dafür im Gegenzug erhalten haben, ist die vage Anekdote eines Staatsanwalts.« Rabea seufzte. »Ja ... wahrscheinlich würde Jan einen mittrinken.«

»Großartig«, trällerte Ellen sarkastisch, »diesen Tag möchte man am liebsten endlos Revue passieren lassen.«

Kurz nachdem Eddy wieder nach Zürich davongerauscht war, hatte der Anruf von Ellen dafür gesorgt, dass Rabea die Sorgen über ihre Beziehung schlagartig vergessen konnte.

»Er hat mein Haus abgebrannt«, hatte sie tonlos gesagt, immer und immer wieder, im Hintergrund Sirenen und die heiseren Rufe der Feuerwehrleute.

Sie hatten eine neue Bleibe gebraucht. Und – noch viel wichtiger – Alkohol. Beides hatten sie im *Sheraton Hotel* nahe dem Nürnberger Hauptbahnhof gefunden.

»Er hat Angst vor dir«, meinte Rabea auf einmal, übermannt von einer überraschenden Klarheit.

Ellen grunzte amüsiert. Der Gin rief bei ihr einen gewissen Fatalismus hervor. »Genau – vor mir, obdachlos und betrunken. Ihm schlottern bestimmt die Knie, wenn er an mich denkt.«

»Erst deine Katze, nun das Feuer. Er reagiert so heftig, weil er dich fürchtet. Eine intelligente, mutige Frau, die wahrscheinlich besser über seine Lieblingsepoche Bescheid weiß als er selbst. Du passt nicht in sein Konzept.«

Rabea setzte sich auf und lehnte sich gegen das Kopfende. Der gedimmte Schein der Nachttischlampen schien ihr auf einmal gleißend hell, und ihr war schwindlig, aber ihre Gedanken schwirrten unaufhaltsam durch ihren Kopf.

»Eddy hat uns vielleicht sogar das Leben gerettet«, sagte Ellen nachdenklich. »Der Einsatzleiter der Feuerwehr hat gesagt, die größten Brandherde waren im Wohnzimmer und im Schlafzimmer, außerdem waren die Fenster dort offenkundig eingeworfen worden. Hätte Eddy uns nicht auf unserem Weg abgefangen und wären wir früher zurückgekehrt …«

»Darüber will ich gar nicht nachdenken«, sagte Rabea und erschauderte. »Wenigstens für eine Sache war Eddy heute gut.«

»Meinst du nicht, du bist etwas zu hart zu ihm?«, warf Ellen ein. »Er scheint ein toller Kerl zu sein. Und er liebt dich wirklich, soweit ich das beurteilen darf und kann.«

»Wie war das mit deinem Ex-Mann?«, wechselte Rabea bewusst das Thema. »Warum habt ihr euch getrennt?«

»Der Klassiker«, sagte Ellen und biss sich auf die Unterlippe. »Er ist fremdgegangen. Onlinedating. Und das war nur das, was ich mitbekommen habe. Wahrscheinlich hat er es auch mit seiner Sekretärin getrieben. Er war Chefprogrammierer bei einem Entwickler für Videospiele. Sie haben an einem Online-Rollenspiel mit Setting im mittelalterlichen Europa gearbeitet. Darüber haben wir uns auch kennengelernt. Während meiner Studienzeit habe ich als studentische Hilfskraft für ihn gearbeitet, um für die historische Authentizität der von ihm entwickelten Spiele zu sorgen. Ich habe schnell gemerkt, dass mir das wissenschaftliche Arbeiten deutlich mehr liegt, aber er … er war in meinem Leben geblieben.« Ellen fixierte einen Punkt an der Decke des Hotelzimmers. »Dieses Haus, wir haben es damals vor allem auf seinen Wunsch hin gekauft. Er wollte eine Familie gründen, ein Nest bauen. Mir war diese Art von Familienplanung nie wirklich wichtig, aber ich habe stillschweigend mitgemacht, einfach, weil ich ihn so toll fand.« Sie atmete tief durch. »Eigentlich hat der Täter mir einen Gefallen getan, als er das Haus in Brand gesetzt hat. Das könnte meine Chance auf einen Neustart sein, auf ein neues Leben.«

Rabea schaute auf die fast leere Ginflasche. »Okay, das ist der Punkt, an dem man merkt, dass man zu viel getrunken hat: Man bedankt sich dafür, dass das eigene Zuhause abgefackelt wurde.«

Ellen lachte verbittert auf. »So irrational das auch klingen mag, ich will dem Täter in die Augen sehen«, sagte sie. »Ich will, dass er sich für das verantwortet, was er getan hat. Und ich habe das Gefühl, dass die Polizei es nicht schaffen wird, ihn zu stellen.«

»Wenn wir nur wüssten, was Jonas Meyfart verbirgt«, überlegte Rabea laut. »Ich würde nicht so weit gehen und seine Flucht heute Vormittag als Geständnis deuten. Ich denke eher, dass er Angst vor der Polizei hat. Womöglich ist er in die Sache verstrickt, aber ich kann mir nicht vorstellen, dass er der Täter ist. Nichtsdestotrotz … er weiß was.«

»Wir sollten es bei seiner Freundin versuchen ... Sally. Sie hat möglicherweise noch Kontakt zu ihm.«

»Gute Idee«, meinte Rabea. »Wir sollten morgen unbedingt ein Treffen in die Wege leiten. Außerdem gibt es noch eine weitere Person, die mit Alwin Brunner in Verbindung stand und die wir unbedingt ausfindig machen sollten: Nora Hirsch.«

DIE STRAFE FÜR ANGST

»WER ABER DURCH BLOSSE, VERACHTUNGSWÜRDIGE ANGST SEINEM REICH UND KÖNIG SCHADEN BRINGT, DER SOLL MIT DEM RADE DURCH ZERSTOSSUNG SEINER GLIEDER VOM LEBEN ZUM TOD GERICHTET WERDEN UND ÖFFENTLICH ZUR SCHAU GESTELLT WERDEN.«

Siebenunddreißig

»In den frühen Morgenstunden ist ein weiteres Opfer des sogenannten Angstrichters ermordet aufgefunden worden«, verlas die Sprecherin der Neun-Uhr-Nachrichten. »Anatol A., dessen brutale Folterung zuvor bereits als Videomitschnitt online veröffentlicht wurde, hing von einer Fußgängerbrücke nahe Nürnberg. Die zuständige Sonderkommission der Polizei will in Kürze in einer Pressekonferenz über die jüngsten Entwicklungen informieren.«

Nora Hirsch starrte gebannt auf den Fernseher neben der Küchenzeile. Jetzt war also auch Andrewicz tot. Es war nur eine Frage der Zeit gewesen und keinesfalls unerwartet, trotzdem versetzte die Nachricht ihr einen eisigen Stich ins Herz.

Sie griff nach ihrem Handy und nahm eine Sprachnachricht für ihren Mann auf – er war schon vor einer Stunde zur Arbeit gefahren, früher als sonst, weil er heute einen wichtigen Termin mit einem neuen potenziellen Klienten hatte. »Kai, wir müssen reden. Es gibt da etwas, das ich dir erklären muss.« Sie holte tief Luft, wobei sich ihr ganzer Oberkörper aufbäumte.

Sobald die Mail mit den Worten *»Dein Urteil ist gefallen«* bei ihr eingegangen war, hatte Noras Panik noch einmal neue Dimensionen erreicht. Sie war so groß geworden, dass sie in einen apathischen Schockzustand verfallen war.

Sie hatte einfach mit ihrem normalen Alltag weitergemacht, hatte die Kinder von der Schule abgeholt, in der Werkstatt gearbeitet, Kundengespräche geführt – ohne auch nur eine einzige Sekunde geistig anwesend zu sein. Die ganze Zeit über hatte sie überlegt, was sie tun sollte. Wie sie ihre Strafe noch abwenden konnte.

In der Nacht hatte sie kein einziges Auge zugetan, sich erst stundenlang im Bett herumgewälzt. Schließlich war sie aufgestanden, hatte sich an den Küchentisch gesetzt und eine Entscheidung gefällt. Sie musste Kai einweihen. Es führte kein Weg mehr daran vorbei, ganz egal, wie groß dadurch die Gefahr für ihn und die Kinder wurde.

»Es hat mit Alwin zu tun«, fuhr sie fort. »Aber das ist nur ein kleiner Teil von alldem. Das Ganze hat schon angefangen, bevor wir uns überhaupt ...«, sie stockte. »Ach, ruf mich bitte einfach sofort zurück, sobald du das hier hörst. Es macht keinen Sinn, es per Sprachnachricht zu erklären.«

Sie legte das Handy weg und stand auf.

Ein Luftzug aus Richtung des Wintergartens streifte sie. Ihre Tochter Anja musste die Terrassentür geöffnet haben, als sie vorhin nach ihrem Federmäppchen gesucht hatte.

Sie schlang sich ihre senfgelbe Strickjacke enger um den Körper und huschte in den gläsernen Vorbau, in dem jede Menge Topfpflanzen ein regelrechtes Urwalddickicht rund um die Sitzgruppe aus Ledersesseln bildeten.

Die Tür stand tatsächlich einen Spaltbreit offen, und Erdklumpen waren überall im Raum verteilt worden. Na toll, Anja!, dachte sie.

Als sie nach der Türklinke griff, verharrte sie.

Etwas stimmte nicht.

Sie kniff die Augen zusammen.

Dann sah sie es.

Oh Gott, nein! In der Spiegelung der Glastür konnte sie mitanschauen, wie ihr Gesicht Kerzenwachs gleich zu einer Fratze des Entsetzens zerlief.

In dem Hackblock, auf dem Kai normalerweise die Holzscheite für den Kamin spaltete, steckte die schartige Klinge eines gewaltigen Richtbeils.

Nora wandte mühsam den Blick ab und schaute zum Waldrand, der sich gleich an das Ende ihres Gartens anschloss. Sie könnte rennen. Versuchen zu entkommen. Könnte die Nachbarn um Hilfe rufen.

Aber er würde all das eingeplant haben. Er verstand sein Handwerk. Er wusste, was er tat.

Ihr Urteil war gefallen.

Und ihr Henker war schon hier.

Achtunddreißig

18. Oktober // Nürnberg

Eine eifrige, übers ganze Gesicht strahlende Pflegerin servierte Jan ein karges, aber stärkendes Frühstück, und mit dem ersten Schluck bitterem Kaffee kehrten die Lebensgeister in ihn zurück.

In der Nacht hatte er zunächst nur schwer in den Schlaf gefunden. Die ungewohnte Umgebung und die niemals ganz verstummenden fremden Geräusche der Station – die Schritte auf dem Gang, das Piepsen, Sirren und Pfeifen – hatten ihn nicht abschalten lassen. Irgendwann hatte er den Dämmerzustand zwischen Müdigkeit und Anspannung nicht länger ertragen und sich von einer der Nachtschwestern eine Schlaftablette geben lassen.

Jetzt fühlte er sich ausgeruht und wach wie lange nicht mehr. Nach dem Frühstück war er sogar das erste Mal vorsichtig ins Bad gewatschelt, um auf die Toilette zu gehen. Sein linker Arm war noch immer unbrauchbar und steckte in einer Schiene. Er hatte jedoch kaum noch Kopfschmerzen und spürte die Nachwirkungen des Crashs vor allem als dumpfes, schmerzhaftes Pochen bei jeder kleinen Bewegung.

Die Freude über seine Fortschritte währte nur kurz, denn Rabea rief an, um ihm vom Brand in Ellens Haus zu erzählen. Ihre Stimme klang zerknautscht und monoton. So hörte sie sich eigentlich nur an, wenn sie in der Nacht zuvor getrunken hatte, aber darauf wollte sie am Telefon nicht eingehen. Erschöpft legte er auf.

Vor seinem inneren Auge lief noch einmal ihre Abschiedsszene von gestern ab – Ellens Erröten und ihr hastiger Aufbruch, als er angedeutet hatte, dass er etwas für sie empfand. An der Türschwelle war sie noch einmal stehengeblieben und hatte ihn flüchtig angelächelt.

Er hat dir alles genommen, dachte er. Aber Jan würde nicht zulassen, dass der Scharfrichter ihr noch mehr antat. Gott, wie machohaft und prollig, ging es ihm im gleichen Moment durch den Kopf. Sein unangebrachter Beschützerinstinkt half gerade niemandem weiter.

Der Arzt hatte ihm gestern gesagt, dass er mehrere Tage Ruhe brauchte. Die Zeit habe ich aber leider gerade nicht, Herr Doktor, dachte er. Er konnte nicht tatenlos im Krankenhaus bleiben, während Ellen und Rabea weiter den Scharfrichter jagten. Sicher, SOKO-Leiter Hamann hatte ihnen aufgetragen, sich aus dem Fall herauszuhalten. Aber der Polizeihauptkommissar konnte ihnen schließlich nicht verbieten, weiter in Nürnberg zu bleiben und hier und da ein paar interessierte Nachfragen zu stellen. Sie durften nur keine Aufmerksamkeit mehr erregen.

Jan ging in Gedanken noch einmal ihre Theorie von gestern durch, dass der Scharfrichter das Strafrecht einer anderen Art von Gesellschaft ausübte – inspiriert von den Gesetzesbüchern des Mittelalters und der Neuzeit. Falls diese Gruppierung tatsächlich existierte, wie konnten sie dann an sie herantreten? Wie konnten sie die Mitglieder ausfindig machen?

Ellen hatte ihm erzählt, dass mittelalterliche Strafen selbstverständlich nicht nur Exekutionen umfassten, sondern auch weitere Körperstrafen, die nicht gleich tödlich waren. Dieben wurde die Hand abgehackt. Häretiker und Aufständische wurden geblendet, indem man ihnen ein glühendes Stück Eisen direkt vor die Augen hielt, wodurch die Netzhaut vernichtet und die Flüssigkeit des Augapfels förmlich zerkocht wurde.

War Alwin Brunner möglicherweise gar nicht das erste Opfer seines Henkers gewesen? Hatte er bereits zuvor – womöglich sogar über Jahrzehnte hinweg – seine Strafen vollstreckt, nur ohne große Öffentlichkeit und ohne dass jemals eine Verbindung zwischen den Urteilen festgestellt worden war?

Vielleicht mussten nicht alle sterben, vielleicht waren manche auch mit Leibesstrafen davongekommen, überlegte Jan.

Das war eine Spur!

Er griff nach seinem Handy, das im selben Moment zu klingeln begann. »Tim Gröpler« stand auf dem Display.

»Herr Gröpler!«, rief Jan aufgeregt, als er sich das Handy ans Ohr hielt. »Ich wollte Sie gerade anrufen.«

»Das trifft sich ja!« Seine Aushilfe lachte. »Ich wollte mich nur einmal melden, weil der Notar aus dem Westerwald heute Morgen hier angerufen hat. Ich habe ihm vorerst nicht Ihre Mobilnummer gegeben. Ich weiß ja, wie beschäftigt Sie momentan sind.«

»Ah ja, das Haus meiner Großtante«, erinnerte sich Jan und rieb sich die Nasenwurzel. »Geben Sie mir gern die Nummer des Notars, ich rufe dort an und kläre das.«

Gestern auf dem Weg zum Pferdehof, eingerahmt zwischen Feldern und kleinen Waldstücken, hatte er noch einmal kurz an das Anwesen in seiner alten Heimat gedacht. Ihn hielt nichts mehr in Düsseldorf, die Agentur könnte er auch problemlos von Bad Marienberg aus führen – den Großteil seiner Klienten beriet er ohnehin telefonisch.

Als Teenager hatte er sich nichts sehnlicher gewünscht, als vom Land in die große Stadt zu ziehen. Studium, Bars, WG-Leben, unendliche Möglichkeiten und Abenteuer. Nun hatte sich das Blatt wieder gewendet. Der Westerwald strahlte mit einem Mal eine seltsame Anziehungskraft aus, jetzt, wo die Vergangenheit dort keine langen Schatten mehr warf.

»Warum ich Sie anrufen wollte …«, sagte Jan und brachte das Gespräch damit wieder auf den Fall.

Er erzählte Gröpler von ihrer Theorie des geheimen Ministaates mit mittelalterlichen Gesetzgebungen.

Sein Assistent schwieg für eine Weile, als Jan mit seinen Schilderungen geendet hatte.

»Hmmm«, machte er schließlich. »Das hört sich ja nach einer ziemlich kuriosen Sache an. Meinen Sie nicht, dass das etwas zu weit hergeholt ist?«

»Momentan ist es die Theorie, in der alle Hinweise und bisherigen Erkenntnisse Platz finden. Das Wichtigste an jeder Theorie ist, dass sie eine stringente Geschichte erzählt, einer inneren Logik folgt. Und das tut sie in diesem Fall. Meine Bitte an Sie wäre nun folgende: Professorin Grafenberg sitzt gerade an einer Liste von mittelalterlichen und neuzeitlichen Leibesstrafen. Wir müssen sie mit Verbrechen im Raum Nürnberg in den letzten Jahrzehnten abgleichen. Gibt es Taten, die in ein ähnliches Raster fallen wie die Scharfrichter-Morde? Gibt es eine Verbindung zwischen den Opfern? Greifen Sie gerne auf Zeitungsberichte zurück, scheuen Sie sich aber auch nicht davor, meinen alten Bekannten Rolf Stüter anzurufen. Ich gebe Ihnen seine Nummer. Er ist ehemaliger Kriminalhauptkommissar mit besten Beziehungen und kann Ihnen Zugang zu Ermittlungsunterlagen verschaffen.«

»Ich lege sofort los!«

Neununddreißig

Der kräftezehrende gestrige Tag mit seinem gingeschwängerten Abschluss hing Rabea noch in den Knochen, und sie hatte zwei Schmerztabletten mit einer Kanne Kaffee zum Frühstück hinunterkippen müssen, um sich halbwegs für die Fahrt zum Haus von Nora Hirsch gewappnet zu fühlen.

»Mir ist noch immer nicht ganz klar, wie Andrewicz hier ins Bild passen soll«, meinte sie zu Ellen, als sie gegen elf Uhr die Hotellobby verließen. »Aber vielleicht kann sie uns das auch selbst erklären. Wie hast du eigentlich herausbekommen, wo sie wohnt?«

»Sie arbeitet als Goldschmiedin und hat im Impressum ihrer Firma eine Adresse angegeben, die wahrscheinlich auch gleichzeitig ihre Privatadresse ist. Sie liegt auf jeden Fall mitten in einem Wohngebiet in der Nähe von Ansbach.«

»Ansbach?«

»Ein Städtchen westlich von hier. Dreiviertelstunde Autofahrt.«

Anerkennend neigte Rabea den Kopf. »Aus dir kann noch eine richtig gute Detektivin werden, wenn du so weitermachst.«

Um die Mittagszeit erreichten sie die Adresse, die sie in das Navigationsgerät in Ellens Ford Ka eingegeben hatten.

»Nette Gegend«, sagte Rabea mit Blick auf die Einfamilienhäuser, die sich zu beiden Seiten der Anliegerstraße aufreihten. Typische Neubauten. Weiß getünchte Fassaden, viel Stahl und Glas. Alles erschien geordnet und normiert.

Das Böse liebt die Idylle, dachte Rabea, hier kann es noch mehr herausstechen, sich noch deutlicher in den Vordergrund drängen.

Sie stellten das Auto in einer der Parkbuchten ab und klingelten bei dem Haus von Nora Hirsch.

Die Tür öffnete sich so schnell, als hätte der Mann, der sie aufriss, die ganze Zeit im Hauseingang gestanden und gewartet. »So zügig hätte ich gar nicht mit Ihnen gerechnet«, sagte er. Mit gerunzelter Stirn schaute er an Ellen und Rabea vorbei. »Aber wo sind Ihre Kollegen? Ich hätte gedacht, dass Sie mit mehr Leuten kommen würden. Spurensicherung und so ...«

Er sprach so hastig, dass Rabea ihm kaum folgen konnte. Sein welliges graues Haar hing ihm in wirren Strähnen ins Gesicht. Große Schweißflecken zeichneten sich unter den Achseln seines maßgeschneiderten Hemds ab. Die Brille saß etwas schief auf seiner Nase.

»Wir sind nicht ...«, wollte Ellen antworten, aber Rabea würgte sie ab: »Unsere Kollegen sind noch auf dem Weg. Wir waren gerade ohnehin in der Nähe und sind schon einmal vorgefahren. Rabea Wyler und Ellen Grafenberg, SOKO Torwächter.«

Der Mann – wer auch immer er war – erwartete anscheinend die Polizei. Wenn sie sich diese Situation zunutze machen wollten, dann mussten sie schnell und unverfroren sein.

Er bestand nicht darauf, ihre Ausweise zu sehen, sondern bat sie herein. Rabeas Name und der Umstand, dass er anscheinend völlig durch den Wind war, spielten ihnen in die Karten.

»Unsere Kollegin war am Telefon sehr kurz angebunden«, sagte Rabea, während ihr Blick schnell durch das geschmackvoll eingerichtete Wohnzimmer schweifte. »Können Sie uns noch einmal in Ihren eigenen Worten schildern, was geschehen ist, Herr … äh …«

»Hirsch, Kai Hirsch. Sorry, ich habe ganz vergessen, mich vorzustellen.« Er schüttelte den Kopf. »Meine Frau … Nora … sie, sie ist verschwunden. Sie hat mir diese total alarmierende Sprachnachricht hinterlassen, in der sie sagte, sie müsse mit mir reden. Es ginge um den Toten, der gevierteilt worden sei. Sie war schon die ganze Zeit so komisch, gestern hat sie den ganzen Tag nichts gegessen, wirkte total neben sich. Dann haben sich unsere Nachbarn bei mir gemeldet – sie hätten Schreie aus unserem Garten gehört.«

»Haben Ihre Nachbarn sonst irgendetwas gesehen oder gehört?«, fragte Rabea. »Einen Wagen, der ihnen aufgefallen ist und den sie nicht zuordnen konnten? Eine fremde Person?«

»Nicht, dass ich wüsste, aber Sie können sie gerne befragen«, entgegnete Hirsch. »Nur das hier, das habe ich entdeckt, als ich hergekommen bin. Absolut verstörend.« Er zeigte hinaus in den weitläufigen Garten. Dort steckte eine altertümliche Axt im Hackblock. »Außerdem stand die Terrassentür sperrangelweit offen. Noras Geldbörse, ihr Handy und ihre Papiere – alles ist noch hier.«

»Wann hat Ihre Frau die Sprachnachricht geschickt?«

»Ungefähr kurz nach neun.«

»Verflucht«, stöhnte Rabea. »Wir haben ihn vielleicht gerade mal um drei Stunden verpasst. Wir sind so nah an ihm dran!«

»Es ist dieser Angstrichter, oder? Jetzt hat er meine Frau geholt.« Kai Hirschs Stimme brach weg. Er schob seine beschlagene Brille hoch und wischte sich über die Augen. »Das ist wohl nur eine Frage der Zeit gewesen.«

Verdutzt legte Rabea den Kopf schief. »Wie meinen Sie das?«

»Sie kannte diesen Alwin Brunner. Sie waren Freunde, kannten sich über ihrem ganzen Historien-Faible. Er wollte immer mehr von ihr, aber das hat sie nie zugelassen. Cool fand ich's nicht, aber ich habe es toleriert.« Sein Gesicht verzog sich, als wäre ihm ein übler Geruch in die Nase gestiegen.

Ellen folgte dem Gespräch mit halbem Ohr, während sie eine Reihe von Goldschmiedearbeiten auf der Fensterbank im Wohnzimmer genauer besah – augenscheinlich eine Auswahl von Noras Werken. Schriftrollen, irgendwelche Skulpturen und Vasen. Vor allem eine fein gearbeitete Scheibe mit Goldlasur weckte ihr Interesse. Rabea fragte sich, was Ellen sich davon erhoffte? Entdeckte sie in der Sammlung etwas?

»Sie muss über diesen Typen in irgendeine Sache verwickelt gewesen sein«, sagte Kai Hirsch. »Als sie vom Mord an ihm erfahren hat, da ist sie einfach für zwei Tage verschwunden, hat nur gesagt, dass sie dringend wegmuss. Eine Kurzschlussreaktion, so hat sie es später erklärt.«

»Haben Sie eine Ahnung, was Ihre Frau in dieser Zeit getan hat?«, fragte Rabea.

Der Mann schüttelte den Kopf. Er setzte sich an den Esstisch und rieb sich ratlos über den Nacken. »Auch die Tage zuvor war sie schon so komisch. Sie hat kaum geschlafen, wie ein Spatz gegessen.«

Rabea deutete auf ein großes schwarzes Notebook auf dem Tisch. »Ist das der Laptop Ihrer Frau?«

Er nickte.

»Darf ich?«

»Nur zu.«

Vierzig

18. Oktober // Nürnberg

Der Scharfrichter stieg hinab in das Gefängnis. Noch immer stanken seine Kleider nach Qualm. Er hatte keine Gelegenheit zum Umziehen gehabt, seit er von Ellen Grafenbergs Haus zurückgekehrt war.

Sein Handwerk ließ ihm keinen Augenblick der Ruhe. Es waren arbeitsame Tage – und es gab noch so viele Pflichten, die er zu erfüllen hatte.

Aber das Ende war in Sicht. Bald würde auch das letzte Urteil vollstreckt sein.

Er durchmaß den Gewölbekeller und blieb vor einem vergitterten Loch im Boden stehen, das etwas größer als ein Gullydeckel war. Schlanke Frauenfinger klammerten sich um die Gitterstäbe des Kerkers. Nora Hirschs Gesicht, von Dreck und Tränenschlieren überzogen, erschien in der Dunkelheit.

Der Scharfrichter ging vor ihr in die Knie und schaute hinunter in das Loch.

Sie spuckte ihn an, und der Speichel rann über seine Brust. »Setz mal deine lächerliche Maske ab, und zeig mir, wer du bist!«

»Oh, ich werde dir noch früh genug zeigen, mit wem du es hier zu tun hast«, erwiderte er. »Wer du bist, das ist mir bereits klar. Eine angstzerfressene Frau, die sich ihren Zweifeln hingegeben hat. Und die dafür ihre gerechte Strafe bekommen wird. So will es unser Gesetz.«

»Ich habe nur erkannt, dass dieser Weg der falsche ist«, zischte Nora Hirsch. »Das hat nichts mit Angst zu tun, sondern mit Aufwachen. Warum versteht ihr das denn nicht?«

Der Mann malmte die Kieferknochen aufeinander. Er sah es als elementaren Bestandteil seines Berufs, dass er sich nicht von seinen Gefühlen übermannen ließ und im Affekt handelte, aber diese Frau trieb ihn zur Weißglut.

»Ihr glaubt, ich habe die Videos geleakt«, sagte Nora. »Und jetzt seid ihr diejenigen, die Angst haben. Weil ihr euch nicht sicher sein könnt, was ich noch alles in der Hand habe. Was ich alles ans Licht bringen kann.«

»Oh, das werden wir herausfinden«, stieß der Scharfrichter aus aufeinandergebissenen Zähnen hervor. »Ich werde dich einem Peinlichen Verhör unterziehen. Du wirst reden, Nora, glaub mir, du wirst reden.«

Wenn sie Angst hatte, so ließ sie sich das nicht anmerken. Ihre Mimik blieb völlig ausdruckslos. Nur ihre Lippe bebte leicht.

Der Scharfrichter holte zum Tritt aus und quetschte ihre Finger, mit denen sie sich am Gitter festklammerte, unter seiner Stiefelsohle ein. Ein durchdringendes Knacken.

»Mach dich vertraut mit dem Schmerz«, sagte der Scharfrichter und wandte sich ab. »Er wird bald alles sein, woran du denken kannst.«

Einundvierzig

17. Oktober // Nürnberg

»Scheiße!«

Rabea hämmerte auf den Esstisch.

Der Laptop war Schrott.

Zugeklappt hatte er noch unversehrt gewirkt, aber sobald sie den Monitor hochdrückte, bot sich ihr ein Bild der Zerstörung. Inmitten der Tastatur, genau an der Stelle, an der normalerweise die Buchstaben G und H saßen, klaffte ein daumennagelgroßes Loch. Das Gehäuse des Notebooks war einmal komplett durchbohrt worden. Durchtrennte Kabelenden und Splitter des Motherboard ragten aus dem Loch heraus wie zerfaserte Sehnen aus einer Wunde. Als sie es hochhob, bemerkte sie, dass die Unterseite aufgebrochen war.

»Jemand wollte Beweise vernichten«, sagte Rabea. Sie drehte den Computer um. Durch die Fortbildungen zum Thema Cyberkriminalität beim LKA besaß sie rudimentäre Hardware-Kenntnisse und konnte die Komponenten grob zuordnen.

»Die Festplatte fehlt, jemand muss sie herausgenommen

haben«, stellte sie fest. »Hoffnungslos! Das war unsere einzige Chance.«

Sie schaute zu Ellen, die immer noch völlig in die dekorativen Schmiedearbeiten auf der Fensterbank vertieft war. Rabeas Bestürzung über den kaputten Laptop schien sie nicht einmal bemerkt zu haben.

Es klingelte an der Haustür.

Kai Hirsch hielt in seiner Tirade inne und machte sich auf den Weg zum Flur. »Das sind wohl Ihre Kollegen.«

Wahrscheinlich war es wirklich die Polizei, allerdings in keiner Weise ihre Kollegen.

Ellen starrte Rabea fragend an.

»Durch den Garten, schnell!«

Rabea eilte voran in den Wintergarten und hinaus ins Freie, Ellen nur wenige Meter hinter ihr.

Rabea schwang sich über den hüfthohen Gitterzaun, half Ellen beim Übersteigen und lief dann mit ihr in den düsteren Wald. Nur Momente später drangen Rufe und Schritte aus dem Garten.

Sie rannten über Wurzelgeflecht, knisterndes Laub und knackende Zweige, bis Rabeas Lungenflügel brannten und sie sich keuchend an einer Eiche abstützen musste.

Stille. Sie mussten entkommen sein.

»Großartig!«, stieß Rabea keuchend aus. Atemwolken strömten in kurzer Frequenz aus ihrem Mund. »Jetzt haben wir nicht nur die Polizei an den Fersen, unser Ausflug war auch völlig sinnlos.«

»Nicht ganz«, sagte Ellen triumphierend und griff unter ihre Jacke.

»Was ist das?« Rabea kniff die Augen zusammen.

Der Gegenstand, den Ellen in den Händen hielt, schimmerte in dem schwachen Licht, das durch die Baumkronen hindurch bis auf den Waldboden drang.

»Das ist doch eine Scheibe«, sagte Rabea, »was willst du mit diesem wertlosen Zeug?«

»Oh, das ist kein wertloses Zeug«, erwiderte Ellen. »Das ist eine Chiffrierscheibe.«

»Eine was? Wie hast du die denn entdeckt? Für mich sah das alles auf der Fensterbank wirklich nur wie Deko aus.«

»Ich habe so etwas schon mal gesehen, allerdings nur in Büchern. Leon Battista Alberti, einer der bedeutendsten Humanisten seiner Zeit, hat im fünfzehnten Jahrhundert die Erste ihrer Art entwickelt«, erklärte Ellen. »Auf der Rückseite sind außerdem die Initialen N. H. eingraviert. Ich gehe also davon aus, dass Nora Hirsch die Scheibe selbst gestaltet hat.«

»Und können wir sie dechiffrieren?«

»Oh, die Scheibe selbst lässt sich nicht dechiffrieren. Sie ist viel eher ein Instrument, um Texte zu verschlüsseln und dann auch wieder entschlüsseln zu können. Sie besteht aus zwei drehbaren Scheiben, die auf ein und derselben Achse sitzen. Auf jeder Scheibe ist ein Alphabet aufgezeichnet. Verdreht man sie gegeneinander, dann steht zum Beispiel das innere A unter dem äußeren B und so weiter. Jetzt gerade ist sie so eingestellt, dass das äußere A zu einem F wird.«

Rabea überlegte. »Das heißt, wir müssen den dazugehörigen Text finden.«

»Richtig. Wir können den Code knacken, aber dafür brauchen wir erst mal einen.«

In diesem Moment klingelte Ellens Handy. Sie steckte umständlich die Scheibe weg und holte es hervor.

»Jan«, informierte sie Rabea kurz, als sie den Anruf entgegennahm.

Zweiundvierzig

18. Oktober // Nürnberg

»Und du bist wirklich sicher, dass du das tun willst?«

»Wie oft soll ich das denn noch sagen?«, erwiderte Jan. Während Ellen ihn weiter mit großen Augen musterte, setzte er seine Unterschrift auf das Formular und reichte es mitsamt Klemmbrett und Kugelschreiber wieder seinem behandelnden Arzt.

»Alles verstanden, aller Konsequenzen und Risiken bewusst, alle Haftungsansprüche abgetreten, und so weiter und so fort. Darf ich jetzt gehen?« Er schaute zu dem Arzt, einem jungen Deutsch-Koreaner.

»Selbstverständlich, Sie sind hier ja nicht im Gefängnis.«

»Ich danke Ihnen für alles!«, sagte Jan und wandte sich dann an Ellen. »Der Einzige, der hier ins Gefängnis gehört, ist der Scharfrichter. Und dafür werden wir jetzt sorgen.«

Ein übermütiger Tatendrang hatte ihn erfasst, seit Tim Gröpler ihn vor etwa einer halben Stunde zurückgerufen und von seiner Entdeckung berichtet hatte.

»Jetzt erzähl mir doch erst mal, was der Grund für die ganze Aufregung ist«, forderte Ellen, als sie durch die Krankenhausflure eilten.

»Für welches Vergehen wurden einem im Mittelalter Ohren und Nase abgeschnitten?«, fragte Jan.

»Huch, und das fragst du mich einfach so aus dem Nichts? Zum Glück habe ich meine Hausaufgaben gerade erst gemacht ... Solche Verstümmelungsstrafen wurden vor allem in leichten Fällen des Betrugs, der Gotteslästerung oder des Diebstahls verhängt.«

»Das passt! Udo Garz hat zweieinhalb Jahre lang für Kapitalanlagebetrug in Haft gesessen. Nur sechs Monate nach seiner Freilassung sind ihm von einem Unbekannten Nase und Ohren abgeschnitten worden. Er selbst hat niemals Anzeige erstattet, er hat die Bluttat nicht einmal den Behörden gemeldet. Sein Sohn ist schließlich zur Polizei gegangen, aber sein Vater wollte nie über das Ereignis sprechen.«

Im Aufzug, den sie sich mit einem Pfleger und einer greisen Patientin auf ihrem Krankenbett teilten, schaute Ellen Jan entgeistert an. »Eine Verschwiegenheit und Loyalität, wie man sie sonst nur von der Mafia kennt.«

»Udo Garz wohnt inzwischen in Bamberg. Gröpler hat ihn angerufen und zu einem Treffen überredet. Wir können ihn besuchen und mit ihm sprechen.«

»Aber wenn er jahrelang nicht den Scharfrichter verraten wollte, wieso sollte er es jetzt tun?«

»Weil der Henker jetzt auch bestialische Morde begeht. Gröpler hat neben Udo Garz noch ein paar weitere Fälle von Verstümmelungen entdeckt, die auf unseren Täter zutreffen könnten, aber keinen Mord. Soweit wir wissen, war Alwin Brunner sein erstes Todesopfer.«

»Dann sind seine Schäfchen bislang so brav gewesen, dass eine Hinrichtungsstrafe nicht nötig war?«

»Oder es hat sich etwas verändert«, überlegte Jan.

»Er wollte an Alwin Brunner ein Exempel statuieren. Genauso wie mit dem Mord an Andrewicz. Was ist der Auslöser dafür? Warum jetzt diese drastischen Strafen?«

»Und warum Nora Hirsch?«, fragte Ellen weiter, als sie aus dem Eingang des Krankenhauses traten.

Der Sinwellturm – das höchste Bauwerk der Nürnberger Kaiserburg – ragte in den dunstgrauen Himmel auf wie eine Stein gewordene Drohgebärde.

»Nora Hirsch war eine enge Vertraute von Brunner. Sie wusste, was er wusste. Vielleicht war sie auch Teil dieser Gesellschaft.«

»Da vorne ist mein Wagen.« Ellen steuerte auf ihren Ford Ka zu. »Dann hoffe ich, dass dieser Udo Garz seine Angst überwinden kann.«

»Angst, immer nur Angst«, seufzte Jan. »Das ist es, was er will.«

»So nennen sie ihn auch schon in den Zeitungen. Angstrichter.«

»Was für ein hochdramatischer Name.«

»Aber treffend.«

»Mir macht er keine Angst«, sagte Jan mit zusammengebissenen Zähnen, als er sich auf den Beifahrersitz hockte.

»Er hat ja auch nicht deine Katze getötet und dein Haus abgefackelt.«

»Entschuldige«, erwiderte er. »Aber ich glaube, auch dir macht er keine Angst. Oder?«

Sie wollte gerade den Zündschlüssel drehen, hielt aber inne und dachte über seine Frage nach. Bedächtig schüttelte sie den Kopf und sagte mit fester Stimme: »Nein ... nein. Er macht mich höchstens wütend. Angst macht er mir nicht.«

»Und genau aus diesem Grund werden wir ihn kriegen.«

Dreiundvierzig

Rabea schloss die Tür des Hotelzimmers hinter sich und legte die Chiffrierscheibe auf den Schreibtisch. Das Metall schimmerte matt im grauen Mittagslicht, das durchs Fenster fiel. Nachdem Jan Ellen gebeten hatte, ihn im Krankenhaus abzuholen, hatte Ellen die Schmiedearbeit in Rabeas Obhut gegeben. Behutsam fuhr sie mit der Spitze des Zeigefingers die eingestanzten Buchstaben nach. Welches Geheimnis ließ sich mit ihr entschlüsseln? Warum hatte Nora Hirsch sie angefertigt?

Wenn sie nicht an Meyfart herankamen, würde diese Scheibe ein nutzloses Stück Metall bleiben.

Ein nutzloses Stück Metall, das doch so viel Bedeutung haben konnte. Unwillkürlich musste sie an den Ring denken, den Eddy für sie gekauft hatte. Sie hatte die Schatulle in Bern nicht geöffnet, so sehr hatte sie die Situation überwältigt.

Ich weiß noch nicht einmal, wie der Ring ausgesehen hat, dachte sie wehmütig. Sie erwischte sich dabei, wie sie ihn sich vorstellte. War er silbern oder golden? Ein Klunker oder ganz schlicht?

Aus so romantischem, oberflächlichem Kram hatte sie sich doch nie etwas gemacht! Außerdem würde Eddy den Ring ohnehin schon bald wieder zurückgeben.

Während Ellen und Jan in Bamberg seiner neuen Spur nachgehen wollten, machte Rabea sich daran, das Gespräch mit Sally vorzubereiten, der Freundin von Jonas Meyfart.

Sie schrieb die junge Frau über den Kanal an, über den sie sie wohl am ehesten und schnellsten erreichen würde: Instagram.

Kurz überlegte sie, dann tippte sie ihre private Nachricht ein. Sobald sie auf das »Senden«-Symbol drückte, begann der Teil ihrer Arbeit, der ihr am schwersten fiel:

Abwarten.

Vierundvierzig

18. Oktober

Das dreckige Stroh raschelte, als sich Nora Hirsch aufsetzte und sich gegen die grob gemauerte Wand ihres Lochverlieses lehnte.

Durch die Gitterstäbe über ihr fiel nur schummriges Licht. Sie war dankbar für die Dunkelheit, denn so sah sie nicht das Elend, in dem sie vor sich hin vegetierte. Nur ihr Geruchssinn war ungebrochen, und der Gestank ihres eigenen Urins stach ihr scharf in die Nase.

Warum?, dachte sie. Warum war sie so weit gegangen? Wie hatte sie so leichtsinnig und naiv sein können? Wie hatte sie glauben können, dass die Veröffentlichung des Videos wirklich etwas ausrichten würde? Dass man den Täter dadurch finden und – viel wichtiger – dass sie dabei unentdeckt bleiben würde?

In der Ferne knarrte eine Tür. Flackernd sprangen die Neonlichter in der Halle über ihrem Gefängnis an. Mit schweren Schritten näherte sich der Scharfrichter. Schlüssel klimperten, und sein kapuzenbewehrter Kopf schaute hinter den Gitterstäben hervor.

»Zeit für dein erstes Verhör.«

Die Peinliche Befragung. Beim Gedanken an die grausamen Instrumente und Werkzeuge, die die Folterknechte im Mittelalter damals eingesetzt hatten, musste sie würgen. Sie wollte sich gar nicht ausmalen, welche von ihnen der Entführer für sie bereithalten würde.

»Alwin hat mir erzählt, was damals geschehen ist. Nur leider hat er mir nie eure Namen genannt«, sagte Nora. »Ihr seid Monster, dass ihr so lange damit leben konntet. Dass ihr die ganze Zeit diese Schuld mit euch getragen habt. Und jetzt, wo die Wahrheit ans Tageslicht kommt, habt ihr alle panische Angst.«

Die Hand, mit der er den Schlüssel im Schloss umdrehte, verharrte. Er funkelte sie an. »Das hat nichts mit Angst zu tun. Es gibt nichts, wovor ich Angst habe. Alles, was wir gerade tun, tun wir, um zu schützen, was wir über Jahrzehnte hinweg aufgebaut haben.« Er öffnete das Schloss und zog die runde Gittertür auf. »Du warst nicht dabei. Du könntest es nicht verstehen. Und du wirst nicht all das zerstören, wofür wir damals die Grundpfeiler gelegt haben.«

Sie zog sich an der Wand hoch und kam auf wackligen Beinen zum Stehen. Den Kopf in den Nacken gelegt, hielt sie seinem stechenden Blick stand. Seit er sie gefangen genommen hatte, hatte sie weder etwas getrunken noch gegessen. Die Furcht vor seiner Folter wechselte sich ab mit der Sorge um ihre Familie und ihren Schuldgefühlen. Aber sie würde nicht aufgeben. Sie würde ihm nicht den Gefallen tun und vor ihm erzittern – ganz egal, was er ihr auch antun würde.

Er warf eine Strickleiter aus, deren hölzerne Sprossen klackernd gegen die Mauern ihres Kerkers stießen.

»Komm!«, drang seine Stimme gedämpft durch den Stoff der Kapuzenmaske. »Oder ich muss dich holen.«

»Solche Sätze, wie du sie gerade gesagt hast, stammen immer aus den Mündern ängstlicher Männer.« Nora stieß die Leiter von sich weg. »Komm und hol mich!«

Fünfundvierzig

18. Oktober // Nürnberg

Rabea machte sich daran, ein Täterprofil zu erstellen.

Noch immer hatte Sally nicht auf ihre Nachricht reagiert. Die Instagram-App zeigte zwar an, dass die junge Frau sie gesehen hatte, allerdings gab es seit zwei Stunden keine Antwort. Immerhin hatte sie Rabea noch nicht blockiert.

Normalerweise hatte der Beruf der operativen Fallanalytikerin wenig Aufregendes an sich. Man wälzte Akten, wühlte sich durch Datenbanken von Gewaltverbrechern, sagte vor Gericht als Gutachterin aus oder gab Schulungen. Sicher, man beschäftigte sich teilweise mit abstoßenden, brutalen Delikten, aber sensationsheischende Dokumentationen und Romane bauschten diesen Aspekt ihrer Tätigkeit unnötig auf.

Manchmal wunderte Rabea sich, warum ausgerechnet Jan und sie so häufig in spektakuläre Fälle verwickelt waren. Schließlich war es nicht gerade so, dass sie sich um diese lebensgefährlichen Ermittlungen gerissen hatten. Sie hatten allerdings auch nie Nein gesagt, waren nie der Gefahr aus dem Weg gegangen und waren immer größte Risiken für die Lösung ihrer Fälle eingegangen, hatten sogar die eigene

Unversehrtheit aufs Spiel gesetzt. Bedingte das eine das andere? Oder hatten sie schlichtweg Pech gehabt?

Bevor ihre Überlegungen ins allzu Theoretische abdrifteten, fokussierte sie sich wieder auf den Täter. Wer war er? Was wussten sie bisher sicher über ihn?

Männlich, durchtrainiert und hochgewachsen, schrieb Rabea auf einen bereitliegenden Notizblock des Hotels. Das legten zumindest die Mitschnitte der Livestreams nahe.

Sozial kompetent, intelligent, ausgeprägtes Empfinden für Recht und Moral (nach seiner eigenen Logik), kritzelte sie darunter.

Allem Anschein nach bekleidete der Scharfrichter in seiner Gruppierung eine ranghohe Position. Wie diese Gesellschaft auch immer funktionierte, es war davon auszugehen, dass er ihre Spielregeln bis ins Detail beherrschte und über die nötige emotionale Intelligenz verfügte, um andere Mitglieder erfolgreich unter Kontrolle zu halten.

Außerdem musste der Scharfrichter über die nötigen finanziellen Mittel verfügen, um sich sein Equipment und die Miete für die Räume leisten zu können. Das Geld konnte natürlich geerbt, geliehen oder sogar von der Gruppierung gespendet worden sein. Musste es aber nicht. Und das warf die spannende Frage auf, was für einem Beruf er abseits seines blutigen Handwerks nachgehen könnte?

War es etwas, das ihn auf seine Taten vorbereitet hatte, ihm die nötigen Fähigkeiten verliehen hatte? War er Pferdewirt? Ganz banal: Schlachter? Geschichtslehrer, Museumsleiter, Autor historischer Romane? Oder war er jemand, der besessen war von Recht und Ordnung? Der auf der Suche nach Gerechtigkeit am Ende nur seine eigene Justiz hinnehmbar fand?

Ein lautes, fremdes Klingeln ließ sie aufschrecken. Wo kam es her? Sie brauchte einen Moment, um zu erkennen, dass es sich um das Festnetztelefon neben dem Bett handelte.

Sie nahm ab. »Hallo?«

»Frau Wyler?«, meldete sich eine glockenhelle Frauenstimme. »Hier ist der Empfang. Jemand wartet in der Lobby auf Sie und möchte mit Ihnen sprechen.«

Rabea legte auf. War das Sally?

Hastig zog sie sich ihre Jeansjacke über, schlüpfte in ihre Sneaker und rannte aus dem Hotelzimmer, wobei sie fast ihre Schlüsselkarte vergaß und sie erst im letzten Moment aus dem Schlitz zog, kurz bevor die Tür zufiel.

Im Flur drückte sie wie wild auf den Fahrstuhlknopf, als der Lift nicht sofort kam, lief sie zum Treppenhaus und stürzte die fünf Stockwerke hastig hinunter.

In der Lobby ließ sie ihren Blick über die Anwesenden schweifen. Eine Familie mit zwei kleinen Töchtern okkupierte eine der Sitzgruppen, umgeben von ihren Trolleys und Reisetaschen. An einer der Säulen lehnte eine junge Frau, ihr Gesicht vom bläulichen Schein ihres Handydisplays erleuchtet. Zwei Geschäftsleute in ausnehmend schlecht sitzenden Anzügen tranken Cappuccino und tippten simultan etwas in ihre Laptops wie zwei Klaviervirtuosen, die sich im Instrument vertan hatten. Vor dem Empfangstresen hatte sich eine kleine Schlange gebildet.

Rabea murmelte »Entschuldigung« und »Es ist dringend«, als sie sich an den Wartenden vorbeidrängelte und die Rezeptionistin ansprach: »Wyler – Sie hatten mich gerade auf meinem Zimmer angerufen. Wo ist denn die Frau, die mit mir sprechen wollte?«

»Gleich hinter Ihnen!«

Rabea wandte sich um, da näherte sich auch schon die junge Frau, die zuvor an der Säule gestanden hatte. Rabea schätzte sie auf Anfang zwanzig. Ihr Haar war kobaltschwarz gefärbt, sie trug einen gleichfarbigen Choker um den Hals und ein knielanges, ebenfalls schwarzes Kleid. Ihr blasses Gesicht wurde von einem breiten Mund dominiert, der – wenig überraschend – mit schwarzem Lippenstift bemalt war. Ihr ganzes Erscheinungsbild erinnerte Rabea an die Emo-Teenager, die noch vor ein paar Jahren allgegenwärtig gewesen waren.

»Sind Sie Frau Wyler?«, fragte sie.

»Genau die. Und Sie Sally Brunner?«

»Ja, ich habe Ihre Nachricht gesehen. Ich habe etwas dabei, das Sie sehen sollten.«

Sechsundvierzig

18. Oktober // Bamberg

»Der Ausdruck ›Schlitzohr‹ für einen listigen Menschen wird auf die Handwerkszünfte zurückgeführt. Früher trugen die Handwerker als Zeichen ihrer Zugehörigkeit zu einer Zunft oft einen goldenen Ohrring mit einem entsprechenden Wappen. Er war, ganz grob gesagt, eine Art Notgroschen für knappe Zeiten. Wenn der Handwerker sich aber etwas hatte zuschulden kommen lassen, wurde ihm der Ring aus dem Ohr gerissen – sozusagen zur Strafe, aber auch zur Warnung von künftigen Arbeitgebern«, erklärte Ellen. »Dieben und Betrügern wurden die Ohren halb abgeschnitten, um sie zu brandmarken. Bei schweren Fällen ist man dann drastischer geworden.«

»So wie bei Udo Garz«, sagte Jan.

Sie passierten den Torbogen des malerischen Bamberger Rathauses, das inmitten der Regnitz lag und nur über zwei Brücken mit dem Festland verbunden war.

»Bamberg nennt man auch Klein-Venedig«, sagte Ellen mit Blick auf die historischen Häuserfassaden entlang des Flussufers. »Wenn man hier ist, versteht man sehr schnell, warum.«

Sie bahnten sich ihren Weg durch eine Schar chinesischer Touristen und liefen weiter in den südlichen Teil der Altstadt, der von den mächtigen Türmen des Bamberger Doms überragt wurde.

»Du brauchst nicht mit irgendwelchen Reiseführer-Anekdoten darüber hinwegzutäuschen, wie fertig du bist«, meinte Jan.

»Charmant wie eh und je.« Trotz des bitteren Zugs um ihre Mundwinkel und ihrer blutunterlaufenen Augen war Ellen für Jan noch immer atemberaubend schön. Sie strahlte von innen – und das konnte ihr nichts und niemand nehmen. »Mein mentaler Absturz kommt schon noch, keine Sorge.« Dann schaute sie auf die Straßenschilder. »Wir sind fast da. Garz wohnt in einer Straße gleich unterhalb des Doms.«

Als sie an einer der unzähligen Brauereien vorbeiliefen, fragte Jan: »Was ist eigentlich dieses Schlenkerla, mit dem jede Brauerei wirbt?«

»Ah, perfekt, da kann ich mit einem weiteren Reiseführer-Fakt glänzen.« Sie lachte. »Das ist das Rauchbier, das sie hier brauen. Eine echte Bamberger Spezialität! Schmeckt ein wenig wie Räucherfisch, wenn du mich fragst.«

Jan verdrehte die Augen. »Wenn ich nicht schon Antialkoholiker wäre, dann wäre das ein Grund, um einer zu werden.«

»Ungewohnt gastfreundlich, dass er uns direkt zu sich nach Hause einlädt«, sagte Ellen.

»Er will uns aus dem wahrscheinlich dunkelsten Kapitel seines Lebens erzählen. Ich kann verstehen, dass er es in gewohnter Umgebung tun möchte. Nicht in irgendeinem Café.«

»Hat dein Assistent noch irgendetwas über Garz erzählt? Wo er ihn aufgetrieben hat? Wie er sich am Telefon gegeben hat?«

»Was ich von ihm bekommen habe, war die Adresse. Bislang keine weiteren Informationen. Er ist wohl auf Garz gestoßen, als er die Zeitungsarchive nach Meldungen zu ungewöhnlichen Verstümmelungen durchsucht hat.«

»Hervorragende Recherchearbeit«, sagte Ellen anerkennend.

»Der Mann war eigentlich nur eine Notlösung, aber allmählich erweist er sich als wahrer Glücksgriff.«

Ellen deutete auf ein schmuckloses Gründerzeithaus mit abgeblätterter grauer Fassade. »Hier ist es.«

Graffiti überzogen den Hauseingang und die verwitterte Holztür. Die Klingelschilder waren dutzendfach überklebt worden und handschriftlich beschrieben. Eines von ihnen fehlte sogar gänzlich, und die losen Kabelenden hingen aus dem Loch heraus.

Der Name »GARZ« stand in ungelenker Handschrift auf einer der Tasten. Ellen drückte sie durch – und schon nach wenigen Lidschlägen erklang ein Brummen, woraufhin sie die entriegelte Tür aufstieß.

Im Flur empfing sie der typisch muffige Altbaugeruch. Viele der bunt gemusterten Fliesen waren gesprungen oder beschädigt. Einige der Briefkästen quollen über, ein rostiges Fahrrad mit platten Reifen lehnte am Treppenaufgang.

»Er hat nicht einmal die Gegensprechanlage eingeschaltet und gefragt, wer da ist«, flüsterte Ellen, als sie die knarzenden Stufen erklommen.

»Er erwartet uns«, sagte Jan. »Und ich glaube, dass er normalerweise nicht allzu viel Besuch empfängt. Vor seiner Haftstrafe und den Verstümmelungen war Garz mal ein erfolgreicher Anlageberater, auch wenn seine Praktiken wohl schon immer halbseiden gewesen sind. Es wirkt, als würde er sich hier verstecken, als hätte er sich hierhin verkrochen.«

»Wie ein Tier, das sich verletzt zum Sterben zurückzieht.« Ellen presste die Lippen aufeinander.

Auf der zweiten Etage stand eine Tür einen Spaltbreit offen. Aus dem Inneren drang die gedämpfte Stimme eines Radiomoderators, zudem hingen Küchendünste und der Geruch von Knoblauch in der Luft.

Auf dem matten Messingschild stand »GARZ«.

Sie waren richtig.

»Herr Garz?« Vorsichtig klopfte Ellen an die Tür und schob sie etwas weiter auf. »Hier sind Jan Grall und Ellen Grafenberg. Dürfen wir hereinkommen?«

»Treten Sie ein, ich bin gleich bei Ihnen«, erklang eine leise, zitternde Stimme.

In der Wohnung herrschte Finsternis. Die Fenster waren mit Zeitungspapier abgeklebt, die Vorhänge zugezogen, und nur schmutziges gelbes Zwielicht sickerte durch schmale Lücken hier und da. Im Grunde konnten sie dankbar sein, denn so mussten sie den Unrat in der Wohnung nur riechen, aber nicht sehen.

Hier lebt jemand, der sich aufgegeben hat, dachte Jan.

Pakete und Verpackungen stapelten sich an den Wänden, zwischen ihnen auch immer wieder Geschirr mit Essensresten. In dem engen Wohnzimmer war gerade genug Platz für eine Sitzgruppe aus zwei vorsintflutlichen Ohrensesseln und einem zerkratzten Ledersofa.

»Möchten Sie einen Tee? Kaffee?«, kam es aus dem anderen Ende der Wohnung.

»Nein, danke, wir brauchen nichts«, erwiderte Jan.

Mit steifem Rücken ließ sich Ellen auf das Sofa sinken. Sie fixierte Jan, und an ihrem Blick erkannte er sofort, dass sie ein genauso mulmiges Gefühl hatte wie er selbst.

An der vergilbten Tapete hinter den Sesseln hing eine riesige Fahne, die einen doppelköpfigen schwarzen Adler auf goldenem Grund zeigte.

»Erkennst du das Wappen?«, fragte Jan.

»Heraldik ist zwar nie mein Steckenpferd gewesen, aber dieses Banner kenne ich natürlich. Das ist die Reichsflagge des Heiligen Römischen Reichs Deutscher Nation. Praktisch das mittelalterliche Deutschland, wenn man so möchte, das Herrschaftsgebiet der Kaiser.«

»Interessante Deko.«

Ellen setzte an, um etwas zu erwidern, als hinter ihr etwas raschelte. Sie zuckte zusammen und wandte den Kopf. Auch Jan wich einige Schritte zurück.

Eine grau-weiße Katze mit struppigem Fell sprang auf die Sofalehne, ihre hellgrünen Augen durchdringend auf Ellen gerichtet. In Sekundenbruchteilen wandelte sich Ellens Schrecken in Entzücken. Sie streckte den Handrücken behutsam in Richtung der Katze aus.

»Ach, du hast uns aber aus dem Hinterhalt erwischt, du

Hübsche«, sagte sie und streichelte das Tier an der Wange. »Rosi konnte mich auch immer so aus dem Nichts überraschen.«

Wehmütig fuhr sie der schnurrenden Katze über den Rücken.

Aus dem Flur drangen Schritte. Die Tür fiel mit einem Knall ins Schloss, ein Schlüsselbund klimperte, und Jan glaubte sogar, das Rasseln einer Türkette zu hören.

Ellens langgliedrige Finger verharrten im Katzenfell. »Jan ... was tut er da? Warum schließt er ab?«, fragte sie mit bebender Stimme.

Udo Garz kam ins Wohnzimmer, und es war, als würde der Tod selbst eintreten. Dort, wo seine Nase sein sollte, klaffte ein verkrustetes, unförmiges Loch. Seine fehlenden Ohrmuscheln unterstrichen noch einmal seine Ähnlichkeit mit einem Totenschädel. Spärliche graue Haarbüschel hingen ihm vom Scheitel herab, ein Dreitagebart wucherte auf seinen Wangen. Das bekannte Markenlogo auf seinem schwarzen T-Shirt wirkte seltsam deplatziert.

Aber Jans Blick ruhte nur kurz auf Garz selbst. Schnell richtete er seine Aufmerksamkeit auf die Klinge, die in der Hand des Mannes aufblitzte.

»Es tut mir leid«, murmelte Garz, als er ausholte und auf sie zulief.

Siebenundvierzig

18. Oktober // Nürnberg

»Weiß Jonas, dass du hier bist?«, fragte Rabea.

Sie und Sally saßen auf einer Parkbank gleich gegenüber dem *Sheraton Hotel*. Nicht weit von hier verliefen die Gleise Richtung Hauptbahnhof, und regelmäßig unterbrach das Rattern und Dröhnen vorbeifahrender Züge ihre Unterhaltung. Trotz der kühlen Temperaturen musste Rabea den Reißverschluss ihrer Jacke aufziehen, so sehr brachte die Aufregung sie ins Schwitzen.

»Nein, ich mache das hier auf eigene Faust. Ich tue es für ihn, auch wenn ich nicht glaube, dass er das in seinem jetzigen Zustand verstehen könnte.«

»Alles klar«, sagte Rabea. »Hat die Polizei versucht, Jonas über dich zu kontaktieren?«

»Ja, natürlich. Aber ich habe ihnen gesagt, dass ich auch nichts mehr von ihm gehört habe, seit er abgehauen ist.«

»Die Polizei wird dir das garantiert nicht geglaubt haben. Bist du sicher, dass du auf dem Weg hierher nicht beschattet worden bist?«

»Ich bin nicht blöd.« Sally verdrehte die Augen. »Da stand die ganze Zeit ein schwarzer Opel gegenüber von unserem Haus, hinterm Lenkrad saß so ein dicker Kerl, der extrem auffällig auf unsere Einfahrt gestiert hat. Als ich mit dem Fahrrad losgefahren bin, habe ich einfach einen kleinen Umweg durch die Fußgängerzone und die Gässchen der Altstadt gemacht. Das hat schon gereicht, um den Bullen loszuwerden. Dann habe ich nacheinander die Hotels abgeklappert und nach Ihnen gesucht.«

»Gut gemacht«, sagte Rabea.

Dafür, dass ihr Freund beschuldigt wurde, ihren eigenen Vater getötet zu haben, war Sally erstaunlich abgebrüht.

»Ich habe es nicht länger ausgehalten«, erklärte Sally. »Jonas und ich haben weiter über Zweithandys und verschlüsselte Chat-Programme kommuniziert. Er will untertauchen, so lange verschwinden, bis der wahre Täter gefunden worden ist. Ich habe ihn gefragt: Wer weiß, wann das ist? Was, wenn sie dich vorher finden? Erklär es doch einfach.«

»Warum bist du zu uns gekommen und nicht zur Polizei gegangen?«, fragte Rabea. »Was auch gleich zur nächsten Frage führt: Wenn Jonas unschuldig ist, wovon wir einfach mal ausgehen, wieso ist er dann geflohen?«

»Weil an dem Schwert Blut klebt.« Sally seufzte. »Na gut, das tut es so oder so. Schließlich ist es ein Richtschwert.«

Rabea rutschte unruhig auf der Bank hin und her. »Also doch das Blut deines Vaters?«

»Nein, nicht von Papa. Damit hat Jonas nichts zu tun«, erwiderte Sally. »Aber das Blut eines anderen Menschen.«

Achtundvierzig

18. Oktober // Bamberg

Garz' Arm schnellte vor.

Jan wich gerade noch rechtzeitig zurück. Die Klingenspitze verfehlte seinen Bauch um Millimeter.

Er taumelte rückwärts gegen den niedrigen Couchtisch und stürzte der Länge nach zu Boden. Erschrocken sprang die Katze von der Sofalehne und verschwand. Ellen rutschte auf dem Sofa zurück, verharrte mit entsetzter Miene in einer Art Schockstarre.

Garz umrundete den Tisch. In seinen tief liegenden dunklen Augen glomm eine fanatische Entschlossenheit.

Jan versuchte, vor ihrem Angreifer davonzukriechen, doch sein bandagierter Arm sorgte dafür, dass er kaum vom Fleck kam.

Mit wenigen Schritten war Garz über ihm.

»Hören Sie auf!«, rief Jan. »Warten Sie! Was tun Sie denn da?!«

Unbeirrt hob Garz das Messer in die Höhe. Und jetzt erkannte Jan, dass es sich bei der Waffe gar nicht um ein solches handelte, sondern um eine Art spitzen Meißel.

»Ellen!«, brüllte Jan verzweifelt, um sie aus ihrer Apathie

zu reißen. Er robbte weiter zurück und stieß mit dem oberen Rücken gegen den Couchtisch.

Gerade als der Mann die Klinge auf Jans Brust niedersausen ließ, versetzte ihm Ellen vom Sofa aus einen Tritt in die Nieren. Er krümmte sich ächzend und wankte zur Seite.

Jan nutzte diesen Augenblick, um sich wegzurollen und sich mit Ellens Hilfe am Sofa hochzuziehen.

»Weg hier«, rief er.

Garz stapfte auf sie zu und schwang die Klinge. Der Stahl zischte durch die Luft, aber Jan und Ellen wichen zur Seite aus. Der Hieb ging ins Leere, und die Wucht seines eigenen Angriffs brachte ihn aus dem Gleichgewicht. Er gab ein heiseres Brüllen von sich, das mehr nach Verzweiflung als nach Aggression klang.

Jan griff nach allem, was er zu fassen bekam, und schleuderte es in seine Richtung: Geschirr, Zeitungen, Bücher. Garz hielt seinen linken Arm schützend vor den Kopf, ließ sich aber nicht aufhalten.

Jan und Ellen rannten in den Flur. Jan riss die Tür zum Wohnzimmer hinter sich zu, stemmte sich mit seinem ganzen Körpergewicht dagegen. Währenddessen rüttelte Ellen am Schloss der Wohnungstür. »Er hat den Schlüssel eingesteckt!«, schrie sie panisch. »Wir kommen hier nicht raus!«

Sie stemmte einen Fuß gegen die Wand und zerrte mit aller Kraft an dem Knauf – ohne Erfolg, die Tür saß fest in ihren Angeln. Ellens Hände rutschten ab, und sie taumelte in ein Regal gleich neben der Tür, das unter lautem Krachen umfiel und seinen Inhalt über den Dielenboden verteilte. Jan fuhr erschrocken herum. In diesem Moment der

Unachtsamkeit brachte Garz seine Hände zwischen Tür und Rahmen und drückte die Tür auf.

Jan stellte sich ihm in den Weg.

Der Mann zielte auf seine Kehle.

Jan konnte Garz am Handgelenk packen und so seinen Hieb auf halbem Weg stoppen. Garz war sehnig und dürr, bestimmt eineinhalb Köpfe kleiner als Jan, verfügte jedoch über ungeahnte Kraft. Immer weiter näherte sich die zitternde Klingenspitze Jans Halsschlagader.

Garz und er verhakten sich zunehmend ineinander. Er spürte den warmen Atem des Angreifers auf seinem Gesicht, roch seinen Mundgeruch und kalten Schweiß.

Auf einmal geschah etwas mit Ellen. Sie löste sich aus ihrer Erstarrung, gab einen gellenden Schrei von sich.

Wie eine Furie stürzte sie sich auf Garz. In ihrer Faust hielt sie eine lange Stabtaschenlampe, die sie wie einen Knüppel mit voller Kraft auf seinen Hinterkopf sausen ließ.

Die Waffe glitt aus Garz' erschlafften Fingern und landete klirrend auf dem Boden. Blut pulsierte aus einer Platzwunde oberhalb des wulstigen Lochs, an dessen Stelle einmal sein linkes Ohr gesessen hatte. Sein Blick richtete sich noch einmal auf Jan, dann senkten sich seine Lider, und er sackte in sich zusammen.

Jan atmete tief durch und wandte sich zu Ellen, die mit der Taschenlampe in der Hand wie versteinert dastand. Mit bebenden Lippen schaute sie auf den leblosen Mann vor sich. »Ich ... das, ich ...«, stammelte sie.

»Das war in allerletzter Sekunde«, sagte Jan. »Gut, dass du die Taschenlampe gefunden hast.«

Vorsichtig trat er auf sie zu und nahm ihr die Taschenlampe aus der Hand. Er schloss Ellen in seine Arme, und sie stützte ihre Stirn gegen seine Schulter. Ihr ganzer Körper zitterte.

Als sie sich voneinander lösten, besah er die Waffe von Garz, die ihn zunächst an einen Meißel erinnert hatte. Der Holzgriff war birnenförmig, die Klinge spitz zulaufend wie bei einer großen Nadel.

»Rabea und ich haben dieses Werkzeug schon vor ein paar Tagen gesehen. Jonas Meyfart hat es uns im Foltermuseum gezeigt«, sagte Ellen mit tonloser Stimme. »Das ist ein Stichel, ein Folterinstrument aus den Zeiten der Inquisition. Vielleicht ist es sogar derselbe wie aus dem Museum.«

»Laufend tauchen irgendwelche von Herrn Meyfarts Exponaten auf«, sagte Jan kopfschüttelnd. »Du ... du warst auf einmal wie ausgewechselt, so völlig entfesselt, als du auf Garz losgegangen bist. Was ist geschehen?«

Ellen zeigte auf die Inhalte des umgekippten Regals. Zwischen Schirmen, Handschuhen, Mützen und Schuhanziehern lag ein purpurrotes Katzenhalsband mit einem silbernen Schildchen.

Jan stand der Mund offen. »Das ... das könnte auch von seiner Katze sein. Das muss nichts heißen.«

»Warum steht dann *Rosinante* auf dem Namensschild?«

Neunundvierzig

18. Oktober // Nürnberg

»Es war ungefähr vor einem Jahr, Jonas und ich waren noch ganz frisch zusammen«, erzählte Sally. »Mein Vater und er haben sich zuerst großartig verstanden. Sie teilten das gleiche Interesse an Geschichte und konnten stundenlang über irgendwelche Dynastien, Konklaven, sieben-, dreißig- und hundertjährige Kriege philosophieren. Ich studiere Ingenieurswesen für Wasserwirtschaft und habe mit alldem nichts am Hut, aber ich fand es natürlich toll, dass die beiden ein gemeinsames Thema hatten. Dann kam irgendwann der Bruch.« Ein Schatten huschte über Sally Gesicht, ihre Miene verdüsterte sich. »Mein Vater hat mir bis dahin nic in Beziehungsangelegenheiten reingequatscht, aber aus dem Nichts heraus legte er mir ans Herz, die Sache mit Jonas sofort zu beenden und mich von ihm fernzuhalten.«

Rabea merkte erst jetzt, wie lange sie den Atem angehalten hatte, und holte tief Luft. Die Umgebung rund um die Parkbank blendete sie komplett aus, fokussierte sich nur auf Sallys puppenhaftes Gesicht. »Und du wusstest nicht, was vorgefallen war?«

»Nein, weder mein Papa noch Jonas wollten darüber reden. Natürlich war ich furchtbar sauer auf beide, eine Zeit lang habe ich mit keinem von ihnen ein Wort gewechselt. Aber trennen wollte ich mich von Jonas natürlich auch nicht. Dafür liebe ich ihn zu sehr.«

»Obwohl er sich dir nicht anvertrauen wollte?«

»Manchmal muss man für eine Beziehung eben Kompromisse eingehen. Dinge einfach akzeptieren«, erklärte Sally achselzuckend.

Rabea senkte kurz den Blick und strich sich über ihren Ringfinger. »Wie ging es weiter?«, fragte sie.

»Als mein Papa umgebracht wurde«, sie hielt inne und blinzelte heftig, »da hat Jonas mir gesagt, dass er in Schwierigkeiten geraten könnte. Dass es um den Badeunfall geht.«

Rabea runzelte die Stirn.

»Sie werden es gleich verstehen«, versicherte ihr Sally. »Wir hatten damals einen Austauschstudenten aus Portugal hier, ebenfalls Geschichtsstudent – Filipe. Er und Jonas waren ein Herz und eine Seele. Filipe war auch ein großer LARP-Anhänger, die beiden haben sich ständig zusammen verkleidet und irgendwelche historischen Szenarien nachgestellt. Eines Tages waren er und Filipe zusammen an der Pegnitz baden. Jonas kam völlig aufgelöst zurück, er sagte, Filipe sei von der Strömung erwischt und mitgerissen worden. Polizei und Feuerwehr haben stundenlang nach ihm gesucht, ihn aber nie gefunden. Ein totales Drama. Ich weiß noch, wie ich tagelang nur geheult habe. Jonas wurde nach dem Unfall psychologisch betreut.« Sally hielt inne, über die Erinnerung zu sprechen, fiel ihr sichtlich schwer. »Filipe war so lebenslustig, hatte so viel vor. Seine Familie aus Porto reiste an, es gab eine gemeinsame Trauerfeier an der Uferstelle. Es war hart. Für alle. Es wurden sogar Vorwürfe gegen die Uni und Jonas erhoben, sie hätten Filipe nicht ausreichend geschützt ... Aber was hätte man denn tun sollen, es war ein Unfall.«

»Ich habe schon eine Vermutung, worauf das alles hinausläuft.«

Sally nestelte an ihrem Choker herum, als würde er ihr mit einem Mal die Luft abschnüren. »Jonas hat mir vor drei Tagen gestanden, dass der Badeunfall nur vorgetäuscht gewesen war. In Wirklichkeit sei Filipe durch das Richtschwert gestorben.«

»Hat ... hat Jonas ihn umgebracht?«

»Nein! Natürlich nicht!«, blaffte Sally sie an. »Die beiden inszenierten manchmal auch Schwertkämpfe. Ich weiß nicht mehr, wer von beiden auf die Schnapsidee kam – und Schnaps war dabei sicherlich im Spiel –, aber sie wollten unbedingt mit echten historischen Waffen aufeinander losgehen. Also haben sie sich aus dem Foltermuseum zwei Exponate geliehen. Jonas bewaffnete sich mit dem Richtschwert, Filipe mit einem Streitkolben. Auf einer Wiese am Ufer der Pegnitz – zumindest der Ort stimmte in der Geschichte von Jonas also – haben sie sich einen Schaukampf geliefert, beide völlig betrunken. Wie kann man nur so dumm sein?! Ich begreif's einfach nicht ...« Sally schüttelte wütend den Kopf. »Zunächst waren sie vorsichtig, haben darauf geachtet, sich nicht zu verletzen. Aber dann verfielen die beiden in einen Rausch – wie kleine Jungen. Jonas wurde an der Schulter erwischt, Filipe wiederum am Oberschenkel. Das sorgte jedoch nicht dafür, dass sie mehr achtgaben oder gar aufhörten. Im Gegenteil. Sie steigerten sich immer weiter hinein. Und dann kam es, wie es kommen musste: Jonas traf Filipe am Hals. Er musste genau die Schlagader erwischt haben. Das Blut sprudelte wohl nur so aus der Wunde. Das ganze Gras soll komplett rot gefärbt gewesen sein. Es hat nur ein paar Sekunden gebraucht, dann war Filipe tot. Jonas hat noch versucht, die Wunde zuzudrücken, aber er hatte keine Chance. Der Schnitt war einfach zu tief. Kein Notarzt der Welt hätte noch irgendwas ausrichten können. Jonas wusste nicht, was er tun sollte. Mich wollte er nicht in die Sache hineinziehen. Also hat er den einzigen Menschen angerufen, von dem er glaubte, er könne ihn verstehen …«

»Deinen Vater.«

»Ja. Papa ist sofort zu ihm gefahren. Ich weiß nicht, was geschehen wäre, wenn Jonas einfach die Polizei gerufen hätte. Vielleicht wäre er wegen fahrlässiger Tötung oder Totschlag verurteilt worden, vielleicht wäre er mit einer kurzen Haft davongekommen. Aber er hatte so große Angst.«

»Schon gut.« Rabea drückte ihre Schulter. »Du brauchst dich vor mir nicht für sein Handeln zu rechtfertigen. Erzähl einfach in Ruhe weiter.«

Sally sammelte sich einen Moment und fuhr fort: »Mein Papa war fassungslos und hat Jonas schwere Vorwürfe gemacht. Wie könne er das nur tun! Betrunken und leichtsinnig! Sein ganzes Leben hingeworfen. Und noch viel schlimmer: das eines anderen Menschen. Er hielt ihn für gefährlich und ließ ihn schwören, sich von mir fernzuhalten. Um mich nicht in die Sache zu verwickeln und weil er wohl um meine

Sicherheit fürchtete. Aber er half Jonas. Half ihm, Ruhe zu bewahren und die Leiche an einem sicheren Ort zu verstecken.«

»Wie ging es dann weiter?«

»Sie haben das Schwert und den Streitkolben gereinigt und wieder in ihre Glasvitrinen zurückgebracht. Jonas hat seinen Rausch ausgeschlafen, die beiden haben nicht mehr miteinander geredet. Mein Papa hat versucht, mich zu überreden, den Kontakt zu Jonas abzubrechen und mich von ihm fernzuhalten, denn natürlich hat Jonas sich nicht an sein Versprechen gehalten.« Sally verzog einen Mundwinkel. »Jetzt hat es beinahe etwas Ironisches, dass Jonas in die Pegnitz gesprungen ist, als er abgehauen ist.«

»Weiß sonst noch irgendjemand vom wahren Grund für Filipes Tod?«

»Nein, nur Jonas, mein Vater und ich. Und jetzt Sie.« Sie seufzte. »Jemand versucht, Jonas die Hinrichtungen anzuhängen.«

»Jemand, der von dieser Geschichte weiß«, überlegte Rabea laut. »Wie erklärt Jonas, dass das Richtschwert im Video des Angstrichters zu sehen ist?«

»Es wurde gestohlen. Zusammen mit anderen Gegenständen, darunter auch ein Stichel und weitere Folterinstrumente.«

»Warum hat er das nicht gemeldet?«

»Verstehen Sie doch, er wollte die Aufmerksamkeit nicht auf sich und das Schwert richten. Er hat furchtbare Angst, dass die Sache mit Filipe ans Licht kommt.«

»Puh, mit seinem Verhalten hat er leider genau das Gegenteil erreicht.«

»Was haben Sie jetzt vor?«, fragte Sally verzweifelt. »Sie müssen uns helfen! Sie müssen den wahren Täter finden. Jonas ist ein guter Mensch. Es war ein Fehler, das, was er mit Filipe getan hat. Das darf einfach nicht rauskommen. Er hat eine zweite Chance verdient!«

»Wenn wir den echten Täter stellen wollen, dann müssen wir alles wissen, was euch beiden, also dir und Jonas, in irgendeiner Weise aufgefallen ist. Jedes Detail. Jede Kleinigkeit.«

»Da ist noch eine Sache.« Sally griff in ihre schwarze Lederhandtasche und holte einen Pergamentumschlag mit aufgebrochenem roten Wachssiegel hervor. »Jonas und ich haben das hier aus dem Arbeitszimmer meines Vaters geholt, bevor es von der Polizei durchsucht worden ist. Wir haben keine Ahnung, was das Kauderwelsch zu bedeuten hat, aber wir glauben, dass es wichtig ist.«

Rabea öffnete den Umschlag und zog ein Blatt Papier heraus. Wohl mit Tinte und Feder geschriebene Buchstaben übersäten es in unzusammenhängender Reihenfolge.

Eine chiffrierte Nachricht.

Rabea lächelte triumphierend.

Fünfzig

18. Oktober // Bamberg

Jan hielt das Ohr über den Mund von Udo Garz und vernahm leises, aber regelmäßiges Atmen.

»Er lebt.«

»Gott sei Dank! Ich hatte schon befürchtet, ich hätte ihn umgebracht.« Erleichtert sank Ellen an der Wand des Flurs herunter. »Was tun wir jetzt? Glaubst du, er ist es, er ist der Täter?«

»Das Halsband beweist leider noch gar nichts«, erwiderte Jan, während er mit wachen Augen durch die Wohnung lief. »Außerdem ... wenn er hinter alldem stecken soll, wer hat ihn dann so grausam verstümmelt?«

»Vielleicht hat er sich die Verletzungen auch auf andere Art und Weise zugezogen.«

»Ist das realistisch?« Jan durchsuchte das völlig vermüllte Arbeitszimmer, das vor Rechnungen und Mahnungen der verschiedensten Art überquoll. Nirgendwo waren digitale Datenträger zu finden – kein Laptop, keine Festplatten, noch nicht einmal USB-Sticks oder gar CDs. Es schien fast so, als wären alle Beweise vorher aus der Wohnung geräumt worden.

»Also ist Garz nur ein Handlanger? Wurde er auf uns angesetzt?«

»Auf jeden Fall sind wir blindlings in die Falle getappt«, meinte Jan, während er Aktenordner aus den Regalen zog, durchwühlte und dann zu Boden fallen ließ.

»Dein großartiger Assistent hätte ihn am Telefon vorher möglicherweise etwas gründlicher in die Mangel nehmen sollen.« Ellen zog ihre Beine an und stützte ihr Kinn auf die Knie.

»Am Telefon kann man sich leicht verstellen. Jeder von uns wäre darauf reingefallen.«

»Wonach suchst du?«, fragte sie.

»Das weiß ich wohl erst, wenn ich es gefunden habe. Danach rufen wir Polizei und Krankenwagen und verschwinden von hier.«

»Aber, Jan ...«

»Wir dürfen hier nicht entdeckt werden! Wenn Hamann rausbekommt, dass wir hier gewesen sind, wird seine Geduld definitiv am Ende sein. Die SOKO besteht aus fähigen Leuten. Wenn sie hier eintreffen, werden sie wissen, wie mit Garz zu verfahren ist.«

Aus dem Hausflur erklangen Trippelschritte, gefolgt von der krächzenden Stimme einer alten Frau: »Herr Garz? Geht es Ihnen gut? Ich ... ich habe so einen schrecklichen Lärm gehört.«

Oh Gott, die Nachbarschaft! Jan hielt inne, schaute zu Ellen hinüber und presste den Zeigefinger auf die Lippen.

»Herr Garz? Hallo!« Die alte Nachbarin klopfte gegen die Wohnungstür.

Jan konnte hören, wie sie tief seufzte.

»Also, so was gibt's ja wirklich nicht! Wenn Sie da drin sind und Hilfe brauchen – ich rufe jetzt die Polizei. Das ist mir alles nicht mehr geheuer.«

Sie trippelte davon. Sobald ihre Wohnungstür geräuschvoll quietschte, begab sich Jan aus seiner Deckung.

»Wir müssen weg, sofort!«

Ellen schaute ihn entgeistert an. »Was ist mit den Hinweisen, die hier noch sein könnten? Soll das hier alles für nichts gewesen sein!?«

»Das wird es nicht. Ich verspreche es dir!«, sagte er mit Nachdruck und öffnete die Tür mit dem Schlüssel, den er in Garz' Hosentasche gefunden hatte.

»Also gut!«, seufzte sie.

Ehe die greise Dame von gegenüber noch einmal aus ihrer Wohnung staksen konnte, stürzten Jan und Ellen das Treppenhaus hinunter ins Freie.

Einundfünfzig

18. Oktober // Nürnberg

Ellens Resignation über die sinnlose Tortur und die abrupte Flucht aus der Wohnung von Garz währte nur kurz. Als sie wieder in ihrem Ford Ka saßen, erhielt Jan eine Nachricht von Rabea und schaute grinsend zu Ellen auf.

»Was ist denn jetzt auf einmal?«, fragte sie, sichtlich schlecht gelaunt.

»Sieht so aus, als würde die Chiffrierscheibe zum Einsatz kommen. Die Freundin von Jonas Meyfart hat sich bei Rabea gemeldet.«

Daraufhin legte Ellen die Strecke nach Nürnberg in Rekordzeit zurück und verlangte dabei ihrem altersschwachen Ford noch einmal alles ab. In einer Kombination aus völliger Erschöpfung und Anspannung brachten sie die Fahrt in einträchtigem Schweigen hinter sich, nur unterlegt vom Rattern des gequälten Motors.

»Oh Gott, was habt ihr denn durchgemacht?«, begrüßte Rabea sie, als sie in ihren von Schweiß und Schmutz durchtränkten Kleidern in die Hotelsuite traten.

»Sagen wir es so, Herr Garz war nicht gerade ein kooperativer Zeuge«, entgegnete Jan und schilderte in groben

Zügen ihre kurze, aber einprägsame Begegnung mit dem Mann. »Ein nicht besonders ertragreicher Ausflug, wenn man einmal davon absieht, dass wir jetzt wissen, wer Ellens Katze umgebracht hat.«

»Deshalb hoffe ich, dass diese verschlüsselte Botschaft jetzt für mehr Erkenntnisse sorgen wird«, sagte Ellen.

Rabea breitete das Pergamentpapier auf dem Schreibtisch aus. Die Chiffrierscheibe lag direkt daneben bereit. »Ich habe mich noch nicht darangewagt. Ich wollte damit auf euch warten.«

»Drei Absätze«, murmelte Ellen, als sie sich über das Schriftstück beugte. »Der erste mehrere Zeilen lang, die beiden anderen deutlich kürzer, scheinen jeweils nur aus einem einzigen Wort zu bestehen.«

»Wie funktioniert das jetzt?«, fragte Jan und stemmte die Hände in die Hüften.

»Es ist ganz simpel. Hier handelt es sich um eine monoalphabetische Verschlüsselung«, erklärte Ellen. »Auf der inneren Scheibe befinden sich Klartextbuchstaben, auf der äußeren die Geheimtextbuchstaben. Hier ... das A ist Klartext, das O ist praktisch das verschlüsselte Äquivalent dazu. Ich mache das mal eben schnell.«

Sie griff sich einen der Hotel-Kugelschreiber, strich eine Strähne aus ihrem Gesicht und schrieb in Windeseile auf einen der Notizzettel.

»Bei der ersten Zeile kommt nur Kauderwelsch raus«, sagte sie enttäuscht. »Keine Ahnung, was das heißen soll.«

Jan sog scharf die Luft durch die Lücke zwischen seinen Schneidezähnen ein. »Mach weiter ... bitte.«

Gebannt warteten er und Rabea ab, während Ellen die Spitze des Kugelschreibers wieder über das Papier gleiten ließ. Als sie ihn beiseitelegte, starrte sie mit offen stehendem Mund auf die Zeilen.

Jan trat neben sie. »*ab.173bt* Das könnte alles Mögliche sein. Vielleicht ein Benutzername?«

Rabea schaute über seine Schulter. »Und da drunter: *Talion54 254#*. Das könnte ein Passwort sein.«

»Was hat dann dieser krude Mix aus Zahlen und Buchstaben da oben zu bedeuten?«, fragte Ellen.

»Das habe ich schon mal gesehen, bei einer Fortbildung zu Cyberkriminalität«, sagte Rabea. »Passenderweise müsste das ja ein Portal sein. Es könnte sein, dass es sich um eine Tor-Website handelt, wenn man .onion hinzufügt.«

»Dark Web«, meinte Jan. »Ist das der Ort, an dem sie sich organisieren?«

»Finden wir es heraus«, sagte Rabea und griff nach ihrer Laptoptasche.

Zweiundfünfzig

18. Oktober // Nürnberg

Ein Log-in-Fenster erschien auf dem Bildschirm von Rabeas Laptop.

Sie schnalzte mit der Zunge. Der Deeplink funktionierte tatsächlich. Behutsam, um keine Fehler zu machen, tippte sie die Ziffern ab, die Ellen entschlüsselt hatte.

»Bereit?«, fragte sie, bevor sie auf Enter klickte.

»Mach's nicht so spannend«, erwiderte Jan nur gebannt.

Sie ließ ihren Zeigefinger auf die Taste niedersinken.

Das Log-in-Fenster wich einem schwarzen Hintergrund.

Sekunden verstrichen.

Dann lud eine neue Seite.

Als Titelbild erschien der Schriftzug *»Novum Sacrum Imperium Romanum Nationis Germanicae«*, umrahmt von goldfarbenen Flaggen mit doppelköpfigem Adler. Die Website war wie ein Chatportal aufgebaut, organisiert in mehrere Unterforen, die Namen wie *»Urteile & Verlautbarungen«*, *»Reichshistorie«* oder *»Pläne zur Reichserweiterung«* trugen.

Sie klickte sich durch die Unterseiten.

»Hier, die Gesetzesordnung!«, rief Ellen aufgeregt. »Das scheint ein Flickenteppich aus den verschiedensten historischen Rechtstexten wie dem Sachsenspiegel und der Constitutio Criminalis Carolina zu sein. Ergänzt um neue Paragrafen und Vergehen, soweit ich das beim Überfliegen durchblicken kann.«

»Als hätten sie sich einfach das herausgenommen, was ihnen am besten in den Kram passt«, meinte Jan.

»Genau ... und hier, in diesem Diskussionsforum schreiben sie darüber, was sie alles am deutschen Staat verachten«, sagte Rabea. »Es scheint, als würde es verschiedene Strömungen geben. Hardliner, die einen kompletten Umsturz des demokratischen Parteiensystems herbeisehnen, hier ist sogar von Waffendepots und Bombenbau die Rede. Dann wieder Leute, die das Steuerkorsett des Staates verdammen, darunter wahrscheinlich Leute wie Udo Garz. Ein Sammelbecken für hasserfüllte Menschen – Nationalsozialisten, Antisemiten, Rassisten, Populisten, Verschwörungstheoretiker.«

»Menschen, die sich eine einfachere Welt wünschen. Die vielleicht von der komplexen Wirklichkeit abgehängt worden sind und sich in diese Parallelwelt geflüchtet haben«, meinte Jan.

»Warum sollte man sich freiwillig so einer knallharten, brutalen Gerichtsbarkeit aussetzen?«, fragte sich Ellen. »Wir haben ja gesehen, was mit Garz geschehen ist. Mit Andrewicz ... mit Brunner.«

»Vielleicht sind die meisten davon ausgegangen, dass es sie selbst niemals treffen würde«, entgegnete Jan. »So wie bei Befürwortern der Todesstrafe. In solchen Kreisen herrschen aber auch häufig verklärte Opfermythen vor. Man stilisiert sich selbst zum Helden.«

Rabea scrollte bis zum Ende der Seite, wo Statistiken zu den Usern angezeigt wurden. Ihr stockte der Atem.

»2.407 registrierte Benutzer«, hauchte sie.

»Fast zweieinhalbtausend von diesen Spinnern sind irgendwo da draußen.« Jan stützte sich auf ihrer Stuhllehne ab. »Das ist eine Untergrundbewegung. Eine Angelegenheit für den Verfassungsschutz.«

»Dreiundfünfzig sind in diesem Moment online«, sagte Ellen. »Wir müssen bedenken, dass wir gerade mit Alwin Brunners Account unterwegs sind. Für die anderen User muss es so wirken, als würden sie einen Geist sehen.«

Rabea klickte sich durch die Userliste. Keine Klarnamen, wie erwartet. Nur Kauderwelsch aus Ziffern- und Buchstabenfolgen oder Pseudonyme.

»Das hier scheint wohl der Häuptling zu sein. Er hat als einer von vier Usern Administratorrechte.« Rabea kreiste mit dem Mauszeiger um den Benutzernamen *RomanorumImperator*.

»Der lateinische Seitentitel *Novum Sacrum Imperium Romanum Nationis Germanicae* heißt übersetzt *Neues Heiliges Römisches Reich Deutscher Nation*. Er ist ihr Kaiser«, sagte Ellen.

»Neues Deutsches Reich?«, fragte sich Jan. »Großartig, haben wir es hier mit Nazis zu tun? Rechtsextreme Verschwörungstheoretiker, die glauben, dass die BRD nur eine GmbH ist?«

»Das Heilige Römische Reich bestand seit dem Spätmittelalter bis 1806, bis Napoleon kam. Aber all das hier wirkt eher wie eine Fantasievorstellung von dieser Epoche, wie ein romantisiertes Mittelalterbild. Und das scheint ohnehin nur Fassade zu sein, nichts weiter als ein historischer Anstrich. Dahinter stecken faschistoide Tendenzen, die Sehnsucht nach harten, klaren Regeln und Macht. Das hier ist ein Reich der Ohnmächtigen, die sich verzweifelt in ihre Welt gerettet haben.« Ellen verschränkte die Arme vor der Brust. »Was aber viel wichtiger ist: Wer sind die anderen drei Administratoren?«

»Nun ... wir selbst sind einer von ihnen«, sagte Rabea, als sie sich Alwin Brunners Profil anschaute. »Wir können Themen löschen, User blocken, auf geheime Bereiche zugreifen. Alwin gehörte definitiv zum inneren Kreis.«

»Kannst du als Administrator auch die IP-Adressen der User einsehen?«

Rabea schüttelte den Kopf. »Ich kann's noch einmal überprüfen, aber ich gehe davon aus, dass das nicht klappen wird. Wir sind hier immer noch im Deep Web. Anonymität ist hier das allerhöchste Gut. Selbst Administratoren können nicht alles.«

»Wer sind die anderen?«, fragte Ellen weiter.

»Da gibt es einen *Carnifex*«, sagte Rabea.

»Das lateinische Wort für Scharfrichter. Das ist unser Täter«, mutmaßte Ellen.

»Heute um 9:47 ist er das letzte Mal online gewesen.«

»Und der letzte Administrator ...«, begann Rabea, als plötzlich ein Chatfenster am unteren Bildrand erschien, »... schreibt uns gerade an.«

Sie konnte hören, wie Jan trocken schluckte. Ellen griff nach seinem Arm und rückte näher zu ihm heran.

»se.57 109 (16:32) Wer bist du?«

Rabea starrte auf die Chatzeile und zog die Finger von der Tastatur, als könne die Person auf der anderen Seite ihr Zittern durch sie hindurch spüren.

»Wa-was soll ich antworten?«, fragte sie und wandte sich zu Jan um.

»Bleiben wir erst mal ruhig. Nicht unter Zugzwang setzen lassen«, erwiderte Jan.

Ehe Jan oder Ellen einen Vorschlag machen konnten, hatte Rabea selbst eine Idee. Jan hatte recht. Erst einmal tief ein- und ausatmen, nicht unter Druck geraten, dann kam die Lösung von ganz allein:

»ab.173bt (16:34) Ich bin Alwins Tochter – Sally. Ich weiß alles. Wir müssen reden.«

»Bist du irre?«, rief Jan. »Das ist ein ziemlicher Bluff! Was ist, wenn unser Gegenüber darauf nicht reinfällt? Und selbst wenn, was nützt es uns?«

Sie fuhr herum. »Hast du eine bessere Idee?«

Er schwieg und schaute betreten zu Boden.

»se.57 109 tippt …« erschien.

Rabea malmte die Kiefer aufeinander.

»Ich hoffe, du hast einen Plan«, murmelte Jan.

»Das schon. Ich hoffe nur, es ist ein guter.«

»Warte mal!« Jan beugte sich herunter. Rabea spürte seinen flachen Atem gleich neben ihrem Ohr. »Die machen ja Ortsangaben! Da steht, wo unser Gesprächspartner herkommt.«

»Vielleicht gibt es ihnen ein Gefühl von Größe, wenn sie merken, dass sie über ganz Deutschland verteilt sind. Hier, sie haben sogar extra eine Karte, auf der sie zeigen, wie stark ihr Reich gewachsen ist. Die ganzen Punkte sind Städte, in denen sie bereits vertreten sind«, überlegte Ellen. »Nur lassen sie sich nicht anhand eines Ortsnamens identifizieren. Und wer sagt, dass die Orte stimmen müssen?«

»Höllbach«, flüsterte Jan. »Höllbach. Höllbach. Die Person kommt aus Höllbach. Das sagt mir was ... Moment, Moment.« Er schnipste mit den Fingern und lief aufgeregt in der Suite auf und ab. »Genau! Exakt! Ich hab's!«

»Heureka!«, meinte Ellen sarkastisch.

»Schreib Folgendes: Ich weiß von dem Jungen. Ich weiß von dem Skelett.«

Rabea runzelte die Stirn. »Wovon redest du da? Was für ein Skelett?«

»Vertrau mir, in Ordnung?« Jan schaute sie auf diese durchdringende, fast schon manische Art an, wie nur er es konnte. »Ein letztes Mal.«

»Ich hoffe, du hast einen Plan«, wiederholte sie seine Worte von eben und tippte seinen Vorschlag in das Chatfenster.

Das *»se.57 109 tippt ...«* verschwand.

»Was weißt du auf einmal über irgendein Kaff namens Höllbach?«, wandte sich Rabea an Jan. »Wo liegt das überhaupt?«

»Nicht weit von hier«, antwortete Ellen an seiner statt. »In der Nähe von Regensburg, direkt im gleichnamigen

Höllbachtal. Mein Ex-Mann und ich sind dort manchmal wandern gewesen. Eine schöne Ecke.«

Sie flüsterte, als könne *se.57 109* mithören.

»Ich erkläre euch gleich, was es mit der Sache auf sich hat«, sagte Jan angespannt, den Blick unbeirrt auf den Bildschirm gerichtet.

Mit einem flötenden Soundeffekt tauchte die Antwort von *se.57 109* auf:

»Dorfstraße 27 Höllbach«

Kurz darauf wechselte ihre Statusanzeige von *»Online«* zu *»Inaktiv«*.

»Was immer du gerade getan hast, es hat gewirkt.« Rabea starrte fassungslos auf die Zeilen. »Wir haben eine Adresse. Die Frage ist nur, ob das nicht wieder die nächste Falle ist.«

»Am klügsten wäre es wohl, der Person direkt die SOKO auf den Hals zu hetzen, dann bringen wir uns erst gar nicht in Gefahr«, meinte Jan. »Aber was ist, wenn sie es verbocken? Jetzt sind wir so weit gekommen ... ich will es selbst herausfinden. Ich will sie zur Strecke bringen.«

»Als ich heute mit Sally gesprochen habe – über ihren Vater, über Meyfart –, da ist mir noch einmal klar geworden, wie viele Leben diese Gruppierung zerstört hat.« Rabea klappte ihren Laptop zu. »Tun wir's. Vorher erklärst du mir aber, was es mit deiner plötzlichen Eingebung auf sich hat.«

Jan schmunzelte, was ihm beinahe etwas Spitzbubenhaftes verlieh. »Miri liegt mir seit Tagen damit in den Ohren, dass sie einen True Crime Podcast mit mir aufziehen möchte. Sie hat auch schon den Fall für unsere erste Folge.

Im Höllbachtal ist vor Kurzem durch schwere Regenfälle das Skelett eines sechzehnjährigen Jungen freigelegt worden. Schädel zertrümmert, die rechte Hand fehlt. Er war vor mehr als dreißig Jahren verschwunden. Ich habe das gerade nur grob im Kopf durchgerechnet, aber wenige Tage später wurde Alwin Brunner ermordet. Damals, als der Junge verschwand, muss er ungefähr im gleichen Alter gewesen sein. Irgendwann ... irgendwo muss diese Gruppierung ihren Anfang genommen haben. Vielleicht war es dort, im Höllbachtal, wo der Angstrichter sein erstes Urteil vollstreckt hat.«

Dreiundfünfzig

18. Oktober // Höllbach

»Sally hat's bestätigt«, sagte Rabea und legte das Handy beiseite. »Alwin Brunner ist in Rettenbach aufgewachsen, unmittelbar angrenzend ans Höllbachtal.«

»Die Gründer kennen sich aus ihrer Jugend«, flüsterte Jan, noch immer ungläubig. »Seit dreißig Jahren. Wie konnten sie so lange unerkannt bleiben?«

Sie fuhren in Ellens Ford Ka über die A3 Richtung Regensburg. Von dort waren es dann nur noch wenige Kilometer bis ins Höllbachtal. Es herrschte Rushhour-Verkehr, und der gegenläufige Strom der Rücklichter und Scheinwerfer fraß sich wie ein Lindwurm durch die weit vorangeschrittene Dämmerung.

Jan dachte daran, wie Ellen darauf beharrt hatte mitzukommen: *»Mein Wissen ... meine Expertise. Ich kann helfen.«*

»Das hast du schon mehr als genug«, hatte Jan erwidert und kurz ihre Hand gedrückt. *»Du hast so viel durchgemacht. Lass uns das hier übernehmen. Bitte.«*

Unwillig hatte sie schließlich nachgegeben. Er wollte ihr nicht noch mehr zumuten. Sie gab sich nach außen hin robust und kämpferisch, aber selbst mit der besten psychischen Konstitution konnte man diesem Druck nicht dauerhaft standhalten. Das wusste er selbst am besten.

Also waren es Rabea und er. Wie in alten Zeiten.

Er dachte daran zurück, wie sie in dem Portal des Neuen Heiligen Römischen Reichs Deutscher Nation das Unterforum »Richtplatz« entdeckt hatten.

Dort fanden sich Dutzende von Livestream-Aufzeichnungen, betitelt mit den Vergehen der Opfer: Diebstahl, Betrug, Meineid, selbst Gotteslästerung.

Sie reichten teils Jahrzehnte zurück.

Bereits die Thumbnails der Videos zeigten grausige Verstümmelungen und Foltermethoden.

Aber unter ihnen war keine Hinrichtung. Kein Mord.

Alwin Brunner war anscheinend der Erste gewesen, der getötet worden war.

Abgesehen von dem Jungen im Höllbachtal – was auch immer seine Geschichte war.

»Wie ich schon sagte, die Strafen und Maßnahmen sind wild zusammengewürfelt«, hatte Ellen gesagt. *»Kanonisches und weltliches Recht. Ehrenstrafen wie der Schandkorb oder der Eselsritt, dann wieder Strafen aus dem Sachsenspiegel, teilweise nach dem Talionsprinzip.«*

»Talionsprinzip?«

»Zwischen dem Schaden des Opfers und dem Schaden, der dem Täter zugefügt wird, soll ein Gleichgewicht bestehen. Auge um Auge, Zahn um Zahn – wie du mir, so ich dir. Spiegelstrafen. Wahrscheinlich das älteste Rechtsprinzip der Welt, das sich bis zum Kodex Hammurabi der Babylonier zurückverfolgen lässt.«

»Was ist das Ziel dieser Leute?«, fragte sich Rabea, als

sie bei Wörth an der Donau von der A3 abfuhren. »Wollen sie irgendwann den Staat übernehmen? Ein Umsturz, wie es wirklich einige ihrer Hardliner fordern? Dafür werden sie aber ein paar mehr als zweitausend Gefolgsleute brauchen.«

»Womöglich sind sie eher mit einer Sekte zu vergleichen. Sie werden von einem charismatischen Führer zusammengehalten. Ihr Kaiser muss wissen, wie man Menschen manipuliert und lenkt, schon von klein auf.«

»Ein Charles Manson mit Krone auf dem Kopf, na, großartig«, meinte Rabea.

Die Lichtkegel der Scheinwerfer bohrten sich in die Dunkelheit, gaben ihnen nur einzelne Abschnitte der Straße frei. Dichter Nadelwald ragte wie ein Spalier düsterer Schaulustiger zu beiden Seiten auf.

Nach weiteren zehn Minuten Fahrt erreichten sie das Ortseingangsschild von Höllbach. Das kleine Dorf mit seinen wenigen Straßen, den verwitterten und windschiefen Häusern und dem angrenzenden Forst erinnerte ihn unweigerlich an den Westerwald.

Die Adresse führte sie mitten in den Ortskern, zu einem aufwendig restaurierten Vierkanthof, in dem sich jetzt augenscheinlich mehrere Wohneinheiten befanden.

»Wie willst du verhindern, dass es wieder so läuft wie bei Garz?«, fragte Rabea, während sie den Blinker setzte und durch einen Torbogen in den Innenhof des Hauses fuhr. Der weiße Kies knirschte unter den Reifen des Ford Ka.

»Ich werde einfach nicht mehr leichtfertig in irgendwelche Wohnungen reinspazieren, das wäre schon mal ein Anfang.«

Rabea parkte den Wagen vor einem ausgeschalteten Springbrunnen in der Mitte des Hofes, und sie stiegen aus.

Als sie sich dem Haus zuwandten, stand bereits eine Frau vor einer der Wohneinheiten. Im Gegenlicht, das aus den Fenstern hinter ihr fiel, war nur ihre Silhouette auszumachen.

»Sie sind nicht Alwins Tochter«, sagte sie mit fester Stimme, in der weder Vorwurf noch Überraschung lagen.

»Wir sind Rabea Wyler und Jan Grall«, erwiderte Jan. »Wir haben nichts mit der Polizei zu tun. Wir sind freie Ermittler, wenn man so möchte. Können wir reden? Vertraulich?«

»Ich weiß, wer Sie sind«, sagte die Frau, drehte sich um und lief wieder in Richtung ihrer Wohneinheit. »Kommen Sie.«

Rabea schaute Jan unschlüssig an. Aber er zögerte nicht lange und folgte der Unbekannten in ihre Wohnung. Ihre Stimmlage, ihre Begrüßung – sein Bauchgefühl war ein ganz anderes als bei Garz. Und das war das Einzige, worauf er gerade setzen konnte.

Hier sind Nachbarn in direkter Nähe, dachte er, wir können sofort wieder auf den Hof fliehen.

Der Unterschied zwischen dem Wohnzimmer, in das sie eintraten, und den düsteren Untiefen des Forums hätte nicht größer sein können. Weiße Möbel im Landhausstil, das warme indirekte Licht einer Bogenlampe über der Sofalandschaft, bunte Bauklötze und ein Spielteppich auf dem Parkettboden. Ein schwarz-weißer Border Collie sprang aus seinem Körbchen auf und begrüßte sie schwanzwedelnd.

»Bella, nein, lass die Leute erst mal ankommen!«, befahl die Frau, und der Hund gehorchte sofort. Sie wandte sich an Rabea und Jan und zeigte auf den langen Esstisch aus Nussbaumholz: »Setzen Sie sich!«

Sie nahmen gegenüber von ihr Platz. »Sie haben Kinder?«, fragte Jan.

»Mein Jüngster ist eineinhalb Jahre alt, die Ältere ist fünf. Keine Sorge, die Kinder sind mit meinem Mann bei ihren Großeltern. Wir sind ungestört.«

Sie hatte blondes, von einzelnen grauen Strähnen durchzogenes Haar und eine zierliche Figur, die unter einem schwarzen Rollkragenpullover verschwand. Trotz einer dicken Schicht Schminke konnte Jan in ihrem Gesicht den Stress und die Erschöpfung vieler schlafloser Nächte ablesen. Sie hatte eine offene, lebhafte Miene, in der sich ihre Emotionen spiegelten, und sie lächelte durchgängig. Es schien unvorstellbar, dass sie überhaupt zum Lügen fähig wäre. Ihre ganze Erscheinung ließ sie wie den letzten Menschen wirken, der mit dem Forum etwas zu tun haben könnte.

»Sarah …«, setzte Jan an. »Das ist richtig, oder?«

Sie nickte. »Ja. Sarah Eisner.«

»Was hat Sie dazu bewogen, uns hierher einzuladen?«, fragte Rabea. »Was liegt Ihnen auf dem Herzen?«

»Ich kann es nicht länger für mich behalten. Es frisst mich von innen auf, seit dreißig Jahren. Ich habe geschwiegen, aus Angst um meine Familie und mich. Aber sie sind zu weit gegangen … das mit Nora … das geht einfach nicht. Wir laden immer mehr Schuld auf uns.«

»Warum jetzt auf einmal?«, hakte Jan nach. »Warum nicht schon vor dem Mord an Alwin?«

»Ich dachte, danach wäre es vorbei. Aber dann folgte Anatol. Dann Nora …« Sie japste und starrte ins Leere. »Es wird nicht mehr aufhören. Als ich dann auf einmal gesehen habe, dass Alwins Profil wieder online war, das war wie ein Schock … wie eine Geistererscheinung. Und als Sie dann vom Höllbachtal gesprochen haben. Dass Sie alles wissen …«

»Erzählen Sie uns davon«, forderte Jan sie auf und lehnte sich vor. »Was ist damals geschehen?«

»Okay, einen Moment.« Sarah Eisner fuhr sich durchs Gesicht und strich ihre Haare zurück. Sie atmete so tief durch, als würde sie sich für einen Fallschirmsprung bereit machen. Die ultimative Mutprobe.

»Wir waren fünf in diesem Sommer, das war ’88«, begann sie. »Alwin, Oliver, Ansgar, ich … und Marcel.«

DIE STRAFE FÜR DIEBSTAHL

»HAT EIN GEMEINER DIEB DAS HAB UND GUT EINES EHRLICHEN BÜRGERS GESTOHLEN, SO SOLL IHM DIE HAND ABGETRENNT WERDEN, MIT DER ER DAS DIEBESGUT ERGRIFFEN HAT.«

Vierundfünfzig

Vor 31 Jahren // Höllbachtal

»Wow, Leute, schaut euch das an!« Marcel kniete vor einem moosüberwucherten Geröllhaufen. Er grub seine Hände in die Erde und zerrieb den Boden zwischen seinen Fingern.

Sarah und die anderen umringten ihn. Sie konnte sehen, dass da etwas zwischen Dreck und Wurzeln schimmerte.

»Ein Ring!«, rief Alwin aufgeregt. »Ein richtiger Klunker!«

»Du bist ja wie Frodo«, meinte Ansgar.

»Eher wie Gollum«, verbesserte ihn Oliver spöttisch. Er stand mit verschränkten Armen etwas weiter entfernt von ihnen. Oliver war ein Jahr älter als alle anderen. Er sah ein wenig aus wie River Phoenix, von dem sie ein BRAVO-Poster in ihrem Zimmer hängen hatte.

Marcel zog sich den Ring über den Finger, aber das Schmuckstück war viel zu groß für seine feingliedrige Hand. Es rutschte nur hin und her. Kein Wunder, war Marcel doch generell total dürr und klein. Dafür war er gut in der Schule, weswegen Ansgar und Alwin auch immer die Hausaufgaben von ihm abschrieben. Manchmal glaubte Sarah sogar, dass sie sich nur deshalb mit ihm abgaben.

»Gib her, ich probier's mal!« Oliver streckte die Hand aus, und bereitwillig übergab Marcel ihm den Ring. Er steckte ihn sich an den Ringfinger, und diesmal passte er wie angegossen.

Oliver hielt ihn ins Licht der Julisonne, die durch das Blätterdach des Waldes brach, und das erste Mal konnte auch Sarah den Ring richtig sehen. Er schimmerte golden, wenn auch nur matt, wahrscheinlich weil er so lange in der Erde gelegen hatte. Er besaß eine große ovale Fläche, auf die ein Wappen eingraviert war. Ein Ritterhelm, darunter ein Schild, auf dem zwei Pferde zu sehen waren.

»Das ist ja ein richtiger Siegelring«, meinte Alwin, der sich am besten mit Geschichte auskannte. »Wie aus dem Mittelalter. Vielleicht finde ich in der Bibliothek sogar das Familienwappen, zu dem er gehört.«

»Meint ihr, der ist wertvoll?«, fragte Ansgar.

»Ist doch egal«, sagte Oliver und musterte den Ring fasziniert. »Ich werde ihn behalten. Das ist ein königlicher Siegelring.«

»Aber ich habe ihn gefunden!«, protestierte Marcel. »Das ist meiner!«

»Was nützt er dir denn, wenn du ihn nicht mal richtig am Finger tragen kannst?«, tat Oliver das ab. »Du kannst aber mein Vizekönig sein, wenn du willst.«

»König?« Ansgar lachte grunzend. »Du bist wohl eher die Queen! Warum spielst du dich denn jetzt hier so auf?«

Ansgar war ein Koloss und der Größte in ihrer Jahrgangsstufe. Er überragte sogar ihren Sportlehrer und legte sich auch gerne mal mit Typen aus der Abschlussklasse an.

Einmal hatte Sarah sogar gesehen, wie er hinter der Turnhalle heimlich geraucht hatte. Er behauptete immer, dass es nichts gab, was ihm jemals Angst gemacht hätte.

Bevor Oliver gekommen war, war er stets derjenige gewesen, der in ihrer Gruppe den Ton angegeben hatte.

Oliver kannten sie erst seit Beginn der Sommerferien. Er kam eigentlich aus Nürnberg und verbrachte mit seinen Eltern den Urlaub in einem Ferienhaus am Rande von Höllbach.

Alwin war ihm als Erster begegnet, als er zufällig am Garten des Ferienhauses vorbeigelaufen war und gesehen hatte, wie Oliver, ausgestreckt auf einer Gartenliege, *Ivanhoe* von Sir Walter Scott las.

Alwin liebte alles, was irgendwie mit dem Mittelalter zusammenhing, und er hatte Oliver sofort auf das Buch angesprochen. Der etwas dickliche Alwin war ein Sonderling, der seine Tage am liebsten damit verbrachte, in der Bibliothek zu hocken oder zu Hause historische Dioramen zu basteln. Er hatte sich mit Oliver angefreundet und ihn zu ihrem nächsten Streifzug durchs Höllbachtal mitgebracht.

Oliver war kreativ und voller Wissen. Er konnte die spannendsten Geschichten erzählen und hatte für jedes Problem eine Lösung. In seiner Gegenwart verflogen die sonst so drögen, immer gleichen Ferientage wie im Nu. Ständig hatte er neue Einfälle und Ideen – mal fuhren sie mit ihren Rädern zum Schwimmen an den See, dann streiften sie wieder durch den Wald, erfanden Spiele, machten Lagerfeuer oder stellten sich Mutproben.

Die Jungs interessierten sich alle sehr für Geschichte,

das war ihr großer gemeinsamer Nenner. Sie konnten Tage mit Videospielen verbringen, sich immer wieder die gleichen Ritterfilme auf VHS anschauen, übertrumpften sich mit Wissen über das Mittelalter und flehten ihre Eltern an, mit ihnen an den Wochenenden zu verwunschenen Burgruinen zu fahren.

Sarah hatte diese Faszination nie ganz geteilt, aber sie mochte es, sie in ihrer Begeisterung zu beobachten. Die anderen Jungs in ihrem Alter interessierten sich alle nur für dieselben Dinge – Fußball, ihre Mofas, Comics, Disco. Ihre Truppe war etwas Besonderes.

Die vier schienen in diesen vergangenen Epochen etwas zu finden, das die Gegenwart ihnen nicht geben konnte.

»Glaubt ihr nicht auch manchmal, dass Deutschland … dass der Staat … eigentlich gar nicht fair ist?«, meinte Oliver, der seine beringte Hand ausstreckte und mit schief gelegtem Kopf betrachtete. »Früher, da waren die Strafen hart, vielleicht sogar grausam. Aber sie waren gerecht. Da haben die Verbrecher bekommen, was sie verdient haben.«

Oliver besaß eine selbstverständliche Art, seine Gedanken in wohlformulierte Worte zu kleiden. Sie mochte es, wenn er so ernste und nachdenkliche Sachen sagte, auch wenn ihr noch nicht ganz klar war, worauf er hinauswollte. Irgendwie war ihr das auch peinlich, dass sie ihm so sehr an den Lippen hing und gefallen wollte.

»Was meinst du, Oli?«, fragte Alwin, der sich auf einen der moosbewachsenen Felsen gehockt hatte.

»Mein … mein Vater«, setzte Oli an, »wenn er zu viel getrunken hat, dann bekommt er diese glasigen Augen und dieses komische Zucken im Gesicht. Manchmal, da schlägt er meine Mutter. Er glaubt, ich krieg's nicht mit, aber das tue ich. Das tue ich jedes Mal.«

»Die Polizei«, setzte Sarah an. »Oder deine Lehrer. Du musst mit jemandem sprechen.«

»Das nützt nichts!«, rief er wutentbrannt. Seine Stimme echote durch den Wald. Einige Vögel flatterten erschrocken davon. »Die Polizei würde nichts tun, die würden ihn wahrscheinlich nicht einmal ins Gefängnis stecken. Dabei ... dabei sollte man ihn an den Pranger stellen, auspeitschen, foltern. Das ist die einzige Sprache, die er versteht.«

Eine nachdenkliche, beinahe schon feierliche Stille legte sich über sie.

»Was wäre, wenn wir sagen: Wer auch immer uns etwas antun will, wir werden ihn nach unseren Regeln bestrafen und zur Rechenschaft ziehen«, meinte Ansgar. »Wir müssten uns organisieren und uns immer gegenseitig beschützen. Und wer uns krumm kommt, den machen wir fertig.«

»Und wir alle haben unsere eigenen Rollen«, ergänzte Marcel aufgeregt. »Wie die Ritter der Tafelrunde.«

»Ihr seid solche Spinner«, sagte Sarah kopfschüttelnd.

»Meint diejenige, die die ganze Zeit mit diesen Spinnern abhängt«, erwiderte Oliver.

Zuerst dachte sich Sarah nichts weiter dabei.

Die Jungs sollten tun, was sie nicht lassen konnten. Wahrscheinlich würden sie die Idee nach einigen Tagen sowieso wieder vergessen haben und sich auf etwas Neues stürzen.

Die Europameisterschaft ’88 im eigenen Land ging ihrem Ende entgegen. Die deutsche Elf – angeführt von Lothar Matthäus – scheiterte im Halbfinale an den Niederlanden, die später auch im Finale gegen die Sowjetunion das Turnier gewannen. Sarahs Vater und ihr Bruder belagerten ständig den Fernseher, und sie zog sich immer öfter in ihr Zimmer zurück.

»Den ganzen Sommer hängst du nur mit diesen Losern ab«, meinte ihr Bruder einmal morgens am Frühstückstisch, als er sich ein Brot dick mit Nutella bestrich. Er ging schon in die Oberstufe und wollte später mal Chemiker werden. »Du bist echt komisch, dass du überhaupt keine Freundinnen hast. Nur diese Typen.«

»Die Mädchen in meiner Klasse sind halt alle langweilig«, erwiderte sie nur.

Manchmal fragte sie sich aber auch, ob sie sich nicht eine andere Clique suchen sollte. Vor allem jetzt, wo die vier mit ihrer Fantasiegruppe immer weiter abdrehten.

An ihrem Treffpunkt in den Tiefen des Höllbachtals herrschte eine regelrechte Aufbruchstimmung. Alwin hatte eine Jutetasche voller staubiger Schinken aus der Bibliothek in Regensburg angeschleppt. Mit einem heiligen Ernst blätterten die Jungs durch die vergilbten Seiten und notierten in einem Karoblock die Gesetze und Strafen, die sie für ihre Rechtsprechung übernehmen wollten.

Marcel, der künstlerisch Begabteste unter ihnen, entwarf gemeinsam mit Sarah Wappen, Flaggen und Uniformen, die sie auf große Skizzenbögen malten.

Sie begannen sogar, sich mit den Titeln anzusprechen,

die sie einander gaben. Oliver, der ständig den Ring an seinem Finger streicheln musste, war der Kaiser, Alwin der Seneschall des Reichs, Marcel der oberste Ordensdiener, Sarah die Reichsprinzessin – nur für Ansgar fanden sie erst ganz spät eine Rolle.

»Du bist der Heeresführer, der Exerziermeister«, meinte Alwin. »Das passt doch zu dir.«

»Nein, nein«, winkte Oliver ab, der auf einem Baumstumpf saß wie auf einem Thron. »Einer muss die Urteile auch vollstrecken, die wir verkünden. Du bist der *Carnifex*, der Scharfrichter.«

Damit war bei Sarah ein Punkt überschritten. Es reichte ihr. Sie packte ihren Rucksack und hob ihr Fahrrad an der Lenkstange aus dem Unterholz.

»Hey, was machst du da?«, rief Marcel.

»Wonach sieht's denn aus? Das wird mir alles zu blöd bei euch. Caro aus der B hat mich gefragt, ob ich mit ihr und ihren Mädels ins Freibad will. So was gibt's in eurem blöden Reich noch nicht, glaube ich …«

So ließ sie das Höllbachtal und die Jungs erst einmal hinter sich. Sie wechselte die Fantastereien von Oliver gegen Freibad-Pommes, Lästereien, Zeltnächte und Pyjama-Partys ein.

Sie kehrte nur ein einziges Mal zurück. Und sollte sich für den Rest ihres Lebens wünschen, sie hätte es nie getan.

An dem Tag, an dem Marcel sein Leben und sie alle ihre Unschuld verloren, herrschte eine drückende Spätsommerhitze. Alles lief wie in Zeitlupe ab. Niemand bewegte sich unnötig schnell, alle litten nur träge vor sich hin.

Caro und die anderen Mädels wollten lieber in ihren kühlen Zimmern bleiben, in Magazinen blättern und Eistee schlürfen, statt sich draußen zu treffen.

Aber Sarah fiel bei sich zu Hause die Decke auf den Kopf. Also schnappte sie sich ihr Fahrrad und fuhr zum üblichen Treffpunkt im Höllbachtal.

Schon von Weitem drangen wildes Geschrei und Stimmengewirr zu ihr heran. Sie schaltete in den höchsten Gang und trat aufgeregt in die Pedale.

An der Steinformation bot sich ihr ein Bild wie bei einer Gerichtsverhandlung. Oliver thronte als Richter hoch oben auf den moosüberwucherten Felsen, das Kinn auf seine Faust gestützt. Zu seinen Füßen stand Marcel, dessen Arm von Ansgar auf den Rücken verdreht wurde. Alwin hockte einem Berater gleich auf einem etwas niedrigeren Stein.

»Was macht ihr hier?«, fragte Sarah die Jungs fassungslos.

Überrascht drehten sie ihr die Köpfe zu. Sie meinte sogar, in Marcels Gesicht einen Ausdruck der Erleichterung zu lesen.

Aber Oliver ließ sich von ihrem Auftauchen nicht aus dem Konzept bringen: »Marcel ist ein Dieb. Er hat versucht, mir den Ring zu stehlen. Ich hab's genau mitbekommen.«

»Lüge!«, brüllte Marcel und wehrte sich gegen Ansgars unerbittlichen Griff. »Du hast ihn mir in die Tasche gesteckt. Du wolltest es so aussehen lassen, als würde ich ihn dir klauen!«

Oliver machte eine wegwerfende Handbewegung. »Du glaubst, du kannst dich rausreden! Ich habe Zeugen! Oder, Alwin?«

Unsicher schaute der dickliche Alwin zwischen ihm und Marcel hin und her. Sein Gesicht glänzte vor Schweiß, was wohl nicht nur an den sechsunddreißig Grad im Schatten lag. Schließlich nickte er beflissen. »Ja, ich ... ich hab's gesehen.«

»Und wir wissen, was die Strafe für Diebstahl ist«, rief Oliver. Selbst aus dieser Entfernung konnte Sarah sehen, dass er vor Erregung zitterte. »Alwin?«

Sein Gehilfe blätterte in einem College-Block herum, fand anscheinend die richtige Seite und las vor: »Dem Beschuldigten soll bei schwerem Diebstahl die Hand abgehackt werden, mit der er die Beute ergriffen hat – so wahr uns Gott und Kaiser helfen.«

Sarahs Kehle schnürte sich zu. »Seid ihr jetzt total übergeschnappt? Was soll das werden?«

Oliver erhob sich von seinem Thron aus Steinen und stolzierte zu den anderen herunter. Er hielt seinen ganzen Körper aufrecht und das Kinn hoch erhoben, was ihm wirklich eine beinahe majestätische Ausstrahlung verlieh. »Wir nehmen eben ernst, was wir uns vorgenommen haben, oder, Jungs?«

Ansgar nickte beipflichtend. Seine Augen funkelten. Er schien es kaum abwarten zu können, seiner Rolle als Scharfrichter nachzukommen.

»Marcel, du hast geschworen, dein Leben dem Reich zu

verschreiben. Dich seinem Gesetz zu unterwerfen. Also nimm seine Strafe an.«

»Ihr geht zu weit!«, stammelte Marcel mit bebenden Lippen. »Das soll doch alles nur ein Spiel sein. Nicht mehr.«

»Das hättest du dir vorher überlegen sollen ... Ansgar? Alwin, hilfst du ihm?«

Sarah wollte zu Marcel laufen und ihm helfen, aber Oliver hielt sie zurück.

Alwin hielt den rechten Arm des zappelnden Marcel über einen Findling ausgestreckt, während Ansgar ihn mit der einen Hand im Nacken gepackt hielt und mit der anderen ein Beil aus seinem Gürtel zog.

Er holte aus.

Als Ansgar die Axt schließlich niedersausen ließ, wandte Sarah den Blick entsetzt ab.

Ein furchtbares schmatzendes Geräusch erklang. Knirschen und Knacken. Wieder und wieder. Marcels Schrei ging in ein Heulen über.

Sarah konnte nicht anders, sie musste es sehen und wandte sich wieder dem Geschehen zu. Der Anblick würde sich für immer in ihre Netzhaut brennen. Ansgar musste mehrere Schläge gebraucht haben, bis die Hand abgetrennt war. Überall war Blut. Auf dem Stein, auf dem Waldboden, auf den Kleidern der drei Jungs.

Sobald das Werk getan war, ließen Alwin und Ansgar von Marcel ab. Dieser starrte mit kreidebleichem Gesicht auf den Stumpf, aus dem unaufhörlich das Blut sprudelte.

Er hörte auf zu schreien. Seine Augen drehten sich ins

Weiße, und er fiel steif hintenüber – mit dem Hinterkopf genau gegen den Findling.

Ein dumpfes Geräusch.

Marcels Kopf wackelte noch kurz, dann kippte er zur Seite weg.

Die vier Freunde erstarrten. Alwin hielt noch immer die abgetrennte Hand in seiner, und als er es bemerkte, ließ er sie fallen, als wäre ein Stromschlag von ihr ausgegangen.

»Marcel?« Sarah trat auf ihn zu und ging in die Hocke. Sie rüttelte an seiner Schulter. »Marcel!? Kannst du mich hören?«

Er regte sich nicht. Sie legte zwei Finger an seine Pulsader, wie sie es einmal in einem Erste-Hilfe-Kurs in der Schule gelernt hatte. Nichts. Auch als sie das Ohr über seinen Mund hielt, hörte und spürte sie nichts.

»Er … er ist tot.« Sie vergrub die Hände in den Erdboden. »Ihr habt ihn umgebracht!«

Ihr Schrei war so laut, dass eine Schar Vögel erschrocken davonflog. Ansonsten herrschte Stille, nur der Wind raschelte sachte in den Baumkronen.

»Das wollte ich nicht«, sagte Ansgar erschüttert. »Das wollte ich nicht, oh Gott.« Immer wieder und wieder.

Alwin sackte auf die Knie und erbrach sich auf den Waldboden. Als er sich den Mund abgewischt hatte, schaute er hilflos zu Oliver. »Was machen wir denn jetzt?«

Im Gegensatz zu den beiden anderen Jungs bewahrte Oliver absolute Ruhe.

»Wenn ihr tut, was ich sage, dann wird euch nichts passieren.« Sein Blick fixierte Sarah. »Damit meine ich auch dich. Denn jetzt kommt keiner von euch mehr aus dieser Nummer hier heraus. Ihr habt sein Blut an euren Fingern, seine DNA ist überall. Und glaub mir, Sarah, dich können wir auch mit reinziehen, wenn wir bei der Polizei eine Aussage machen müssen.«

Sie erwiderte nichts.

»Wir können doch einfach sagen, dass es ein Unfall gewesen ist, ein blödes Missgeschick. Er ist ausgerutscht, gefallen.« Alwins Stimme überschlug sich beim Sprechen.

»Und wie erklären wir dann bitte schön die abgetrennte Hand? Die sieht nämlich nicht wirklich nach Unfall aus«, entgegnete Oliver. »Nein, wir werden ihn begraben müssen. Eure Kleider müssen wir verbrennen und ersetzen. Wir werden sagen, dass er einfach verschwunden ist und wir keine Ahnung haben, wo er sein könnte. Und dann müssen wir schweigen, für immer. Wir werden einander vertrauen müssen, denn jeder könnte die anderen jederzeit verraten. Deshalb wird unser Schwur ... unser gemeinsames Reich ... von noch größerer Bedeutung sein. Wir sind jetzt für alle Zeit miteinander verbunden. Vertraut mir, dann braucht ihr keine Angst zu haben. Nie mehr.«

Fünfundfünfzig

18. Oktober // Höllbach

»... und so wurde Marcels Tod zu unserer Erbsünde. Der Grund, warum Alwin und ich uns nie wirklich von Oliver und Ansgar lösen konnten«, erzählte Sarah Eisner, die glasigen Augen in die Ferne gerichtet. »Mit der Zeit scharten sie immer mehr Menschen um sich, viele unter ihnen mit rechter Gesinnung. Fanatiker, Abgehängte, Verlorene und Verwirrte, die sich alle in die Idee eines eigenen Staates verliebt hatten und nicht länger mit unserer Gesellschaft klargekommen sind. Mit der Entstehung des Internets wuchs die Gruppierung dann noch einmal rasant. Oliver war sehr versiert im Umgang mit den neuen technischen Möglichkeiten, hatte das Portal schon früh aufgebaut und verfügte zudem über enorme Geldmengen. Sein Netz hat sich immer weiter verästelt. Er träumte davon, eines Tages auch echte Richter, Politiker oder Funktionäre in seinen Reihen zu haben. Menschen, die im entscheidenden Moment wirklich dafür sorgen könnten, dass dieses Neue Heilige Römische Reich Realität wird.«

»Dieser Sache schließt man sich doch nicht einfach nur

der Faszination wegen an«, erwiderte Jan. »Was war die Motivation der Leute?«

»Nehmen Sie Anatol Andrewicz.« Sie verzog das Gesicht. »Er hatte eine absolut frauenfeindliche Weltsicht, fühlte sich zunehmend unterdrückt und wünschte sich eine klassische Rollenverteilung zurück. Oder Udo Garz ... er hatte das Gefühl, vom deutschen Staat und seiner Steuerlast geschröpft zu werden. Wünschte sich eine Regierung, die ihm freie Hand lässt. Die Motivationen sind unterschiedlich, die Leute haben immer genau das auf Olivers Reich projiziert, was sie in ihm sehen wollten.«

»Wann ist Nora Hirsch dazugekommen?«, fragte Rabea.

»Viele Jahre später wollte Oliver den Siegelring restaurieren lassen und suchte dafür einen Goldschmied. Dabei ist er auf Nora gestoßen, weil sie eine Affinität für mittelalterliche Schmuckstücke hatte. Außerdem hat er sich von ihr weitere Ringe anfertigen lassen, für den Jahrestag etwa. Einen für jeden, der damals im Höllbachtal dabei gewesen war. Als Zeichen unserer Verbundenheit. Ich weiß eigentlich gar nicht mehr, warum ich sie noch trage.« Sie zog ihre Halskette aus dem Kragen ihres Pullovers und hielt zwischen Daumen und Zeigefinger einen breiten, mit Ornamenten versehenen Silberring. »Als er Nora dann vom Reich erzählt hat, wollte sie ein Teil von ihm werden ...«

»... ohne von seiner mörderischen Vergangenheit zu wissen«, vollendete Rabea den Satz.

Während Sarah Eisner von den Ereignissen des Sommers 1988 erzählt hatte, hatten sich in Rabeas Kopf die

Bruchstücke dieser Geschichte nach und nach zusammengesetzt.

Ihr Blick wanderte über die Kinderspielzeuge, die Blu-Ray-Staffelboxen im TV-Lowboard, die Gustav-Klimt-Drucke an den Wänden. Immer mehr erschien ihr das Wohnzimmer wie eine einzige Kulisse.

»Warum hat sich Nora Hirsch dem Reich angeschlossen?«, fragte Rabea. »Sie muss doch sehr schnell erkannt haben, wie gefährlich und rechtswidrig das alles ist.«

»Das hat sie auch«, erwiderte Eisner. »Ich stecke nicht in ihr drin, ich kann es nicht mit Sicherheit sagen. Womöglich wollte sie uns auch helfen, die Organisation von innen heraus auszuhebeln. Sie stand ja vor allem Alwin nahe und hat gemerkt, wie groß seine Angst und sein innerer Konflikt gewesen sind. Und dabei hat sie sich wohl verhoben.«

»Keiner von euch hat sich getraut auszusteigen«, sagte Jan, der riskant auf seinem Stuhl kippelte, tief in Gedanken, »weil ihr euch jederzeit gegenseitig den Mord an Marcel in die Schuhe schieben konntet. Und als die Leiche dann auf einmal vor ein paar Wochen aufgetaucht ist …«

»… da brach eine totale Panik aus. Alwin hatte den festen Entschluss gefasst, zur Polizei zu gehen und alles zu gestehen. Von dem Moment an, als die Nachricht vom Leichenfund die Runde machte, war er in einem kompletten Angstzustand. Plötzlich kam alles wieder hoch. Die ganze Angst von damals, die Schuldgefühle, die er verdrängt hat. Das war der Anfangspunkt, das, was ihn sein Leben lang verfolgt hat.«

»Darum musste er sterben.« Jan fuhr sich übers Kinn.

»Und statt ihn unauffällig zu beseitigen, haben Oliver und sein Scharfrichter ein Exempel an ihm statuiert. Als Warnung an euch alle, es ihm nicht gleichzutun.«

»Das leuchtet mir ja ein«, ergänzte Rabea. »Aber warum ist dann kurz darauf Anatol Andrewicz gepfählt worden? Wusste er auch von Marcel, obwohl er damals nicht dabei war? Wollte er ebenfalls zur Polizei?«

Sarah Eisner zog an ihrer dünnen silbernen Halskette, als schnüre sie ihr mit einem Mal die Luft ab. »Das … das ist noch einmal eine völlig andere Geschichte. Aber es musste geschehen.«

»Klären Sie uns bitte auf …«

»Ich …« Sarah Eisners Hände zitterten, als sie sich am Tisch aufrichtete. Sie japste nach Luft.

»Alles in Ordnung mit Ihnen? Kann ich Ihnen helfen?«, fragte Rabea alarmiert.

»Es … es fällt mir nur schwer, darüber zu sprechen«, sagte Eisner mit zittriger Stimme und räusperte sich. »Die Frau, für deren Vergewaltigung Anatol vom deutschen Staat verurteilt wurde, sie … sie war nicht die Einzige, an der er sich vergangen hat.«

Rabea sog scharf die Luft ein. »Sie auch.«

»Ja. Kurz zuvor. Aber im Gegensatz zu ihr ist mein Fall nie bis zur Justiz vorgedrungen. Ich bin mit ihm von Anfang an zu Oliver gegangen.«

»Weil Sie wussten, dass Anatol auch zum Reich gehört – und Ihnen klar war, dass seine Strafe deutlich drastischer sein würde. Aber woher war Ihnen das klar? Ich dachte, Sie agieren alle anonym.«

»Teils, teils«, erklärte sie. »Der innerste Kreis, wir kannten uns schon persönlich. Dazu zählte auch Anatol. Es ist aber wirklich sehr unterschiedlich. Ich kann zum Beispiel überhaupt nicht sagen, was aus Ansgar geworden ist. Seine Spur hat sich verloren. Aber Anatol ... Anatol hatte seine Strafe wirklich verdient.«

Zum ersten Mal nahm Rabea einen düsteren Zug in Sarah Eisners Miene wahr, und sie begann zu verstehen, warum diese wohl trotz all ihrer Zweifel so lange ein Teil des Fantasiestaats gewesen war.

»Ich wusste, dass darauf das Pfählen stand.« Sarah Eisner fuhr sich über den Nacken. Ein bitterer Ausdruck legte sich auf ihr Gesicht. »Und Oliver ist meinem Wunsch nur allzu gern nachgekommen. Es war etwas Persönliches für ihn – wir kannten uns ja schließlich seit unserer Jugend, er hatte immer eine gewisse Schwäche für mich. Deshalb hat er das Urteil vollstrecken lassen, sobald Anatol aus der Haft entlassen worden war, obwohl es zu dem Zeitpunkt klüger gewesen wäre, keine weitere Aufmerksamkeit zu erregen. Ich wollte Anatol leiden sehen. Sehen, wie er stirbt.«

»Wo sind Oliver und die anderen jetzt? Haben Sie ihre Adressen? Wissen Sie, was aus ihnen geworden ist?«, fragte Rabea.

Eisner schüttelte den Kopf. »Nur bruchstückhaft, wie gesagt. Zu Nora und Alwin hatte ich den meisten Kontakt, wir haben uns auch persönlich getroffen. Mit Oliver habe ich ab und an telefoniert. Der Rest ... ich weiß es nicht.«

Ehe Sarah Eisner weitersprechen konnte, flackerte hinter ihnen Blaulicht auf.

Rabea und Jan fuhren herum. Völlig erstarrt folgten sie dem Schauspiel. Der Innenhof füllte sich mit mehreren Streifenwagen. Uniformierte stiegen mit gezogenen Waffen aus den Autos. Einer von ihnen riss die Terrassentür auf, und die Beamten stürmten in die Wohnung.

Bella kläffte aufgeregt und sprang zwischen ihnen hin und her, ergriff angesichts der Übermacht aber irgendwann die Flucht und verkroch sich mit eingezogenem Schwanz unter dem Tisch.

»Hände hinter den Kopf, Hände hinter den Kopf!«

»Polizei! Los! Keine Bewegung.«

»Sie sind festgenommen. Alle drei.«

»Argh! Aufpassen, mein Arm ist verletzt!«, zischte Jan mit schmerzverzerrtem Gesicht. Er verrenkte den Hals, um den Polizisten sehen zu können, der ihm gerade die Hände mit Kabelbindern auf den Rücken fesselte. »Was soll denn das werden? Auf welcher Basis verhaften Sie uns hier bitte gerade?«

»Wir haben uns nur unterhalten. Nur gesprochen«, rechtfertigte sich Rabea, während der Beamte hinter ihr ebenfalls den Kabelbinder stramm zog.

»Ist noch jemand im Haus?«, fragte ein Beamter Sarah Eisner, der bereits die Hände auf den Rücken gebunden waren.

»Nein, nur wir«, sagte sie ermattet, den Blick gesenkt.

Hauptkommissar Üner trat aus dem Schatten hinein in das Haus. Er vergrub die Hände in den Hosentaschen und lehnte sich in den Türrahmen. »Soso, Herr Grall, Frau Wyler. Ich hatte ehrlich gesagt gehofft, wir würden uns nicht noch einmal in die Quere kommen.«

Das Bedauern in seiner Stimme klang tatsächlich aufrichtig.

»Haben Sie wirklich geglaubt, dass Sie die Einzigen sind, die das Forum der Gruppierung überwachen? Ich muss Sie leider vorläufig festnehmen lassen – Störung einer Amtshandlung. Wurde so angeordnet.«

»Wir haben den Fall gelöst. Wir können Ihnen die Täter auf dem Silbertablett servieren!«, sagte Rabea und zerrte an ihren Fesseln. »Und das hier ist der Dank dafür?«

Die Beamten führten die still vor sich hin weinende Sarah Eisner aus der Wohnung, begleitet von ihrem kläffenden Hund. Üner trat an Rabea und Jan heran.

»Ich halte wirklich große Stücke auf Sie, aber überschätzen Sie sich da nicht ein wenig selbst? Denken Sie, die Polizei ist so hilflos, und Sie sind die Einzigen, die so einen Mordfall aufklären können?«

»Sie haben uns zumindest nicht viele Gründe dafür gegeben, das Gegenteil anzunehmen«, erwiderte Jan.

»Ich rate Ihnen, sich diese Art von Humor auf der Fahrt lieber zu sparen.« Üner und ein weiterer Beamter geleiteten Rabea und Jan ins Freie. »Sie beide haben nämlich einen ganz besonderen Chauffeur. Kriminalhauptkommissar Hamann hat darauf bestanden, Sie persönlich aufs Präsidium zu bringen.«

Sechsundfünfzig

18. Oktober // Höllbach

»Frau Wyler, Herr Grall – einen wunderschönen guten Abend«, begrüßte Hamann sie mit gespielter Freundlichkeit, als Üner und ein Kollege sie auf die Rückbank der schwarzen BMW-Limousine bugsierten.

Die Türen wurden zugeschlagen, und Hamann lenkte den Wagen lässig und ruhig, mit nur einer Hand am Steuer, aus dem Innenhof. Seine Lederjacke knirschte bei jeder seiner Armbewegungen, und ihr Geruch hing schwer im Innenraum. Hamann war ein routinierter Fahrer, der das Auto wahrscheinlich auch mit verbundenen Augen hätte bedienen können und es nun wie nebenbei über die Landstraße lenkte. Seine Aufmerksamkeit lag voll und ganz auf Jan und Rabea, die er im Rückspiegel musterte.

»Ich hatte Ihnen doch wirklich mit Nachdruck ans Herz gelegt, Nürnberg den Rücken zu kehren. Sie scheinen resistent gegen gut gemeinte Ratschläge zu sein«, sagte er resigniert, jedoch ohne wirklichen Groll. »Jetzt bleibt mir nichts anderes übrig, als die strafrechtlichen Konsequenzen für Ihr Vorgehen einzuleiten.«

Jan suchte Hamanns Blick im Rückspiegel. Der schwache Schein der Armaturen leuchtete sein grobporiges Gesicht aus und verlieh ihm den Anschein einer verwitterten Granitbüste. »In unserer Branche hat man das Glück, dem ein oder anderen guten Strafverteidiger über den Weg zu laufen. Ich bin sicher, dass ein Anruf genügen wird, damit wir schon heute Abend wieder auf freiem Fuß sind. Störung einer Amtshandlung ... dass ich nicht lache! Nun gut, wie dem auch sei, für die weitere Fahrt mache ich auf jeden Fall gerne von meinem Recht zu schweigen Gebrauch.«

»Den Anwalt, der Sie aus dieser Nummer hier rausholt, möchte ich sehen«, erwiderte Hamann angriffslustig.

Hamann fuhr über die A3 zurück in Richtung Nürnberg.

Jan lehnte die Stirn gegen die Scheibe und versank in seinen Gedanken, ordnete ihre neu gewonnenen Erkenntnisse.

Die Szenen aus dem Höllbachtal, die Sarah Eisner geschildert hatte, erinnerten ihn an das Buch *Herr der Fliegen* von William Golding. Dort strandet eine Gruppe Kinder auf einer einsamen Insel, auf der sie ein Muschelhorn finden, das zum Symbol für Ordnung und Macht wird – so wie der Ring. Irgendwann aber regiert das Recht des Stärkeren, eine gefährliche Gruppendynamik entwickelt sich, die letzten Endes zu Blut und Tod führt.

Das Verhalten dieses ein Jahr älteren Oliver ließ psychopathische Züge erahnen. Ein Sommer mit ihm hatte genügt, um aus ein paar unschuldigen Jugendlichen Mörder und Mitläufer zu machen.

Solange Sarah Eisner mit den Behörden kooperierte – und vielleicht spekulierte sie auch auf einen Deal mit der Staatsanwaltschaft –, würde es ein Leichtes sein, die Lebensläufe der anderen Reichsgründer nachzuverfolgen und sie zu stellen. Die Frage war nur: Würde es ihnen rechtzeitig gelingen, um auch Nora Hirsch zu retten, die nach wie vor in den Händen des Angstrichters war?

Wo steckten die verbliebenen Rädelsführer Oliver und Ansgar heute? Welche Laufbahnen hatten sie eingeschlagen?

Ein wortgewandter, wissbegieriger und computerversierter Psychopath und ein ordnungsliebender Muskelprotz mit einem starken Unrechtsbewusstsein.

Während er weiter nachgrübelte, nahm Hamann die nächste Abfahrt und fuhr auf dunklen, kurvigen Landstraßen weiter.

Oliver musste höchst anpassungsfähig sein, ein Meister der Manipulation und der sozialen Mimikry. Jemand, dem es nur allzu leichtfiel, andere zu täuschen und anzulügen. Der im Beruflichen ein ganz anderer Mensch mit einer ganz anderen Identität war als im Privaten.

Er will stets die Kontrolle über eine Situation bewahren und alle Fäden in der Hand behalten, überlegte Jan. Über die gesamten Ermittlungen hinweg hatte er das Geschehen für sich ausgenutzt und scheinbar mühelos Jan, Rabea und die Polizei gegeneinander ausgespielt. Manchmal schien es sogar so, als würde er ihre nächsten Schritte vorausahnen. Voraussehen.

Und es gab nur eine Position, von der aus er diese Möglichkeit gehabt hätte …

Ich bin so ein Idiot! Warum habe ich nicht früher daran gedacht? Warum bin ich nicht vorsichtiger gewesen?

Er wandte sich zu Rabea. Sie mussten unbedingt so schnell wie möglich miteinander reden. Vielleicht gab es noch eine Chance, seine Erkenntnis zu nutzen …

Aber Rabea erwiderte seinen Blick nicht, sondern war völlig auf etwas am Lenkrad fixiert.

»Der Schlüsselbund«, zischte sie.

Jan schaute auf den eingesteckten Autoschlüssel, von dem eine Traube weiterer verschiedenster Schlüssel baumelte – und zwischen ihnen, an einen dicken Lederriemen gebunden, ein silberner Ring. Er sah genauso aus wie der von Sarah Eisner.

Ein Gefühl, als hätte jemand Jan einen Faustschlag in die Magengrube versetzt. Er japste, konnte kaum noch Atem holen. Natürlich … es ergab alles einen Sinn.

»Das ist nicht die Route zurück nach Nürnberg«, sagte Rabea mit erstickter Stimme. »Wir fahren nicht zum Präsidium.«

Im Rückspiegel sah Jan, dass Hamann einen Mundwinkel in die Höhe zog. »Ich habe mich schon gefragt, wann Sie meinen kleinen Schlüsselanhänger entdecken würden. So viel konnte Sarah Ihnen also noch erzählen.«

»Sie sind Ansgar. Sie sind der Scharfrichter.«

»Endlich haben Sie es erkannt. Und jetzt wird es Zeit, dass Ihr Urteil vollstreckt wird.«

»Damit kommen Sie nicht durch! Ihre Kollegen haben alle mitgekriegt, dass wir bei Ihnen ins Auto gestiegen sind.«

»Oh, aber sind meine Kollegen jetzt hier? Sie beide haben versucht zu fliehen, haben mich dabei attackiert. Mir blieb nichts anderes übrig, als von der Schusswaffe Gebrauch zu machen.«

»Wo bringen Sie uns hin?«, fragte Rabea, die sich auf der Rückbank merkwürdig verrenkte. Wollte sie sich aus dem Kabelbinder winden? Sie warf einen Seitenblick zu Jan, den er mit Leichtigkeit übersetzen konnte: Verschaff uns Zeit, und sorg für Ablenkung!

»Zum Richtplatz«, erklärte Hamann. »Nora Hirsch ist bereits dort und wartet auf ihren Tod. Ich werde Sie alle drei auf einmal hinrichten. Oliver ist auf dem Weg dorthin. Er will der Exekution persönlich beiwohnen.«

»Na, dann wird das ja ein richtiges Klassentreffen«, meinte Jan verächtlich. »Was ist mit Sarah Eisner? Sie weiß alles! Und sie wird reden.«

»Oh, da werde ich Mittel und Wege finden, glauben Sie mir. Möglicherweise genügt es schon, Sarah hinreichend zu diskreditieren. Oder sie bringt sich auf tragische Weise in ihrer Zelle um. Ich bin der Leiter der SOKO. Vergessen Sie das nicht.« Er bewegte den Kopf hin und her, worauf seine Nackenmuskulatur knackte. »Danach bleibt noch genügend Zeit, um mich Frau Professor Grafenberg zu widmen. Heute Nacht machen wir reinen Tisch, damit im Reich wieder Ruhe einkehren kann.«

Als er Ellens Namen erwähnte, überkam Jan das erste Mal wirkliche, kalte Angst.

Zeit verschaffen. Das war ihr einziger Plan. Was hatte Rabea vor?

»Glauben Sie im Ernst, dass Sie für eine höhere Gerechtigkeit eintreten? Dass Ihre Gesetze fairer und erstrebenswerter sind als die der Bundesrepublik?«, murrte Jan. »Das Einzige, was ich hier nämlich sehe, ist mit Mittelalter-Pomp übertünchte Selbstjustiz. Plumpe Lynchmorde.«

»Andrewicz hätte weiteren Frauen Leid zugefügt, hätten wir ihn nicht gerichtet. Garz wird niemanden mehr betrügen. Die Kriminalitätsrate in unserer kleinen Gemeinschaft ist – verglichen mit der Rate in der Bundesrepublik – deutlich niedriger. Wohl auch wegen der abschreckenden Wirkung unserer Strafen.«

»Es gibt gute Gründe dafür, warum wir diese grausamen Strafen dort zurückgelassen haben, wo sie hingehören: ins Mittelalter«, entgegnete Jan. »Sie sind brutal und barbarisch. Sie schließen aus, dass Menschen sich bessern können, dass Rehabilitation möglich ist, sie verletzen die Menschenwürde ... Wie können Sie gleichzeitig aufs deutsche Grundgesetz schwören und diesem Handwerk nachgehen?«

»Ach, die Polizei ...«, seufzte Hamann. »Nach der Schule hatte ich geglaubt, dass ich dort vielleicht meinen Gerechtigkeitssinn einbringen könnte. Aber das Handeln meiner Kollegen und Vorgesetzten war mir immer zu lasch, zu vorsichtig, zu harmlos. Mörder und Vergewaltiger wurden wieder freigelassen, konnten weiteren Menschen Leid zufügen. Richter setzten auf Wiedereingliederung in die Gesellschaft, auf Milde ... Mir wurde klar: Die Polizei würde für mich immer eine Lüge bleiben, eine geschickte Tarnung. Meine wahre Berufung lag woanders.«

»Und so haben Sie geschickt Ihre eigenen Leute in die Irre geführt und den Verdacht auf Jonas Meyfart gelenkt.«

»Er war der ideale Kandidat, perfekt, um ihm die Schuld

zuzuschieben.« Selbst Hamanns Sprechweise hatte etwas Brutales an sich. So wie er die Silben fein säuberlich voneinander trennte, wirkte es, als würde er jedes Wort einzeln exekutieren. »Der Einbruch im Museum war ein Leichtes gewesen, anschließend musste ich das Richtschwert nur noch im Livestream platzieren. Ich bin davon ausgegangen, dass er wieder geleakt werden würde, und wollte es mir zumindest zunutze machen, um von mir abzulenken. Und wenn Garz in Bamberg nicht so versagt hätte, dann wären Sie und Grafenberg auch mit dem Stichel in der Brust gefunden worden. Diese Professorin … hätte sie doch einfach ihren dummen Mund gehalten, dann würde sie jetzt noch mit ihrer Katze in ihrem Haus sitzen. Und am Leben bleiben.«

Jan bäumte sich auf und hätte Hamann am liebsten in kalter Wut das Ohr abgebissen. »Reden Sie nicht so von ihr!«

»Sachte, passen Sie auf! Sonst verziehe ich noch das Lenkrad. Ich dachte, Ihr kleiner Unfall gestern wäre Ihnen Lehre genug gewesen.« Spöttisch zog er die Brauen hoch. »Außerdem sind wir da.«

Hamann parkte den BMW auf einem holprigen, abschüssigen Asphaltplatz. Der Motor erstarb, die Scheinwerfer erloschen wie ein ausgehauchtes Lebenslicht. Jan presste die Wange gegen die Scheibe und spähte hinaus. Die Umrisse eines Giebeldaches zeichneten sich tiefschwarz gegen die unruhige Oberfläche eines Gewässers ab, auf dem sich die Mondsichel wie eine zersplitterte Klinge spiegelte.

»Wir haben das Bootshaus hier an der Donau vor einigen Jahren mit Reichsmitteln gekauft«, sagte Hamann und löste seinen Sicherheitsgurt. »Und für meine Zwecke umgebaut.«

Gerade als er seine Hand nach dem Türgriff ausstreckte, riss Rabea ihre Arme nach vorne. Der durchgeschnittene Kabelbinder fiel in den Fußraum. In einer Hand hielt sie ihr Victorinox-Taschenmesser. Mit der anderen packte sie Hamann am Kehlkopf, drückte ihn gegen die Nackenstütze und hielt ihm die Messerspitze an die Halsschlagader.

»Das werden Sie nicht tun«, presste Hamann aus zusammengebissenen Zähnen hervor.

»Wollen Sie's riskieren?«, erwiderte Rabea und verstärkte den Druck der Klinge. Ein feines Blutrinnsal floss seinen Hals herab und verschwand im Kragen der Lederjacke.

»Was haben Sie vor, hm?« Hamann musterte Rabea im Rückspiegel, die Augen zu Schlitzen verengt. »Nora Hirschs Tod durch das Rad steht kurz bevor. Die Hinrichtung wird wieder per Livestream übertragen. Wenn ich nicht in ein paar Minuten vor die Kamera trete, dann werden Oliver und die anderen sofort wissen, dass etwas nicht stimmt. Sie werden verschwinden, untertauchen ... Sie beide werden sie niemals finden.«

»Wir ...«, begann Rabea.

Dann ging alles rasend schnell.

Hamann packte den Hebel, mit dem man den Fahrersitz einstellte, stemmte sich im Fußraum gegen die Pedale und stieß die Rückenlehne mit voller Wucht gegen Rabeas Brustkorb.

Unter einem Keuchen entwich ihr die Luft aus den Lungen. Sie wurde auf die Rückbank zurückgeschleudert, hielt das Taschenmesser aber weiterhin fest umklammert.

Hamann riss die Fahrertür auf und setzte einen Fuß aus dem Wagen. Ehe er jedoch ganz aussteigen konnte, zwängte Rabea sich geschickt zwischen Fahrer- und Beifahrersitz hindurch und rammte ihm das Messer in die Ferse.

Schmerzerfüllt heulte Hamann auf, hielt sich das Bein und fiel der Länge nach auf den pockennarbigen Asphalt. Er wollte sich aufrichten, aber der verletzte Fuß gab sofort wieder nach, und er sackte in sich zusammen.

Er robbte vom Auto weg. Bevor er die P99 aus dem Holster nehmen konnte, war Rabea bereits ausgestiegen, drückte ihr Knie zwischen seine Schulterblätter und nahm die Pistole an sich.

»Schluss damit!«, sagte sie und entsicherte die Waffe.

Jan starrte sie nur fassungslos an. Erst allmählich verstand er, was gerade vor sich gegangen war. Er wusste, dass Rabea für längere Zeit den indonesischen Kampfsport Pencak Silat ausgeübt hatte, hatte aber nicht erwartet, dass sie seine Bewegungsabläufe so sehr verinnerlicht hatte.

Sie löste die Handschellen von Hamanns Gürtel und fesselte ihm damit die Arme auf den Rücken. Er war in eine Art Paralyse verfallen – den Kopf seitlich auf den Boden gelegt, der Blick abwesend, überhaupt nicht ansprechbar. Als wäre in seinem Hirn ein Schalter umgelegt worden und als könne sein Verstand die Realität seines Scheiterns nicht begreifen.

Ruckartig zog Rabea das Taschenmesser aus seinem Stiefel, was ihm als Reaktion zumindest ein Winseln entlockte.

»Das ... das war unglaublich«, meinte Jan, als sie zum Auto zurückkam, die blutige Klinge notdürftig an ihrer Hose sauber wischte und ihn aus dem Kabelbinder befreite. »Das Messer hat sich wirklich als Glücksbringer bezahlt gemacht.«

»Manchmal zahlt es sich doch aus, ein wandelndes Klischee zu sein«, sagte sie ohne jeden Humor in der Stimme. Sie kramte ihr Handy aus der Tasche. »Ich rufe Polizei und Krankenwagen, dann können Üner und seine Leute hier direkt aufräumen.«

»Nein, warte!« Jan umfasste ihr Handgelenk, bevor sie den Notruf wählen konnte. Er schaute sie ernst an. »Es ist noch nicht vorbei.«

Siebenundfünfzig

18. Oktober // An der Donau

»Wovon redest du?«, fragte Rabea verwirrt.

Ultraviolette Schlieren tanzten vor ihren Augen. Noch immer pumpte das Adrenalin durch ihr Blut. Sie fühlte sich davon ganz benommen.

Jan rieb sich seine geröteten Handgelenke. Er schaffte es nicht, ihr ins Gesicht zu sehen. Als sie ihren Blick auf seine Miene richtete, las sie in ihr ein Gefühl, mit dem sie nicht im Entferntesten gerechnet hätte.

Scham.

»Jan ... jetzt sag schon ... was ist?«

Er seufzte tief. »Ich habe einen riesigen Fehler gemacht. Aber wie hätte ich es ahnen sollen?«

Sie packte ihn am Kragen. »Das Selbstmitleid kannst du dir für später aufheben. Spuck es aus!«

»Du erinnerst dich an meine neue Bürohilfe? Tim Gröpler?«

»Ja, sicher. Du hast so sehr von ihm geschwärmt.«

»Ich glaube, dass das nicht sein richtiger Name ist.«

Rabea verstand zunächst nicht und wollte nachhaken, aber dann kam ihr der einzige logische Grund für Jans Bestürzung in den Sinn. Und je länger sie darüber nachdachte, desto plausibler wurde er.

»Er ist es ... er ist Oliver.«

Jan nickte betreten.

»Er war derjenige, der mich auf das Gestüt angesetzt hatte. Mein Besuch dort war von Anfang an eine Falle. Der Angstrichter musste mich gar nicht erst verfolgen, er kannte jeden unserer Schritte. Oliver muss Ellen von Anfang an beobachtet haben und hat so direkt von ihrem Besuch bei mir in Düsseldorf erfahren.«

»Euer Treffen mit Udo Garz in Bamberg«, hauchte Rabea.

»Ja. Er hat es angeleiert. Er hat Garz nicht nur instrumentalisiert, um Ellens Katze zu töten, sondern auch, um uns anzugreifen. Wie konnte ich nur so leichtgläubig sein?«

»Die Frage ist, was wir jetzt tun«, sagte Rabea mit Blick auf das ehemalige Bootshaus. Hamann lag noch immer regungslos auf dem Asphalt. »Nora Hirsch ist dort drin gefangen. Wir müssen sie befreien. Warum willst du denn nicht die Polizei rufen?«

»Weil wir nicht sicher sein können, ob Hamann der einzige Reichsanhänger in ihren Rängen ist.«

»Was hast du dann vor?«

»Tim Gröpler – oder besser gesagt: Oliver – ist auf dem Weg hierher. Wenn wir ihn hier stellen und festsetzen, schneiden wir der Schlange den Kopf ab.«

»Wenn der Livestream nicht startet und sich die Hinrichtung verzögert, wird er Verdacht schöpfen. Er könnte gewarnt werden.«

Jan kratzte sich am Kinn. »Das stimmt …«

Rabea schaute auf Hamann, dann wieder auf ihn und zurück. »Ihr seid ungefähr gleich groß.«

Völlig entgeistert starrte Jan sie an. »Bist du verrückt? Das ist nicht dein Ernst! Das können wir nicht machen!«

»Hast du eine bessere Idee?«

Achtundfünfzig

18. Oktober // An der Donau

Nora Hirschs Hinrichtung war gekommen.

Die Neonlichter in ihrem Verlies gingen flackernd an. Sie musste blinzeln. Ihre Augen waren die Helligkeit nicht mehr gewöhnt, so lange saß sie nun schon in ihrem Lochgefängnis. Das Muster der Gitterstäbe warf quadratische Schatten auf ihre zerschlissene Kleidung.

Der einzige Rhythmus ihrer Tage bestand aus den regelmäßigen Folterungen, in denen er ihr die Haut mit heißen Zangen abzog, die Fingernägel zersplitterte oder sie auf das Spanische Pferd setzte – einen keilförmigen, mit Metallzacken gespickten Holzbock, auf den er sie mit gespreizten Beinen fesselte. Ihre Füße konnten dabei nicht den Boden berühren, weswegen ihr eigenes Körpergewicht sie immer weiter nach unten zog.

Nach jeder Foltereinheit pumpte er sie mit Antibiotika und Schmerzmitteln voll, damit sie ihr Martyrium möglichst lange überlebte. Inzwischen fühlte sich ihr Körper wie eine einzige, schmerzhaft pochende Wunde an.

Sie hatte ihm alles gesagt. Alles gestanden. Wo die restlichen Festplatten waren. Wo sie Sicherheitskopien von Chatverläufen gespeichert hatte.

Und jetzt würde er es zu Ende bringen.

Schwere Schritte näherten sich.

Die Henkerskapuze erschien über der Öffnung. Wortlos kniete ihr Peiniger sich hin und steckte den Schlüssel ins Vorhängeschloss.

Merkwürdig, er ist so schweigsam, dachte sie. Normalerweise begrüßte er sie mit düsteren Andeutungen und Verwünschungen. Aber diesmal – nichts. Nur sein schnaufender Atem.

»Nora Hirsch muss glauben, dass du wirklich der Angstrichter bist«, hatte Rabea ihm eingebläut, bevor Jan sich die Henkerskapuze übergezogen hatte. »Die Hinrichtung muss so realistisch wie möglich erscheinen, sonst ist diese gesamte Aktion umsonst.«

»Ich kann das nicht. Mich in Mörder hineinversetzen: ja. Aber einen spielen? Das kriege ich nicht hin! Das widerstrebt allem, wofür ich stehe.«

Rabea hatte ihm die Hand auf die Schultern gelegt. »Tu es für alle, die Hamann schon auf dem Gewissen hat. Tu es für all diejenigen, deren Leben Oliver zerstört hat und zerstören wird, wenn er uns entkommt. Niemand weiß besser als du, wie ein Psychopath handelt. Wie er denkt. Jetzt musst du kurz einer sein.«

»Wie soll ich das machen mit meinem verletzten Arm?«

»Es wird funktionieren müssen. Nur für ein paar Minuten muss es glaubwürdig wirken.«

Der grobe Stoff der Kapuzenmaske scheuerte jetzt an Jans Wangen. Er bekam kaum Luft, und ihm war unter ihr unfassbar heiß, sein Gesicht längst schweißüberströmt.

Nora Hirsch schaute aus dem düsteren Loch, in dem Hamann sie gefangen hielt, zu ihm hoch. Er konnte ihren Blick kaum ertragen, so voller Abscheu und Angst.

Was tue ich hier? Wie konnte es so weit kommen?, dachte er, als er die Strickleiter zu ihr herunterwarf.

»Hat es dir die Sprache verschlagen?!«, rief Nora angriffslustig zu ihm hoch, auch wenn ihre Stimme deutlich abgekämpft und ermattet klang.

Er erwiderte nichts. Hoffte einfach, dass sie lange genug dieses Schauspiel mitmachen würde.

Ihre Todesangst musste echt sein.

Einmal hatte sich Nora geweigert, aus ihrem Loch herauszuklettern.

Seine Reaktion war erbarmungslos gewesen. Er war zu ihr herabgesprungen, hatte sie an Händen und Füßen gefesselt und über einen Seilzug wie ein Kalb an allen vieren aus der Kerkerzelle gezogen.

Es gab kein Entkommen. Sie konnte kämpfen, versuchen zu fliehen … Es würde ihren Tod nur qualvoller machen.

Sie haben mich nicht gefunden, dachte sie. Weder die Polizei noch die beiden Profiler, die von der Geschichtsprofessorin angeheuert worden waren.

Jetzt war es zu spät. Ihr Schicksal besiegelt.

»Du wirst mir nicht glauben, aber die Geschichtsprofessorin, deren Seminare ich ab und an als Gasthörer besuche, hat auch eine Verbindung zum Reich«, hatte Alwin einige Tage vor seiner Ermordung gesagt. »Deshalb bin ich überhaupt erst auf sie aufmerksam geworden.«

»Oh, und was soll das sein?«

»Du wirst staunen …«

Widerstandslos erklomm Nora nun die Leitersprossen.

Jan wollte sich gar nicht ausmalen, was Hamann ihr angetan hatte, um sie so gefügig zu machen. Die Geschichten, die ihr zerschundener Körper erzählte, ließen ihn erschaudern. Ein Auge war verquollen, das Gesicht von Schrammen überzogen. Notdürftige, längst durchgeeiterte Verbände waren um ihre Gliedmaßen gewickelt.

Am liebsten hätte er die Arme um sie geschlungen, hätte ihr gesagt, dass alles in Ordnung war, dass sie in Sicherheit war. Alles in seinem Körper sträubte sich dagegen, das zu tun, was er hier tat.

Aber es musste sein.

Es gab keinen anderen Weg.

Umständlich band er ihr mit einem groben Strick die Hände auf den Rücken und führte sie in den hinteren Teil des alten Bootshauses.

Er räusperte sich möglichst lautstark.

Das war das Zeichen.

Er hatte einen seiner In-Ear-Kopfhörer im Ohr stecken, der mit dem Handy in seiner Hosentasche verkabelt war. In der Leitung: Jonas Meyfart.

»Okay, ich denke mal, das ist das Signal.« Meyfarts

Worte überschlugen sich beinahe. »Ich habe schnell alles beisammengetragen, was ich finden konnte. Ich hoffe, es reicht.«

Von Hamann hatten sie lediglich erfahren, dass Nora Hirsch den Tod durch das Rad finden sollte. Aber weder Jan noch Rabea waren bewandert genug in mittelalterlichen Hinrichtungsarten, um genau zu wissen, wie man dieses Urteil vollstreckte.

Erst hatten sie es bei Ellen auf dem Handy versucht. Aber die Professorin war nicht zu erreichen. Jan hatte sich gewundert. Wo steckte sie? Saß sie nicht voller Anspannung vor dem Telefon und wartete auf ihren Anruf? Schwebte sie womöglich in Gefahr, weil Oliver vielleicht doch zuerst ihr einen Besuch abgestattet hatte, bevor er zum Bootshaus kam? Bei dem Gedanken daran hatte ihn eine noch größere Beklemmung überkommen.

Also hatten sie kurzerhand über Sally den zweiten Experten in Sachen Hinrichtungen kontaktiert – ihren einstigen Verdächtigen Jonas Meyfart.

Er sollte Jan über die ganze Dauer dieses grausamen Schauspiels hinweg Schritt für Schritt erklären, was er zu tun hatte. Hamann war ein Perfektionist – er würde auch bei dieser Hinrichtung nichts dem Zufall überlassen und sich so nah wie möglich am historischen Vorbild orientieren. Für das Publikum, das über das Portal des Neuen Heiligen Römischen Reichs dem Livestream folgte, musste die Hinrichtung absolut glaubhaft inszeniert sein.

Sei wie er, dachte Jan, beweg dich wie er. Du hältst dich

für einen Handwerker in den Diensten der Gerechtigkeit, der sich keine Blöße geben will.

Er drückte den Rücken durch, hielt den Kopf gerade, machte sich so groß, wie er nur konnte. Unwillkürlich verstärkte er seinen Griff um Noras Oberarm.

»Okay, Herr Grall, das wird kein Spaß werden. Das Rädern gehört zu den brutalsten Hinrichtungsmethoden überhaupt – aber ich denke, das wussten Sie schon.«

Diesmal führte der Scharfrichter Nora nicht in die Folterkammer, sondern in einen Raum in den Tiefen dieses Gebäudes. Als er das Licht einschaltete und sie die Umgebung wiedererkannte, gab sie ihrem Würgereiz nach. Sie hatte diesen Ort bereits gesehen. In den Hinrichtungsvideos, die sie selbst geleakt hatte.

Sie erbrach hauptsächlich Magensäure auf den schartigen grauen Estrich.

Niemand wird die Bilder meines Todes veröffentlichen, dachte sie. Niemand außerhalb des Reichs wird mein Leid sehen. Im Grunde war sie froh darüber. So würden Kai und die Kinder niemals mitansehen müssen, was sie durchlitt.

Ich hätte es ihm viel früher sagen sollen, dachte sie. Ich hätte Kai erklären müssen, was das Reich ist, was es mir bedeutet hat. Aber er hätte es nie verstanden. Es war eine Welt gewesen, die sie ganz allein für sich hatte haben wollen.

Der Scharfrichter verteilte die Unterlegkrippen auf dem Boden – scharfkantige Hölzer, auf die sie sich legen sollte. Dann würde er das schwere, mit Eisen beschlagene Richtrad, das jetzt noch an der Wand lehnte, immer und immer wieder auf sie fallen lassen. Von den Füßen bis zum Kopf. Die Krippen würden dafür sorgen, dass ihr nach und nach jeder Knochen im Körper gebrochen wurde.

Bis sie sich wie eine schlaffe Puppe, die Gliedmaßen völlig zerschmettert, an ebenjenes Rad flechten ließ.

»Bitte«, flüsterte sie flehentlich, »bitte ... tu es nicht.«

Kurz hielt ihr Henker inne. Ein Zögern, wie sie es bei ihm noch nie zuvor bemerkt hatte. Überkamen ihn doch noch Skrupel?

Neunundfünfzig

18. Oktober // An der Donau

Rabea verbarg sich im Schatten.

Die Folterkammer lag still und verlassen da. Sie verfügte über ein ähnlich umfangreiches Instrumentarium an infernalischen, schmerzbereitenden Werkzeugen und Maschinen wie das Museum der Meyfarts in Nürnberg. In einem Gestell neben der Eingangstür hingen sogar mehrere Armbrüste und ein Langbogen.

Mit einem entscheidenden Unterschied.

Bei dem Equipment hier handelte es sich nicht bloß um Ausstellungsstücke. Sie waren nach wie vor im Einsatz und erfüllten ihren grausamen Zweck.

Sie erschauderte bei dem Gedanken daran, was für gellende Schreie bereits von diesen unverputzten Wänden widergehallt sein mussten.

Sie hatte hinter einem verwitterten thronartigen Stuhl Stellung bezogen, dessen Sitzfläche und Rückenlehne von eisernen Dornen bedeckt waren. Ledermanschetten an den Beinen und den Armlehnen schienen nur darauf zu warten, sich um die Gelenke eines Delinquenten zu wickeln.

Zwei Räume weiter inszenierte Jan gerade die Hinrichtung von Nora Hirsch. Keinerlei Geräusch drang zu Rabea heran. Sie fragte sich, ob ihr Plan aufging. Würde Jan diese Bürde auf sich nehmen können? Würde er die Rolle des Scharfrichters glaubwürdig spielen können?

Rabea festigte den Griff um die Walther P99, die sie Hamann entwendet hatten. Sie hatten ihn in ein Hinterzimmer des Bootshauses gesperrt, in dem sie auch in einem Spind seine schwarze Kutte und die Kapuze gefunden hatten. Die Pistole lag kalt und schwer in ihrer Hand.

Sie wusste nicht, wer von ihnen die schwerere Bürde auf sich geladen hatte, Jan oder sie. Er musste einen anderen Menschen in Todesangst versetzen und vortäuschen, ihn zu töten. Sie würde es vielleicht sogar wirklich tun müssen.

Das Warten auf Oliver zehrte an ihren Nerven. Die Minuten, bevor etwas geschah, waren für sie schon immer am schlimmsten gewesen. Die Ungewissheit. Das Gefühl, der Zeit und ihren Gedanken völlig ausgeliefert zu sein.

Sie horchte in die Stille hinein.

Nichts. Nur das entfernte Rauschen des Flusses.

Ein Luftzug sorgte dafür, dass die schweren rostigen Eisenketten an der Decke rasselnd gegeneinanderschlugen. Ein morbides Windspiel.

Würde der Drahtzieher wirklich kommen? Würde er in ihre Falle laufen?

Sie versuchte, aus dem Bauch heraus zu atmen, und schloss einen Moment lang die Augen. Nicht die Nerven verlieren. Konzentriert bleiben. Bald würde es vorbei sein.

Plötzlich meinte sie, das ferne Rauschen eines Autos zu hören. Je lauter das Geräusch wurde, desto heftiger wummerte ihr Herz. Ja, unverkennbar. Jemand näherte sich dem alten Bootshaus. Die Folterkammer besaß keinerlei Fenster, sie musste sich voll und ganz auf ihr Gehör verlassen.

Das Motorbrummen erstarb. Eine Handbremse wurde angezogen, dann eine Autotür zugeworfen.

Er war da.

Rabea entsicherte mit zitternden Fingern die Waffe und hielt die Luft an. Sie hatte das Gefühl, dass ihr lauter Herzschlag sie verraten würde.

Quietschend öffnete sich die schwere Metalltür.

Der Mann, Oliver, trat ein.

Rabea wagte es, hinter dem Dornenstuhl hervorzuspähen. Der Imperator des Neuen Heiligen Römischen Reichs trug eine schwarze Wollmütze, eine braune Lederjacke und darunter ein purpurrotes Hemd. Sein grau durchwirkter Bart war akkurat gestutzt und hatte tatsächlich etwas sonderbar Majestätisches an sich, die randlose Gleitsichtbrille wirkte im Kontrast dazu geradezu schnöde. Er war schlank, mit kantigen Gesichtszügen und dunklen Augen. Auch mit etwa Ende vierzig sah er noch so gut aus, wie Sarah Eisner ihn beschrieben hatte.

Er schaute sich nur kurz um und lief gleich in Richtung des Hinrichtungsraums. Anscheinend schöpfte er keinen Verdacht.

Jetzt oder nie.

Rabea entließ die Luft aus ihren Wangen.

Als Oliver etwa die Hälfte der Folterkammer durchschritten hatte, trat sie aus ihrer Deckung.

»Bleiben Sie stehen! Sofort die Hände hoch.«

Es klang kleinlauter, als sie beabsichtigt hatte. Zittrig und unsicher, eher wie eine Bitte.

Er erschrak nicht – zumindest ließ er sich nichts anmerken – und wandte sich in aller Ruhe zu ihr um. Die Hände hielt er locker halbhoch, eine beinahe schon spöttische Geste.

»Frau Wyler«, grinste er, »was für eine Überraschung.«

»Los!« Sie richtete die Waffe auf ihn. »Weiter hoch mit den Händen.«

Er tat ihr den Gefallen und streckte seine Arme ein paar Zentimeter weiter aus. Dabei machte er einige Schritte weiter zurück zur Wand hinter sich.

»Dann nehme ich an, dass Sie meinen Scharfrichter überwältigt haben«, sagte der Imperator ruhig. »Hmmm ... lassen Sie mich überlegen. Wer ist dann der Mann auf dem Livestream? Richtig! Das kann nur Herr Grall sein. Dass er sich dazu durchringen kann ...«

Obwohl Rabea die Waffe in der Hand hielt, hatte sie das ungute Gefühl, dass Oliver derjenige war, der die Situation kontrollierte.

»Ellen war so dumm, Grall und Sie in diese Sache zu verwickeln. Ich wusste, dass die Polizei uns dank Hamanns Posten nicht gefährlich werden würde. Aber Sie ... Sie waren ein unkalkulierbares Risiko.« Er machte noch zwei Schritte zurück und stand jetzt fast direkt an der Wand. »Dann habe ich die Stellenanzeige auf der Internetseite von Gralls Agentur gesehen und wusste sofort, dass es die ideale Möglichkeit war, um Sie beide in Schach zu halten und zu überwachen. Herr Grall sollte wirklich an seinen Background-

Checks arbeiten. Ich hätte nicht geglaubt, dass es so einfach werden würde. Ein gefälschter Lebenslauf, ein paar gefälschte Zeugnisse, ein falscher Name ... schon war ich eingestellt.«

Rabea machte ebenfalls einen Schritt vorwärts.

Er wollte sie ablenken. Er hatte einen Plan. Aber was hatte er vor?

»Nicht weiter. Bleiben Sie genau da. Ich drücke ab, ich schwöre es Ihnen.«

»Sie glauben, Ihr System wäre gerecht, würde Verbrecher angemessen bestrafen. Todesstrafen und Folter halten Sie selbstverständlich für barbarisch und grausam ... Ich erzähle Ihnen mal was: Mein Vater hat meine Mutter jahrelang gequält, geschlagen, misshandelt. Die Polizei hat nicht richtig eingegriffen, egal, wie oft unsere Nachbarn oder ich selbst sie gerufen haben. Meine Mutter hatte zu große Angst ... und war ganz allein. Sie hat es nicht geschafft, sich von ihm loszureißen. Schließlich kam es, wie es kommen musste: Irgendwann hatte er sich auch die letzten Hemmungen und das letzte Quäntchen Gnade weggesoffen. Er hat sie so heftig zusammengeschlagen, dass sie in ein Koma fiel, aus dem sie nie mehr aufgewacht ist.« Zum ersten Mal ließ er seine Maske der Sachlichkeit fallen. Seine Lippen bebten. Er schaute kurz zu Boden. »Sein Urteil: gerade einmal sechs Jahre Haft wegen versuchten Totschlags. Können Sie sich das vorstellen? Nach vier Jahren ist er vorzeitig entlassen worden, aufgrund guter Führung und weil er schwer krank geworden war. Kurz darauf hat der Krebs ihn dahingerafft, sonst hätte ich ihn töten müssen. Zumindest die Krankheit war eine gute Richterin.«

Er ließ die Hände leicht sinken.

»Hören Sie auf! Kein Wort mehr! Seien Sie ruhig, und legen Sie sich auf den Boden!«, schrie Rabea schrill.

»Ich bin Gerechtigkeit, Frau Wyler. Und die Bürger meines Staats werden immer auf mich setzen können«, sagte er und betätigte einen Hebel an der Wand hinter sich.

Sie wollte noch abdrücken, aber es war zu spät.

Rasselnd donnerte ein runder Eisenkäfig, der an Ketten von der Decke hing, auf Rabea herab.

Die Waffe glitt aus ihren Händen. Gerade noch konnte sie zur Seite springen und dem Käfig entgehen, der so nur krachend ihren Knöchel unter sich begrub.

Der Schmerz strahlte ihr ganzes Bein hoch. Aus zusammengepressten Zähnen schrie sie auf. Sie versuchte, den Fuß wegzuziehen. Zwecklos.

Oliver war mit wenigen Schritten bei ihr, hob die P99 auf und richtete den Lauf auf Rabeas Kopf.

Er grinste.

»Mein Reich komme. Mein Wille geschehe …«

Sechzig

18. Oktober // An der Donau

Wie lange noch? Wie lange sollte er das noch tun?

Wieder hob Jan das Richtrad von Nora Hirschs Beinen hoch, die Arme unter die Speichen geklemmt. Dabei ließ er es nur so aussehen, als würde er es mit beiden tragen, die Hauptlast legte er auf den gesunden. Er zitterte am ganzen Körper und schwitzte heftig unter der dicken Henkerskutte.

Er legte das schwere Rad so auf Nora Hirsch drauf, dass das Gewicht auf den Krippen lag und ihren Körper knapp verfehlte. Er hoffte, dass diese Inszenierung im Livestream dennoch realistisch wirkte. Trotz seiner Vorsicht konnte er nicht ganz verhindern, dass das Rad ab und an ihren Körper traf. Nora hatte den Kopf zur Seite gedreht und die Augen geschlossen. Sie schrie nicht, sondern ließ ihr Martyrium stoisch über sich ergehen.

Durch die schwere Stahltür, die die Räume voneinander trennte, drangen so gut wie keine Geräusche.

Wann wäre es vorbei? Wann käme die Erlösung?

Immer wieder glitt sein Blick kurz hoch zu der Kamera, deren Objektiv geradewegs auf dieses unmenschliche Schauspiel gerichtet war. Seht ihr zu, ihr treuen Bürger dieses Reichs? Ist das hier eure Gerechtigkeit? Ergötzt ihr euch an dem Leid, das sich euch hier bietet?

»Bitte …«, hauchte Nora. »Bitte nicht.«

Aus dem Nebenraum, der großen Folterkammer, in der Rabea dem Drahtzieher auflauerte, drang ein markerschütterndes Poltern und Krachen.

Jan hielt inne.

Was geschah dort?

Egal, was es war, der Lärm konnte nur eines bedeuten: Oliver war eingetroffen. Und Rabea schwebte womöglich in Gefahr.

Er schleuderte das Rad zur Seite, weg von sich, weg von Nora.

Verwundert hob sie den Kopf.

Er zog sich die Kapuze ab.

»Wer sind Sie? Was … wieso?«, stotterte Nora Hirsch völlig verwirrt.

»Sie sind in Sicherheit. Ihnen wird nichts mehr passieren«, sagte er hastig. »Ich werde Ihnen alles erklären.«

Der Schweiß brannte in seinen Augen. Er wischte sich kurz über das Gesicht und durch die Haare, die vom Schweiß so nass waren, als hätte er gerade unter der Dusche gestanden.

Dann riss er die Tür auf.

Und schaute direkt in den Lauf der P99, die ein hochgewachsener Mann in brauner Lederjacke auf ihn richtete.

Oliver.

Der Imperator.

Ein kurzer Seitenblick genügte, damit Jan die Situation

erfasste. Rabea lag mit schmerzverzerrtem Gesicht auf dem Boden, ihr Fuß von einem Eisenkäfig eingeklemmt. Ihr Widersacher musste irgendwie zu den Hebeln gelangt sein, mit denen die Seilwinden gesteuert wurden.

»Willkommen, Herr Grall«, begrüßte ihn der vermeintliche Tim Gröpler mit hochgezogenen Mundwinkeln. »Oliver Wünsch mein Name. Wie schön, dass wir uns nach all unseren Telefonaten auch endlich einmal persönlich kennenlernen.«

»Wie konnte ich mich nur von Ihnen täuschen lassen?«, presste Jan hervor.

»Erschütternd, nicht wahr? So ein hochdekorierter Profiler, so ein gewiefter Menschenkenner fällt auf mein Spiel herein. Auf jemanden wie mich.« Oliver Wünsch verengte seine Augen zu Schlitzen. »Aber ich bin nicht der Einzige, auf den Sie hereingefallen sind. Wie hat sie Sie um den Finger gewickelt? Was hat sie gemacht? Waren es ihre großen Augen? Ihre schlanke Taille? Die Brüste? Oder war es gar nicht ihr Aussehen, sondern ihre toughe, selbstbewusste Art? Hat Sie das angemacht?«

»Wovon reden Sie?«, fragte Jan verständnislos.

»Oh, ich weiß, wovon ich rede«, sagte Wünsch süffisant. »Ich bin ihr damals ja schließlich auch verfallen. Ihr Geschichtswissen, ihre Klugheit ... all das hat mich sofort angezogen.«

»Ellen«, murmelte Jan. Allmählich verstand er.

»Wissen Sie, es hat mir unfassbar wehgetan, Hamann damit zu beauftragen, das Haus in Brand zu setzen. Schließlich habe ich dort selbst so viele Jahre gelebt.«

Der Schock schnürte Jan die Kehle zu. Ellen hatte immer wieder mal von ihrem Ex-Mann gesprochen. Sie hatte auch erzählt, dass sie manchmal für Ausflüge ins Höllbachtal gefahren waren. Jetzt wusste Jan, warum. Offenbar hatte Oliver immer wieder an den Gründungsort seines Reichs zurückkehren wollen.

»Ah, ich sehe schon, es dämmert Ihnen«, sagte Oliver Wünsch. »Ellen und ich, wir haben uns so innig geliebt. Aber ich wusste, dass ich ihr niemals von dem Reich erzählen durfte. Sie hätte es nicht verstanden. Sie war immer Teil des Systems, das ich verabscheue, das war mir klar. Deshalb musste alles im Verborgenen stattfinden. Irgendwann konnte ich der Entscheidung jedoch nicht mehr ausweichen: Ellen oder das Reich? Die Geschichte mit meiner Sekretärin – sie hat mir einen leichten Ausweg geboten.« Er schüttelte kurz den Kopf. »Ich hätte mir gewünscht, dass Ellen nicht in die Sache hineingezogen werden würde. Aber so ist sie nun mal ... sie kann es nicht lassen, den Dingen auf den Grund zu gehen. Ich dachte, dass ihr das mit der Katze Warnung genug sein würde. Dafür habe ich noch nicht einmal Ansgar bemüht, der war zu dem Zeitpunkt einfach viel zu sehr in die Ermittlungen eingebunden. Udo Garz ist für ihn eingesprungen. Und jetzt sind Sie hier ...«

»Es ist vorbei, Wünsch«, erwiderte Jan. »Wir haben bereits die Polizei informiert – ich hatte die ganze Zeit Jonas Meyfart im Ohr. Ihr Forum, Ihre Richtstätte ... all das ist bekannt. Ihr Reich wird untergehen. Und Sie mit ihm.«

»Das mag alles sein. Aber das ändert nichts daran, dass diese Hinrichtung hier noch vollstreckt wird«, sagte

Wünsch. »Und jetzt wird es sogar eine Dreifach-Hinrichtung, genau wie geplant. Ich überlege schon, welche Methoden ich für Sie und Ihre Partnerin auswählen werde … Ein Scheiterhaufen? Der Hackblock? Tod durch den Strick? Oh, wenn wir nur mehr Zeit hätten! Dann würde ich Ihnen mit Ratten befüllte Eimer auf die Bäuche binden. Ansgar würde eine Fackel an den Boden der Eimer halten. Und irgendwann würde die Hitze so stark werden, dass die Ratten sich aus Panik in Ihre Gedärme fressen würden.« Er redete sich in Rage, seine Stimme überschlug sich, seine Augen glommen bedrohlich. »Aber so müssen Ansgar und ich uns beeilen. Danach werden wir noch mehr als genug Zeit haben, um unterzutauchen und zu verschwinden. Wie gut ich darin bin, meine Identität zu ändern, haben Sie ja bereits bemerkt, Herr Grall.«

Er nahm ein Paar wuchtige Handschellen von einem Haken an der Wand und warf sie Jan vor die Füße.

»Legen Sie die an!« Er trat einen Schritt vor. »Wissen Sie, bei Ihnen lege ich selbst Hand an, das Vergnügen lasse ich mir nicht nehmen.«

»Jan, tu es nicht!«, rief Rabea. »Tu's nicht.«

Als Jan nicht sofort reagierte, wandte sich Wünsch zur Seite und schoss direkt neben Rabeas Kopf in den Boden. Die Kugel zerschmetterte den Estrich, und ihr Hall echote ohrenbetäubend durch die Kammer.

»Sofort!«, brüllte Wünsch. »Sonst ist das nächste Loch in Frau Wylers Stirn.«

»Schon gut, schon gut!«, rief Jan atemlos.

Jan kniete sich hin und tat wie ihm geheißen. Er drückte

die Hände durch die gebogenen Halbkreise, schloss die Eisenringe mit den dazugehörigen Stiften und schraubte sie fest.

»Sehr gut«, sagte Wünsch, als Jans Hände gefesselt waren. »Jetzt drehen Sie sich um!«

Jan befolgte die Anweisung, schaute jetzt wieder zurück in die Richtstätte, zurück auf Nora Hirsch, die noch immer auf die Unterlegkrippen gebunden auf dem Boden lag. In ihren Augen spiegelte sich sein Entsetzen.

Fieberhaft dachte er nach.

Wünsch irgendwie überwältigen. Einen unvorsichtigen Moment ausnutzen. Irgendwie.

Hinter sich hörte er Wünschs Schritte.

Dann spürte er den kühlen Lauf der Pistole. Direkt in seinem Genick. Er erschauderte.

Eine schnelle Bewegung.

Die Chance nutzen.

»Ich verurteile Sie, Herr Grall.« Der Druck der Waffe verstärkte sich. »Zum Tod durch Erschießen.«

Plötzlich ertönte ein Surren.

Ein Ruck ging durch Wünsch.

Erstickt stöhnte er auf.

Der Druck in Jans Nacken verschwand.

Jan fuhr abrupt herum.

Ein Armbrustbolzen ragte aus Wünschs Hüfte. Mit der einen Hand umklammerte er weiter die Waffe, mit der anderen griff er nach dem Bolzen.

Jans Blick wanderte eine Sekunde lang zur Tür. Dort stand Ellen – sie war es, sie war es wirklich – und hielt eine

Armbrust, die sie anscheinend vom Gestell gleich neben dem Eingang genommen hatte.

Mit seinen gefesselten Händen packte Jan den Lauf der P99 und drängte Wünsch von sich weg. Sein Widersacher ließ von dem Bolzen ab und griff nach Jans Hals. Würgte ihn mit immenser Kraft. Es fühlte sich an, als würde er Jans Kehle zerquetschen wie eine reife Frucht.

Verzweifelt senkte Jan den Kopf und biss Wünsch so stark ins Handgelenk, dass er Blut in seinem Mund schmeckte.

Wünsch schrie auf und ließ von seinem Hals ab.

Den Moment nutzte Jan, um ihn weiter vor sich herzuschieben. Aber sein verletzter Arm und die Anstrengung des Räderns zollten ihren Tribut. Seine Kräfte schwanden.

Zentimeter für Zentimeter konnte Wünsch die Waffe zurück auf seinen Kopf richten. Bald wäre der Lauf direkt vor Jans Gesicht.

Er starrte geradewegs in Wünschs hasserfüllte Augen, spürte seinen heißen Atem auf seiner Haut. Eine Dreifach-Hinrichtung wird es heute nicht geben, dachte Jan. Dein Reich wird heute untergehen, und zwar mit dir.

In einem letzten Aufbäumen zog Jan sein Bein hoch und rammte das Knie gegen den Bolzen in der Hüfte von Wünsch.

Er gab ein gequältes Heulen von sich.

Daraufhin versetzte Jan ihm einen letzten Stoß gegen die Brust und entriss ihm die P99.

Wünsch stolperte zurück – geradewegs in das runde schwarze Nichts des geöffneten Lochverlieses. Er verlor den

Halt, ruderte noch mit den Armen und stürzte dann rücklings hinein. Sein Körper schlug laut auf dem Boden auf.

Einundsechzig

18. Oktober // An der Donau

Jan ließ sich von Ellen die Fesseln lösen und lief dann sofort rüber zur Richtstätte, zurück zu Nora Hirsch.

Als er eintrat, machte er sich gleich daran, Noras Fesseln zu lösen.

»Ich kann Ihnen alles erklären«, setzte er an. »Aber ich weiß nicht, ob Sie mir je verzeihen können …«

Sie erwiderte nichts, wohl überwältigt von dem, was gerade vor sich ging. Er biss die Zähne zusammen, um den pochenden Schmerz in seinem rechten Arm besser ertragen zu können, hob Nora Hirschs erschreckend leichten Körper hoch und trug sie zurück in die Folterkammer.

Dort stemmte Ellen gerade mit aller Kraft den Käfig hoch, unter dem Rabeas Fuß begraben war. Rabea zog ihn raus und rieb sich mit einem schmerzerfüllten Ächzen über den Knöchel. Der Fuß war völlig verdreht, ihr Schuh und der Saum ihrer Hose blutverschmiert.

»Wie schlimm ist es?«, fragte Ellen.

»Geht schon«, sagte sie. »Hätte schlimmer kommen können, aber auftreten kann ich ganz sicher nicht.«

»Ich rufe sofort einen Notarzt«, sagte Ellen und griff nach ihrem Handy.

»Du bist gerade noch rechtzeitig gekommen«, sagte Jan, als er die inzwischen bewusstlose Nora Hirsch abgelegt hatte. Er prüfte ihren Puls und brachte sie in eine stabile Position. »Ich hoffe, sie hält noch eine Weile durch.«

»Wie hast du gewusst, wo wir waren?«, fragte Rabea, an Ellen gewandt.

»Ich habe meine eigenen Schlüsse gezogen«, erklärte sie, noch immer mit flatterndem Atem. »Ich habe mich an Oliver und meine Ausflüge in das Höllbachtal erinnert. Er wollte dort immer zur selben Stelle, so als wolle er sie kontrollieren. Das erschien mir mit einem Mal verdächtig. Dann fiel mir ein, dass er Alwin Brunner kannte. Er hatte ihm sogar meine Vorlesungen empfohlen. Und so kam eins zum anderen ... Ich wusste, dass Oliver vor Jahren ein Grundstück an der Donau gekauft hatte, angeblich, weil er hier mal ein Eigenheim bauen wollte. Er hatte es mir auf dem Rückweg von einem unserer Ausflüge gezeigt, ich habe mich noch vage an den Weg dorthin erinnert. Also habe ich mir ein Carsharing-Auto genommen und bin losgefahren, als ich euch nicht mehr erreichen konnte, wollte nachsehen, ob an meiner Vermutung etwas dran war ... Eure Anrufe habe ich wahrscheinlich deshalb verpasst, weil ich während der Fahrt keinen Empfang hatte. Sie wurden mir erst angezeigt, als ich hier aus dem Auto gestiegen bin. Ich habe in einiger Entfernung geparkt. Das war wohl unser Glück, so hat Oliver mich nicht kommen hören.«

»Es tut mir so leid«, sagte Jan. »Er hat uns beide getäuscht und in die Irre geführt. Ich habe ihn als Tim Gröpler bei mir eingestellt.«

Sie riss die Augen auf. »Natürlich, das passt zu ihm. Und mich ... mich hat er sogar jahrelang betrogen, nicht erst am Ende, als er mit seiner Sekretärin eine Affäre begonnen hat. Unsere ganze Beziehung, dieser Lebensabschnitt ist jetzt wie beschmutzt für mich. Jetzt, wo ich weiß, was er da die ganze Zeit im Geheimen getan hat. Dieses Online-Browserspiel mit dem Mittelalter-Setting, das war für ihn die perfekte Tarnung. Das war es für ihn ... ein riesiges Rollenspiel.«

Jan nahm sie in den Arm und vergrub sein Gesicht in ihren Haaren. »Jetzt ist es vorbei«, beschwichtigte er sie. »Es ist vorbei«, wiederholte er, als könne er es selbst noch nicht glauben.

Zweiundsechzig

18. Oktober // An der Donau

»Das hier ist ein schwarzer Tag für die Polizei«, seufzte Hauptkommissar Üner und fuhr sich durch das schüttere Haar. »Es ist einfach ungeheuerlich, dass Hamann uns all die Jahre unterwandern konnte. Es wird Wochen, wahrschcinlich sogar Monatc dauern, all das aufzuarbeiten.«

Jan und er schauten den beiden Krankenwagen nach, zu denen Hamann und Wünsch abgeführt worden waren und die sie jetzt in die Klinik brachten, wo sie unter strengster Bewachung stehen würden.

»Er war Ihr Kollege, Ihr Vorgesetzter.«

»Ich hätte ihn fast sogar als einen Freund bezeichnet«, sagte Üner. »Du kannst den Menschen wirklich nur bis zur Stirn schauen und keinen Millimeter weiter.«

»Hic sunt dracones«, murmelte Jan. »Terra incognita.«

»Wie bitte?«

»Schon gut.«

Ein Kollege von Üner rief ihn zu sich heran.

»Entschuldigen Sie mich, Herr Grall«, sagte er. »Und ich weiß, dass es Ihnen im Moment wenig nutzt, aber ich wollte einmal sagen, wie sehr ich all das bedaure. Ich wünschte, ich hätte es irgendwie geahnt.«

»Ich danke Ihnen.«

Sie schüttelten sich kurz die Hand, wobei Üner seine zweite haarige Pranke auf Jans Handrücken legte.

Das Flackern der unzähligen Blaulichter tauchte die Nacht und die Fassade des heruntergekommenen Bootshauses in ein unwirkliches Licht.

Spurensicherer und Bereitschaftspolizisten gingen ein und aus. Innerhalb weniger Minuten hatte sich der einsame Uferabschnitt an der Donau in den Schauplatz emsiger Ermittlungsarbeiten verwandelt.

»Herr Grall?« Eine Notfallsanitäterin kam auf ihn zu. »Sind Sie Herr Grall?«

Er nickte.

»Frau Hirsch möchte noch mit Ihnen sprechen, bevor wir sie in die Klinik bringen.«

Er folgte der untersetzten Frau mit dem blonden Pferdeschwanz zu einem der beiden Krankenwagen. Die Flügeltüren auf seiner Rückseite standen offen, und dort lag Nora Hirsch auf einer Bahre und erhielt eine erste Infusion.

Jan schluckte trocken. Als er sie vorhin befreit hatte, war sie zu entkräftet gewesen, um ihm zu antworten. Er wagte es kaum, ihr ins Gesicht zu schauen, so sehr fraß die Schuld sich durch sein Mageninneres.

»Herr Grall ...«, flüsterte Hirsch mit zitternder Stimme. »Schauen Sie mich an, bitte.«

Er hob den Kopf.

Sie war kreidebleich, ihre Augen blutunterlaufen. Ihr

Haar hing ihr in zerfransten, schmutzigen Strähnen ins Gesicht.

»Ich … ich weiß nicht, was ich sagen soll«, stotterte Jan. »Es tut mir unfassbar leid, dass ich Ihnen so einen großen Schrecken einjagen musste.«

»Hören Sie auf!« Sie streckte die Finger aus und drückte seine Handfläche. »Ich sehe Sie nicht als den Mann, der mich zu Tode erschreckt hat. Sondern als den, der mein Leben gerettet hat.«

Das Druckgefühl in seiner Brust löste sich etwas. Er wollte »Danke!« sagen, aber das Wort kam ihm nicht so recht über die Lippen.

Noch einmal schaute er ihr fest in die Augen, dann lief er zu dem zweiten Krankenwagen.

Einer der Sanitäter verband gerade notdürftig Rabeas Fuß, als Jan an die geöffnete Flügeltür klopfte.

»Könnten wir kurz einen Moment für uns haben?«, fragte Jan ihn.

»Selbstverständlich.« Der Mann legte die Mullbinden beiseite, holte eine Schachtel Zigaretten aus seiner Hosentasche und stieg aus.

»Hier sind wir wieder.« Rabea stützte sich auf. »Knapp dem Tod entkommen, im Blaulichtgewitter, am Ende eines großen Falls.«

»Eines letzten großen Falls«, entgegnete Jan.

»Das haben wir jedes Mal gesagt.«

»Aber diesmal meine ich es ernst. Mein Leben soll endlich einmal in ruhigeren Bahnen verlaufen. Es wird sich was verändern.«

»Sie wird die Veränderung sein, nicht wahr?« Rabea deutete nach draußen. Ellen saß, in eine Decke gewickelt, auf der Motorhaube eines Streifenwagens und nippte an einem Plastikbecher. »Sie musste in den letzten Tagen unfassbar viel mitmachen. Und jetzt muss sie auch noch wegstecken, dass sie über viele Jahre hinweg einen Mann geliebt hat, der ein Doppelleben geführt hat, einen Psychopathen. Vielleicht solltest du ihr erst einmal Zeit geben, das alles zu verarbeiten und damit klarzukommen.«

»Das soll sie selbst entscheiden«, erwiderte Jan. »Wir sind alle beschädigt. Keiner von uns ist ohne Mangel, Verlust und Schmerz, falls du das meinst. Wir müssen alle weitermachen.«

»Ich weiß mein langweiliges Unternehmensberaterinnen-Dasein auf jeden Fall wieder deutlich mehr zu schätzen«, sagte Rabea. »Erheblich geringeres Verletzungsrisiko.«

»Was wird aus dir und Eddy?«

Sie zuckte mit den Schultern. »Ich weiß es nicht. Allerdings befürchte ich, dass bei uns zu viel Porzellan in die Brüche gegangen ist. Das meiste davon habe ich selbst zerdeppert, zugegeben.«

»Kennst du Kintsugi? Das ist das japanische Kunsthandwerk, zerbrochene Schalen, Krüge oder Vasen wieder zusammenzusetzen. Die Risse werden dabei mit einem goldenen Lack gekittet, damit sie deutlich sichtbar bleiben. Man glaubt, dass die Keramik dadurch noch schöner und außergewöhnlicher wird.«

Sie schmunzelte. »Du und deine kitschigen Analogien.«

»Du wirst mir fehlen.«

Er beugte sich zu ihr herunter und umarmte sie fest.

»Du mir auch. Vielleicht schaffen wir es ja, häufiger miteinander zu telefonieren. Du warst derjenige, der gesagt hat, er würde sich melden.«

»Du bist aber auch nie auf den Gedanken gekommen, mal von dir aus anzurufen.«

Sie knuffte ihm in die Seite.

»Bald kannst du sowieso öfter in den Genuss meiner Stimme kommen«, sagte er. »Ich glaube, ich werde mich von Miri dazu breitschlagen lassen, diesen Podcast zu machen.«

»Ich kann's kaum erwarten.«

Der Sanitäter trottete herbei und schnipste seine heruntergebrannte Zigarette weg. »Wir müssten dann mal langsam.«

»Uf Wiederluege, Frau Wyler!«, sagte Jan mit seiner furchtbaren Berndeutsch-Imitation.

Sie verdrehte nur die Augen.

»Mach's gut, du Chaot.«

Epilog

14. März // Bern

»Hey, Bebe, da ist ein Paket gekommen! *Pequeño!* Ganz klein.«

Eddy kam zur Wohnungstür herein, beladen mit Einkaufstaschen. Ein Stoß Briefe und ein schmales Paket klemmten unter seinem Arm.

Seine ausgedehnten samstäglichen Shoppingtouren waren immer wieder Zielscheibe für Rabeas lieb gemeinten Spott. Er legte extremen Wert auf seinen Stil und beanspruchte drei Viertel ihres gemeinsamen Kleiderschranks für sich.

»Von wem ist es denn?«, fragte Rabea, die auf dem Sofa lag und las. Die Menschenmassen in der Berner Altstadt waren nichts für sie, ihre Samstagnachmittage verbrachte sie viel lieber mit einem Buch. Seit gestern Abend las, nein, verschlang sie *Was man von hier aus sehen kann* von Mariana Leky. Eine Kollegin bei *Kallus & Blomqvist Consulting* hatte ihr den Roman empfohlen. Allein der Klappentext hatte sie total angesprochen, auch wegen des Settings. Die Geschichte spielte nämlich im Westerwald, der Heimat von Jan. Sofort waren ihre Gedanken zu ihm gewandert. Das letzte Mal hatten sie sich in Nürnberg gesehen. Natürlich hatten sie ihr gegenseitiges Versprechen, sich öfter zu melden, nicht gehalten. Zu viel kam immer wieder dazwischen. Zu viel Leben, zu viel Neues.

»Warte kurz …« Umständlich lud Eddy seine Taschen ab, deren Logos gefühlt die gesamte Berner Shoppingmeile abbildeten. Er schaute auf den Absender. »Aus Nürnberg – eine Frau Hirsch. Nora Hirsch.«

Rabea legte das Buch beiseite. Sie zog sich an der Sofalehne hoch und setzte sich in den Schneidersitz. Sie wusste ganz genau, was in dem Paket aus Nürnberg war, und schaute nervös zu Eddy hoch. Es fiel ihr schwer, ihre Aufregung zu verbergen.

»Mach's doch mal eben auf!«

»Okay.« Er zuckte mit den Schultern, riss das Klebeband an einer Seite auf und öffnete den Karton.

Zunächst zog er ein kleines Kärtchen mit dem fein ziselierten Logo *Nora Hirsch Goldschmiedemeisterin* heraus. Er las vor:

»Liebe Frau Wyler, danke für alles und ganz viel Glück damit! Ich hoffe auf ein Ja! – NH«

Eddy starrte sie ungläubig an.

»Na los!«, forderte Rabea ihn auf und rutschte weiter auf dem Sofa vor. »Schau, was noch drin ist.«

Er steckte seine viel zu große Hand noch einmal umständlich in den kleinen Karton und fischte eine nachtblaue Ringschatulle heraus.

»Bebe …«

»Ich knie hier jetzt schon auf dem Sofa, ich hoffe, das

reicht dir«, sagte sie. »Eduardo Galdino, willst du mich heiraten?«

Er öffnete die Schatulle und nahm behutsam mit Daumen und Zeigefinger den Ring aus ihr heraus. Nach einem langen Telefongespräch und unzähligen hin- und hergeschickten Skizzen hatte Nora Hirsch ihn für Rabea angefertigt. Ein Unikat. Ein schlichter, matt schimmernder Goldring mit feinen Wellenlinien.

»Der ist wunderschön«, murmelte Eddy.

Rabeas Herz pochte heftig. Jetzt konnte sie sich in etwa vorstellen, wie er sich damals im vergangenen Herbst gefühlt haben musste. Die Ungewissheit, all die Hoffnungen und Zweifel, die laut im Kopf zu hallen schienen, während sie auf seine Antwort wartete.

Als er nicht direkt antwortete, sagte sie:

»Ich weiß, wie hart das gewesen sein muss. Du hast mich gefragt, und ich bin einfach abgehauen. Aber jetzt ... jetzt denke ich anders als damals. Ich war immer stolz, dass ich nie darauf angewiesen war, jemanden in meinem Leben haben zu müssen. Dass ich niemand anderen brauchte, um glücklich zu sein. Das bin ich auch immer noch. Allerdings habe ich jetzt eine Sache gelernt: Mit dir ist es noch schöner, noch lustiger, noch spannender. Und ich hoffe, dadurch, dass ich dich jetzt frage, zeige ich dir, wie absolut ernst es mir damit ist.«

Nach ihrer Rückkehr aus Nürnberg hatte Eddy noch zwei Wochen lang bei seinem Kollegen aus der Agentur gewohnt und Rabea nur ab und an besucht. Diese Zeit war für sie beide wichtig gewesen, um ihre Gefühle zu sortieren und zu merken, wie sehr sie noch immer aneinander hingen. Schließlich war Eddy zurück in ihre gemeinsame Wohnung gezogen, und allmählich hatte wieder ihr wunderschöner Alltag eingesetzt – Kochabende mit den Leuten aus Eddys Agentur, Wochenendtrips ins Tessin und nach Portugal, an Weihnachten der Besuch von Eddys Eltern und seiner Schwester aus Rio de Janeiro, verschlafene Sonntagmorgen im Bett zwischen Croissantkrümeln und zerfledderten Zeitungen, ihre Insider-Witze, gemeinsames Binge Watching neuer Serien, ihre Spaziergänge durch den Park in der ersten Frühlingssonne.

Mit einem Mal sprang Eddy über die Sofalehne und schloss sie in seine Arme. Er überhäufte sie mit Kissen und rief dabei immer wieder: »*Sim, sim, sim, sim!* Ja, ich will! Natürlich will ich!«

Durch seinen Schwung aus dem Gleichgewicht gebracht, rollten sie beide vom Sofa und landeten auf dem Teppich, wo sie lachend liegen blieben.

Sie streichelte ihm über seine bärtige Wange und hatte keine Angst mehr vor dem, was noch kommen würde.

16. März // Bad Marienberg

Wenn Jan Grall sagen müsste, was er am Westerwald am meisten vermisste, wäre das die Weite. Die Stadt bot dem Auge zwar viel, aber nicht diese kilometerweite Sicht auf nebelverhangene Hügelketten.

Er war auf dem Rückweg aus Düsseldorf und bereits auf der Landstraße Richtung Bad Marienberg. Gerade ließ er Dreisbach hinter sich und steuerte auf Langenbach zu.

Vor einigen Tagen hatte es im Westerwald und seinem Umland noch einmal einen heftigen Wintereinbruch gegeben, und dreckbesprenkelte Schneehügel türmten sich zu beiden Seiten des Asphalts auf.

Auf der Strecke hatte er noch einen Zwischenhalt in Montabaur eingelegt, wo er ein wichtiges Paket abgeholt hatte. Jetzt lag es neben ihm auf dem Beifahrersitz des gebrauchten VW Polo, den er sich Ende letzten Jahres zugelegt hatte.

Aus den Boxen des Autoradios liefen die ersten Zeilen des Songs *»Back Home«* von Bukahara, den er vor Kurzem durch Zufall entdeckt hatte:

»Out of the city and into the green
Back to all the places where I have been ...«

In Düsseldorf hatte er die letzten Termine und Erledigungen rund um seinen Umzug hinter sich gebracht: Wohnungsübergabe mit seinem Vermieter, Verkaufsabschluss der Agenturräume, ein kurzes Abschiedstreffen mit Miri.

Das Kapitel Düsseldorf endete für ihn und damit hoffentlich auch die Zeit als Profiler für die grausamsten Fälle – die Zeit der Alphabetmörder, Rapunzel-Killer, Erlöser und Angstrichter.

Er dachte zurück an die Ereignisse in Nürnberg. Am Abend nach der Festnahme von Ansgar Hamann und Oliver Wünsch hatte er noch lange mit Ellen über ihren Ex-Mann gesprochen.

»Ich kann es nicht fassen«, hatte sie gesagt. »Ich habe mal gerüchteweise mitbekommen, dass er wohl auch auf der Arbeit äußerst manipulativ gewesen sein soll, dass er getäuscht und betrogen hat. Mir gegenüber hat er so etwas nie durchblitzen lassen. Und jetzt komme ich mir wahnsinnig dumm vor. Dumm und naiv.«

»Glaubst du, du wirst irgendwann wieder jemandem vertrauen können?«, hatte Jan am Ende vorsichtig gefragt.

»Ich weiß es nicht. Ich werde Zeit brauchen.«

»Alles gut. Ich werde warten.«

Seine Hand auf ihrer. Vorsichtiger Blickkontakt. Ein Kuss auf die Stirn.

Und er hatte sein Versprechen gehalten.

Er hatte gewartet.

In allen anderen Belangen war er indessen jedoch nicht gerade untätig geblieben. Er hatte das Haus seiner Großtante in Marienberg ausgeräumt, renoviert und mit seinen wenigen Möbeln bestückt. Die unermüdliche körperliche Arbeit war das perfekte Mittel gegen seine Grübeleien, seine Schuldgefühle und seine Hypersensibilität gewesen.

Er hatte endgültig entschieden, dass er für seine private Fallanalyse kein festes Büro brauchte und seine Klienten auch genauso gut von Bad Marienberg aus betreuen könnte. Und wenn das bedeutete, dass er ab und an mal längere Fahrten mit dem Auto machen musste, dann sollte es eben so sein.

Außerdem hatte er Anfang Januar tatsächlich zusammen mit Miri den Podcast *»Grall und das Grauen«* gestartet – die finale Auswahl des Namens hatte er ihr überlassen.

In der ersten Episode hatte er einige Ermittlungsschritte und Erkenntnisse aus dem Angstrichter-Fall offengelegt. Nach wenigen Tagen hatte Miri aufgeregt angerufen: »Jan, Jan! Wir sind in den Top Ten der Podcast-Charts, kannst du dir das vorstellen?!«

Inzwischen lief der Podcast sogar so gut, dass sie erste Werbepartner und Sponsoren gefunden hatten und Miri bereits auf Hochtouren an Merchandising-Artikeln arbeitete. Allmählich entwickelte sich die wöchentlich erscheinende, einstündige Sendung zu einer veritablen Einkommensquelle.

Etwa zur gleichen Zeit, in der die erste Podcast-Folge erschienen war, hatte auch der Prozess gegen Oliver Wünsch und Ansgar Hamann begonnen. Die Liste der Anklagepunkte konnte sich sehen lassen: mehrfacher Mord, versuchter Mord, Entführung, Bildung einer kriminellen Vereinigung, um nur einige zu nennen. Die Verhandlungen zogen sich hin, mit einem Urteil war frühestens in einigen Monaten zu rechnen, Beobachter gingen allerdings davon aus, dass Wünsch und Hamann sich auf eine lebenslange Haftstrafe mit anschließender Sicherheitsverwahrung einstellen sollten.

Das Portal des Neuen Heiligen Römischen Reichs Deutscher Nation war längst offline genommen worden, und der Verfassungsschutz brachte nach und nach weitere Mitglieder zur Strecke.

Immer wieder hörte man, dass sich die Gruppierung aus den verschiedensten Schichten und Berufsfeldern zusammengesetzt hatte. Unter ihnen waren Gehirnchirurgen und Anwälte genauso wie Konditoren, Buchhalter und Stadtreiniger. Sogar ein Landrat aus Baden-Württemberg sollte ihnen angehört haben.

Nora Hirsch machte sehr gute gesundheitliche Fortschritte.

Trotzdem schrak Jan oftmals mitten in der Nacht aus düsteren Albträumen hoch, in denen Nora Hirsch ihn unentwegt mit angstgeweiteten Augen und ohne zu blinzeln anstarrte.

Als Jan durch die verwinkelten Straßen Bad Marienbergs fuhr, die hinauf zum Wildpark führten, erklang die letzte Strophe von »*Back Home*«:

»... Out in the wild, free and alone
But I'll always know that I will go home«

Er schaute noch einmal auf das Paket auf dem Beifahrersitz, dann bog er auf die Straße, in der das von dunklen Tannen umsäumte Haus seiner Großtante lag, und parkte vor der Garage.

Die weiß getünchten Fassaden, das dunkle Holz der Tür und der Fensterrahmen, die marmornen Treppenstufen. Es war fast schon eine Villa, dieses riesige Haus, das ihm als Kind Angst bereitet hatte. Die schweren rustikalen Möbel, die Hirschgeweihe und Ölgemälde hatte er größtenteils verkauft oder verschenkt, nur viele der schönen Perserteppiche hatte er behalten. Das Düstere, das dieses Haus ausstrahlte, wusste er immer mehr zu schätzen, und allmählich fühlte es sich wirklich wie Heimkommen an, wenn er den Polo vor dem schwarzen Garagentor abstellte und die Handbremse anzog.

Er stieg aus, atmete in tiefen Zügen die kalte, frische Luft des Westerwalds ein und nahm dann behutsam die Kiste vom Beifahrersitz.

Ellen und er hatten steten Kontakt miteinander gehalten, fast täglich telefoniert und sich auch hin und wieder besucht. Die brüchige Vorstufe einer Beziehung.

»Jetzt, wo du Hausbesitzer bist, würdest du da vielleicht einer obdachlosen Geschichtsprofessorin ein Dach über dem Kopf bieten?«, hatte sie mit einem Mal in einem Gespräch Anfang Februar gefragt. In Nürnberg hatte sie übergangsweise in einer möblierten Einzimmerwohnung gelebt.

»Ja … ja, klar. Immer gerne. Aber was wird aus deiner Stelle an der Universität?«

»Ich gönne mir eine Pause vom Lehrbetrieb und der wissenschaftlichen Arbeit, außerdem brauche ich dringend einen Tapetenwechsel. Nürnberg – hier ist jetzt einfach zu viel Schlimmes geschehen. Ich brauche einen Neustart. Vielleicht kann ich ja eine Weile im Westerwald bei dir bleiben, journalistisch arbeiten, mich neu orientieren.«

Und so war sie bereits eine Woche später mit Sack und Pack bei ihm eingezogen und hatte das riesige 200-Quadratmeter-Haus mit Leben erfüllt. Ihre Beziehung folgte keinem Muster, jetzt wohnten sie bereits zusammen, obwohl sie sich noch gar nicht richtig kannten. Dennoch lief alles reibungslos, ganz ohne Streit, fast schon perfekt. So als gäbe es zwischen ihnen ein tief liegendes unausgesprochenes Verständnis füreinander, das ihrer gemeinsamen Zeit eine besondere Leichtigkeit verlieh.

Als er mit dem Paket die Eingangsstufen erklomm, zog Ellen bereits die schwere, mit Butzenglas verzierte Eingangstür auf. Ihr graues Sweatshirt war von Farbklecksen übersät, weil sie gerade das Studio im Dachgeschoss neu strich. Die blonden Haare hatte sie zu einem lockeren Zopf gebunden.

Ihr Blick fiel sofort auf das Paket, in das mehrere verräterische Löcher gestanzt waren. Ein leises, klägliches Miauen erklang aus ihm.

»Das … das ist doch nicht etwa.«

»Doch …«, murmelte Jan unsicher. Er hatte bis zur letzten Sekunde nicht gewusst, ob das hier eine gute Idee war.

»Also, ich werde mich auf jeden Fall um ihn kümmern, wenn du willst. Das soll jetzt auch nicht heißen, dass wir deswegen für immer zusammenwohnen müssen, oder so. Das ist an keine Bedingungen geknüpft. Ich dachte nur ... das Haus ist groß genug, wir haben den Garten ... und du hast ja Rosi damals verloren. Ich dachte, es wäre vielleicht Zeit.«

Ellen zog den Deckel der Kiste ab und hob das rote struppige Katzenbaby heraus.

»Der ist ja superlieb«, sagte sie mit feuchten Augen und drückte den kleinen Kater an ihre Brust. »Wie heißt er denn?«

»Das darfst du dir aussuchen.«

Sie schaute dem Kleinen in die Augen. »Nemo ... Nemo fände ich ganz gut. Wie Kapitän Nemo.«

Ellen setzte ihn vorsichtig auf dem Boden ab, und der frisch getaufte Nemo machte seine ersten tapsigen Schritte im Flur.

»Ich komme gleich wieder, ich habe oben im Einbauschrank die ganzen Utensilien versteckt. Katzenklo, Futternapf, Schlafkissen – alles bereits da«, rief Jan und stieg, zwei Stufen auf einmal nehmend, die Treppe ins Obergeschoss hinauf.

»Du hast das wirklich von langer Hand geplant, was?«

»Ausnahmsweise ja.«

Im Studio roch es noch nach den frisch gestrichenen hellblauen Wänden. Das ausgelegte Malervlies dämpfte das Geräusch seiner schnellen Schritte. Durch die Panoramafenster hatte man eine gute Sicht über die Dächer und den Kirchturm von Bad Marienberg und die umliegenden Wälder. In der Ferne blinkten die Positionslichter der Windräder, und die Scheinwerfer der Autos auf den Landstraßen irrlichterten durch die heraufziehende Abenddämmerung.

Auf der Trittleiter lag noch Ellens Smartphone, auf dem eine Folge von Jans Podcast lief. Es rührte ihn, dass sie anscheinend seine Stimme hatte hören wollen. Er selbst hörte sich die Episoden niemals an. Das wäre ihm viel zu narzisstisch erschienen.

Es liefen die letzten Minuten der jüngsten Episode, in denen Miri ihn gefragt hatte, ob er die Zusammenarbeit mit Rabea vermissen würde.

»Rabea und ich haben uns immer gegenseitig unsere Angst genommen«, hörte er sich selbst sagen. *»Die Angst vor den Tätern, vor dem Versagen. Auch die Angst davor, nie mehr wirklich loslassen zu können. Und irgendwann hatten wir sogar Angst davor, ohne einander klarkommen zu müssen. Wir haben so unglaublich viel voneinander gelernt. Und am Ende sogar, wie wir es allein schaffen.«*

»Und die Angst, Jan? Ist die noch da?«

»Die Angst wird immer da sein. Mal mehr, mal weniger. Aber das ist gar nicht schlimm. Wir können sie vielleicht nie besiegen, aber wir können lernen, mit ihr zu leben.«

Er quält. Er mordet. Buchstabe für Buchstabe.

Jan Grall und Rabea Wyler, zwei junge Profiler beim LKA, übernehmen einen spektakulären Fall: In einem Wildpark wurde ein Mann mit zertrümmertem Schädel gefunden, ein A ist mit dunkler Tinte auf seine Brust tätowiert. Opfer B und C folgen, auch sie grausam ermordet. Und das ist erst der Anfang …
Grall ahnt, dass der Mörder für ihn kein Unbekannter ist. Nur er kann ihn stoppen. Doch dafür muss er sich den Dämonen seiner Vergangenheit stellen.

Lars Schütz

Der Alphabetmörder

Thriller
Taschenbuch
Auch als E-Book erhältlich
www.ullstein.de

ullstein

Das Böse hat einen neuen Namen: der Blutkünstler

Tom Bachmann seziert Seelen – von Mördern, Psychopathen, Sadisten. Er ist ohne Zweifel der beste Profiler seiner Generation. Doch nun bekommt er es mit einem Killer zu tun, der dem Wort Grausamkeit eine neue Dimension verleiht: Der Blutkünstler foltert seine Opfer lange und ausgiebig, ehe er ihre Körper dazu benutzt, um etwas Großes zu erschaffen. Ein Kunstwerk. Ein Vermächtnis. Ein Farbenspiel aus Fleisch und Blut. Tom Bachmann, der »Seelenleser« des BKA, setzt alles daran, den Blutkünstler zur Strecke zu bringen. Dabei muss er sich einer verstörenden Wahrheit stellen, einer Wahrheit, die erklärt, warum er der Einzige ist, der den Killer aufhalten kann.

Chris Meyer

Der Blutkünstler

Thriller

Taschenbuch

Auch als E-Book erhältlich

www.ullstein.de

ullstein